暢銷作家寫作全技巧

成為頂尖小說家的十堂必修課

大澤 在昌 著　邱振瑞 譯

売れる作家の全技術

デビューだけで満足してはいけない

可以學到第一線大牌作家的創作秘訣，又能窺探寫作這一行的實務經驗，這是我讀過最具現實感的教人寫作的書了。

——小說家／王聰威

這本書口吻很酷，題材很棒，形式很妙，感覺是編輯應該放在桌上早晚膜拜一次的書啊！

——出版人／陳夏民

這是一本關於「小說創作」的寫作教材。也許這樣的說法還不夠準確，因為這本書所涉及的教學內容，並不僅止於「如何創作小說」的問題。這本書最吸引我的部分是一個文學愛好者——特別是對於小說閱讀充滿興趣，同時還試圖自己創作小說的人——如何去醞釀、經營一部小說，無論是短篇或長篇，進而能夠寫作並投入出版市場。

本書作者大澤在昌先生以近乎課堂實錄的方式，呈現出他與12位參與講堂的同好之間的精采問答，包括一個作家的生活、作者與編輯的互動，以及對於這12位同好作品的討論。這樣的設計，使得本書成為「小說作家的養成手冊」——不是只教大家寫作的技巧，還教大家怎樣過著作家的生活。我想，對於許多文學愛好者，同時希望自己成為作家的人而言，這無疑是最為實際也最貼近真實的一種介紹。

閱讀、寫作是語文教育的重心所在。在我接觸的學生中，有許多學生希望老師能夠跟他面對面、一對一的指導他。事實上，在教學現場中並不容易出現這種理想教室。所以本書中的12位學員是幸福的，即使他們未必都能夠成為暢銷書的作者，在大澤在昌先生講堂的學習過程裡，找到了引導者、分享者，應該有著同好依偎的共鳴和收穫。

我讀著這本書，參與了講堂的學習活動，感受到同樣的共鳴和收穫。

——國立臺灣師範大學 國文學系教授兼主任／鍾宗憲

讀到與自身創作觀相合的論點，有如醍醐灌頂，點頭稱是；看見自己作品也曾犯過的類似失誤，便如履薄冰，戰戰兢兢。大澤在昌三十餘年的執筆經驗傾囊相授，舉凡文字描寫、故事結構、角色塑造、首尾布局……乃至於登上文壇後的寫作心態，不僅初學者受用，亦值得已出道的作家們參考學習。

——推理作家／寵物先生

這本書給我們許多教誨，如何找到合適的小說家。

——新潮社「小說新潮」編輯

你可以在書中找到寫作與閱讀的樂趣。

——幻冬社編輯

此書是身為編輯必備、必讀的工具書

——文藝春秋編輯

持續寫作、再三驗證

此書將成就你寫作的最高技巧

——講談社出版部編輯

譯者序

資深譯者／邱振瑞

在發達的資本主義社會裡，職業作家對於各種類別的寫作策略和技藝手法，愈來愈趨於成熟穩定，寫作速度及其效能得到空前的提升，在日本的出版市場上，這種情況尤為明顯。確切地說，這股強大的文化產業，已然具有自己的規範與操作模式，並且行之有年，至今維繫著出版界與寫手的共生關係。在這種文化環境底下，誰能夠製造或撰寫出暢銷書，掀起熱銷搶購的風潮，就是獲利最大的贏家。因此，出版暢銷書寫作的指南和入門書，很自然地成為寫作新手關注的焦點。寫作成為高貴時尚的行業，一種看似輕鬆可得，實則需要諸多條件方能成就的專業。出版社為了永續經營，當然希望大量出版暢銷書，而作家就是這個重責大任的肩負者。他們必須具備巧思與創新，必須辛勤地筆耕不輟，讓作品得到傳播和讀者的廣泛閱讀，由此累積自己的知名度，把供需合作推到極致。出版社與作家所形成的魚水相幫的關係，正反映出該國出版事業的發展現況。或許讀者不禁想試問，這個道理任何人都懂，但暢銷書又是如何催生出來的？

從這個角度來看，寫作入門書就是文化商品，它們同樣存在著激烈的競爭，簡言之，作者若沒有成功的寫作經驗，沒有堅實的功底可供傳授，即使掛上暢銷書敲門磚之名，其說法與論點最終很可能落入紙上談兵，很快就會淪為庫存本，被打成沉默的紙漿。與美國出版的創意寫作書系相比，本書的特點在於，內容豐富又深具實用性質。大澤在昌本身就是個知名作家，寫作成果相當豐富，經由他現身說法講授小說創作的技巧，其說服力是毋庸置疑的。本書共分兩部分，前半部講解新手如何以新銳作家之姿出道，以及小說寫作的基本原理，其間又有出版社編輯的經驗談，在講授過程中，還透露日本暢銷書作家的艱苦與秘辛。後半部則是對於參與該講座學員們的習作的評析，大澤講師每每提出尖銳深刻的建言，卻又不失熱情地鼓舞有志投身寫作行業的後輩。真正做到直言不諱傾囊相授的師長本色。

本書雖然是為寫作新手而編寫出來的，提及的亦是日本的出版社現況，及其特殊的寫作生態。比方，日本的著名出版社或雜誌社，通常不採用作者寄來的稿件，而是固定邀請名家寫稿。因此，有志成為作家的文青，無法靠這種方式橫空出世，他們必須參加「新銳小說獎」的甄選，得獎之後才可能受到邀稿。換句話說，在日本，你想擁有作家的身分，首先必須得到權威人士（評選委員）的認可。換句話說，你若沒經過各種文學獎的「驗明正身」，就此想出人頭地幾近是不可能的。當然，你可以自由寫作和自掏腰包出版自己的作品，只是多數的日本讀者相信權威，少了知名專家的讚譽，就算你順利自費出版，亦是乏人問津，更遑論什麼影響和認同了。

儘管如此，其實從另外的面向來看，它仍可給台灣的出版業界們諸多啟發與借鑒。例如，編輯絕不是文字代工業者，並非單純的文書作業，只需懂得排版校對封面印製即可，除此之外，編輯還得學得如何與作家打交道，如何培養自製書的能力，而不全仰靠外文書的翻譯出版；從構思書籍題目，擬定內容架構，到與優秀的作家合作，提供作家相關的必要支援（比如提供資料圖檔或酬勞），全依仗編輯的真功夫。有此良好的基礎，還要透過各種宣傳管道，積極開發新的讀者人口，為自家出版社拓展版圖。在一九八〇年代，松本清張的《點與線》、小松左京的《日本沉沒》、森村誠一的《人性的證明》、多湖輝的《頭腦體操》，以及堺屋太一《智價革命》等等，躍上暢銷書的名榜，某種程度託其時代的各種因緣聚合，但編輯仍是最大的幕後功臣。見識不凡的編輯必能精確選書，掌握時代的脈動企劃出精采的作品！

至於，讀者從這本書可以得到什麼呢？是否從中看到別樣的文化風景？是否由此更理解作家與日本出版產業的發展？我認為閱畢此書必有所得的。至少，對於眾多關注日本的讀者來說，讀完此書，從此不必再看二手傳播，從此免除流行觀點的干擾，不必再自行浪漫的想像。在這本寫作入門書中，可以感受到日本人的匠師精神，行文中有時候看似瑣碎無用，但每個細節都得到縝密的推演，而這正是他們對於極致精神的體現。誠如本書作者諄諄告誡講座的學員們那樣，職業作家必須這樣堅持：讀者（消費者）花錢買你的小說（商品），如果你的作品內容乏善可陳，讀來令人索然無味，就等同於生產次級品，無異於是作者的怠惰與失職。沒有不斷地創新求變，持續精進的自我要求，就稱不上是真正的職業作家。作者要求講座的學員以此為目標，也用此嚴格標準自我惕厲。

他在後記中提及，此書未結集出版之前，其連載在各雜誌社刊物上發表，剛開始迴響不大，也不被看好，同行業界甚至半玩笑似的說，你這樣公開傳授小說寫作的秘訣妥當嗎？不怕小說家的飯碗就此不保嗎？但是這些擔憂並未成真，反而扭轉局面，連載文章就此引起同業和讀者的矚目，這貫徹始終的奮鬥精神，為本書做了最佳的注腳。

最後，作為本書的譯者，我想談談幾個心得。基本上，本書的體例為口語形態，因此我努力把譯文迻譯到通俗易懂，依照作者（大澤在昌）在講座中向學生教學的口吻那樣，儘量讓讀者輕鬆閱讀。在行文中，有同義反覆的地方，就妥適地變換字詞，增添文章的新鮮性。但最令譯者備感艱辛的是，日本作家的小說專業術語了。直白地說，譯者若不是小說家，沒有實際的寫作經驗，就貿然翻譯寫作技法的專書，恐怕只敢於貼著字面按文索意，就算辛苦敲出來的譯文，也可能落得不知所云。以此標準來看，任何語種類別的劣譯本，就等同於在製作次級品，有多少的劣譯本流通，就帶來多少文字的災難，而且這也辜負讀者的期待。翻譯是良心事業，並非低價大量搶譯的行當。當然，這需要譯者的高度自我期許，以及出版社編輯的嚴格把關，絕不許把馮京當馬涼。現今，台灣的出版市場已日漸蕭條，讀書人口急遽流失，面對這樣的潮流，編輯和譯者都責無旁貸，編輯好書譯出佳作是他們的共同使命，重新喚回更多讀者走進閱讀的世界。

#《暢銷書作家寫作技巧》讀後感

資深譯者／詹慕如

請來暢銷作家演講不難，但是以類似大師私塾的形式，邀請作家在長達一年的時間內定期舉辦講座，將自己的寫作訣竅傾囊相授，並且親自對十二位有志成為職業作家的新手擬出課題，針對作品一一點評，實在是令人夢寐以求的機會。

對於有志寫作者而言，這無疑是一本珍貴的教戰手冊。大澤在昌先生無私分享了自己三十三年寫作生涯焠鍊出的心得，從中可以了解一個職業作家面對工作的嚴謹、自律，以及其下筆之前大量閱讀、仔細觀察的紮實基本功；同時書中也赤裸裸地剖析了日本的出版生態，包括編輯與作者的合作關係、出版成本、作者如何建立人脈，甚至連各式比賽的比較攻略都有詳盡的分析，作者更再三強調一個作家該有的心態，不管是成功出道前或者正式邁入職業作家之路以後，都必須要有高度自我要求、不斷尋求充實和刺激。

在大澤先生講授寫作技巧，以及第二部細評學員作品的敘述中，又能找到本書的另一個閱讀樂趣，那就是「為什麼小說如此有趣」。身為讀者，我們似乎是「憑感覺」去判斷一本書好不好看，不過站在作家的立場，要創造能引人入勝的作品，確實存在一些規則、邏輯。

例如角色的刻畫，大澤老師極度強調如何突顯小說裡的「主角、女主角、反派」，小說的人物必須儘可能具體生動細緻地表現其生活經驗，下筆前要去想像他們沒有出現在小說中的時間，這些人物要有所成長、充滿激情、流露人性。

好的小說下筆準確、有邏輯、有層次，帶著「八分情感，二分理性」，同時故事要有謎團、有轉折，但是故事的翻轉若要能寫得自然不唐突，又得回歸到人物的刻畫上。

在整體的書寫方式上，大澤老師也建議先寫完全文，再反複閱讀，然後針對較「薄弱」的段落繼續修飾潤色。除了技巧層面，他還強調小說不能缺少營造時代的氛圍或引領時代的精神，若是以天災或實際發生的事件作為題材，更不能忘記受難者的心情。

讀到這裡，我覺得從本書的內容似乎也可歸結出大澤流的「作家誓詞」，這些對後生晚輩的耳提面命，其實也都是他一路以來的自我要求和信念。

作者在書中提到，往後不打算再接受類似的邀約，至於課堂上這些空前絕後的內容，作者說「讀了這本書，等同於學到和課堂上的相同內容」。縱然沒有機會親炙大師風采，不過本書透過許多口語、對話等生動鮮活的描述，忠實地呈現了課堂風景，大澤在昌先生的博學、敏銳、幽默，也都透過他中肯犀利的作品分析展露無遺。

對我個人來說，這本書最有魅力的地方，無非在於能聆聽到「小說家大澤在昌」最直接的聲音。以往對大澤在昌先生的認識，都是透過小說作品，神遊在他筆下世界，想像是什麼樣的人創造出這個充滿魅力的世界。

過去在翻譯他的代表作《新宿鮫》系列過程中，深深被主角外表孤高、內心卻充滿熱情正義的性格吸引，在本書中很驚喜地看到作者多次引用新宿鮫的人物為例，解釋小說人物的描繪，另外作者也透露了許多在對話佈局以及情節的編排的用心，令人忍不住再拿起書本重新回味一番。

所謂人如其文，這樣的閱讀經驗也讓我把書本中所獲的印象投射在大澤先生身上：豐富的社會歷練、紳士風度、嫉惡如仇。而在這十堂講座之後，「小說家大澤在昌」的形體又更加豐富鮮明。

這是一位律己甚嚴的職業作家，他不自恃資深，永遠懷抱著危機感尋找創意靈感，靠著大量閱讀和觀察自我充實。

這是一位成果斐然卻謙沖自居的作家，他說一本書的誕生憑藉許多人的辛勞付出，作家要謙卑地提醒自己，「尚需更上層樓」。

這是一位永遠將讀者放在最前面的作家，他為了爭取不熟悉自己作品的讀者，首次挑戰在網上公開試讀；在各種可能面對讀者的場合，無論簽名合照他總是和顏悅色、有求必應。

若要用一句話來形容「小說家大澤在昌」是個什麼樣的人，我想書中這句話會是最好的註解：

你要刻苦自求、把自己逼入絕境，朝更大的難關勇敢進發，並且相信前方還有更大的挑戰，卻依然能夠持續創作。

大極宮的老大：暢銷書作家寫作全技巧

小說家／陳又津

因為京極夏彥和宮部美幸的關係，我知道了大澤在昌——這三人組成「大極宮」經紀事務所，威風凜凜排在兩位前面。結果我翻開書稿，大澤在昌就宣稱自己在出道最初的十一年是「萬年初版作家」。

這個計畫招收十二位以職業作家為終身職志的學員，年齡層從二十至五十歲，為期一年，不收學費，由大澤傳授三十三年的寫作經驗。大澤探討職業作家的收入、得獎折損率，從半生不熟過渡至完熟之作。這曾是我最關心的問題，但見到前輩又難以啟齒。（入行多久？薪水多少？吃空氣能活嗎？）自己對照歷年文學獎得主名單，明白那些得獎者後來都蒸發。如果你問我，我只能跟大家報告：很可怕，千萬不要跳進來！（這樣我還有一點存活機會。）大極宮的老大氣度果然不一樣，明知出版越加艱難，還是拿出匠人精神，帶領眾學員蹲馬步。

出道之前，大澤說不要羨慕別人早早登上文壇，因為有人很早出道也很快消聲匿跡，必須覺悟一旦登上文壇就無路可退，這世上只有前選手，沒有前作家，如果不把招搖撞騙晚節不保的「作家」算在內，作家一旦放下筆，就不是「前作家」，而是「普通人」，等同從社會上消失了。最可怕的對手是退休後有時間和閱歷來寫作的人，必須一步步擬好投稿策略、取材訪問，拆卸短篇小說的角色到長篇。

如果寫了作品之後被看見，「倘若要有一萬個讀者欣賞你的作品才有自信的話，表示其實你沒有抓住它的本義。」（林燿德說過他投稿是要考驗評審，也許兩者都出於同樣的自信。）大澤一方面斬釘截鐵，卻也清楚自己的侷限，他喜歡雷蒙錢德勒，但不打算寫也寫不出來。讀到川端康成的小說開場，知道「這輩子大概沒有這種奇想吧，」「這分明可以留到高潮之處寫的呀，怎麼劈頭就寫出來啦。」「不好意思，在此我必須坦承，在我的小說裡找不到這樣精鍊的文字。」

身為職業作家之後，想想讀者可是省下兩個便當才能買書（臺灣是三個），無論如何非得寫好不可。沒有「湊巧想到而寫出佳作」這種事，我也總是不明白為什麼有人會不小心得獎，我只有不小心錯過截稿日的經驗。出道之後的人際關係，要不要做名片，推理協會的保險，要不要上電視節目，大澤將接下來幾十年的人生都在你面前展開。舉例來說，名片只是為了讓編輯想起有這個名字，隔天早上查詢一下昨天遇見誰，但不建議印上某會員、代表作。此地無銀三百兩，平常螢幕上寫「知名作家」我也在想說有嗎。

電視節目嘛，東野圭吾和宮部美幸堅決辭謝邀約，大澤則說「我現在還是半紅不紫的作家，所以作品被改拍成電影，偶爾還是會若無其事地出現在記者會上。」各有各的考量。如果有人問我接下來要幹嘛，說真的就只有好好寫作，沒有轉戰主持人的打算啦！

我記得以前讀《卜洛克的小說學堂》是為了解開疑問，大澤在此甚至提出我從未想過的問題。「依我之見，你若勤奮地持續寫作，必定有機會獲得那些獎項。——在你出道後五年之內，有機會遇到由德間書店主辦的大藪春彥獎。」這句話脈絡背後顯現日本完整的閱讀版圖，原來寫作產業全貌可以發展至此。現在或許還不是最黑暗的時代，因為說真的，讀多了就會寫，身處在這個資訊爆炸的時代很幸福，也更需要確定自己知道（和不知道）的東西，不管能不能成為暢銷作家，寫作技巧永遠不可能消失。所有創作者都是守在人類文明邊緣，想抓住被麥田懸崖吞噬的心靈。讀著大澤明朗的談話，我往往想加上幾句眉批，此時編輯早已加注著墨臺灣現況。作者、編輯、讀者（有時還有導演、編劇、演員）若能提高自給率，或許有那麼一天，我們會看見大澤在昌所說的那個世界。

我希望各位都能無條件相信自己的感覺，並且持續這麼做。

contents

Part One 十堂寫作必修課

前言

經常聽到不諳書市的讀者這樣說：「作家真是個好職業，不需投入什麼資本，只要他的著作暢銷熱賣，往後就可安穩無憂過日子了。」另方面，喜好閱讀又對於作家多所憧憬的人，儘管知道要寫出暢銷書絕非容易的事情，卻又認為只要當上了作家，總能夠湊合著以此維生吧。

先前，我也是持這種看法。在我未出道以前，每次看到職業作家的作品擺列在書店裡，我總認為他們的收入應當相當可觀。

實際上，這是不言自明的。以歌星、演員、漫畫家的職業為例，他們原本就存在著等級與位階的高低。

在日本人看來，通常是不會將只出了一枚 CD 的歌手，與每年獲邀參加紅白歌唱大賽的老牌歌星相提並論。

換句話說，某位歌手儘管從前曾經紅極一時，現在未必是過著富裕的生活。

在任何的職種行業裡，都存在著「吃不飽」、「勉強餬口」、「拚命工作」的嚴峻問題。作家這個行業亦復如此。

不過，可以確定的是，這世上應該沒有「自己不想成為作家」，卻當上作家的事例。

相反地，「自己尚不想輟筆」，但不得不退出作家行列的人，每年卻所在多有。

作家沒有退休的限制。但話說回來，出版社不找你寫書，你就沒戲唱了。就算你多麼熱衷寫作，希望擁有眾多的讀者，可你的作品沒有印成書籍，等同於你這個作家不存在。

或許有人反駁：我才不相信呢！有些作家在網路上發表自己的作品，豈不擁有幾萬人在點閱嗎？

問題是，在網路上披露的諸多作品，多半都是供免費閱讀，而沒有實質賺得收入，就稱不上是一名職業作家。

直白地說，那些靠著一支筆桿足以拿來支付房租和繳納購屋貸款，並掙得子女的教育費用，包括自己以及使得全家吃得溫飽的人，才算得上名副其實的職業作家。

我在二十三歲，登上了文壇，而後十一年，我的作品的銷售狀況甚差。我所寫的二十八本書當中，全部只止於初版，在業界中被稱為「萬年的初版作家」。

儘管如此，那時候我之所以尚能餬得溫飽，全是因為當年出版界的環境資源比現今的豐富得多，又承蒙有許多有耐心的編輯不離不棄，願意對我這個不被看好的作家，給予提攜照料的緣故。

如今，情況不可同日而語了。現在，恐怕再也沒有明知你的書滯銷難賣，卻仍為你續出了二十八本書的出版社了。

多虧幸運之神的眷顧，我所寫的第二十九本書取得銷售佳績，在那以後，得了幾個文學獎項，我這才終於在娛樂小說的世界裡，有了揚眉吐氣的機會。

必須指出，在我寫出第二十九本書之前，可都是全力以赴，不敢有分毫的懈怠。例如，我極力尋思「應該如何去強化敘述效果；這樣鋪排是否有欠妥當？要不就是換個角度切入」。總而言之，我可是搜索枯腸、想方設法，甚至從其他作家的小說，以及電影和漫畫中，偷學著那妙趣橫生的寫作技巧。

經由這般修持苦練，終於取得某些成果之際，我體悟了一個道理，身為作家就必須終生努力不懈才行。

只憑一本著作的成功，絕不可能享用到終生的。而且，當你又沒能寫出超越前作水準的作品，很快就會被視為是「無用與江郎才盡」。

作家沒有絕對安穩的地位。過往的輝煌只能回味，因為更重要的是，你現下的著作以及今後的作品是否更為精進？

接下來，我來談談寫作此書的經緯。

我的長篇小說在《小說 野性時代》上連載告一段落的時候，責任編輯M先生這樣說：

「大澤先生，您是否願意在雜誌上傳授小說的寫作方法呢？」

對於這樣的邀約，我做了幾番思考。之前，日本推理作家協會出版過《偵探小說的寫作方法，我或少或少知道這本書的編寫歷程。但與此同時，仍可預料有批評的聲音，要不就是讀過前言的讀者恐有質疑：「像大澤在昌這樣的作家，有此能耐嗎？」「按照你書上所寫的方法，真的就能下筆有如神助嗎？」

坦白說，我沒有多大信心。但後來，我心想如果以講座方式授課，或許有學員可以從中得到教益。

此外，由於此前我有在類似文化教室的授課經驗，心想應該可以應付得宜。

「那麼我們來招生吧。」

不過，有個條件就是「我們只招收想成為職業作家的學員，不收取任何學費。但是學員若沒通過測試，便不予結業證明。」

於是，我們開始在《小說 野性時代》雜誌上公告招生，以具有某些寫作能力的人為主，希望他們投寄自己的作品，然後從中加以遴選。

例如，「只想寫出值得紀念之作的學員，就不予考慮。」

最希望「以職業作家為終生職志的學生」來報名。雖說如此，要把不懂得寫作技法的學生，予以成功的培訓出來，畢竟需要花費時日。

結果，總共有六十四人報名了這個講座，我與編輯部商量討論，決定只招收十二名學員。

對我來說，在課程講授上，我是可以勝任的。至少，我專心致志投入寫作行業三十三年之久，總能夠傳授些什麼吧。

就這樣，每個月一次、為期一年的講座就此開始了。

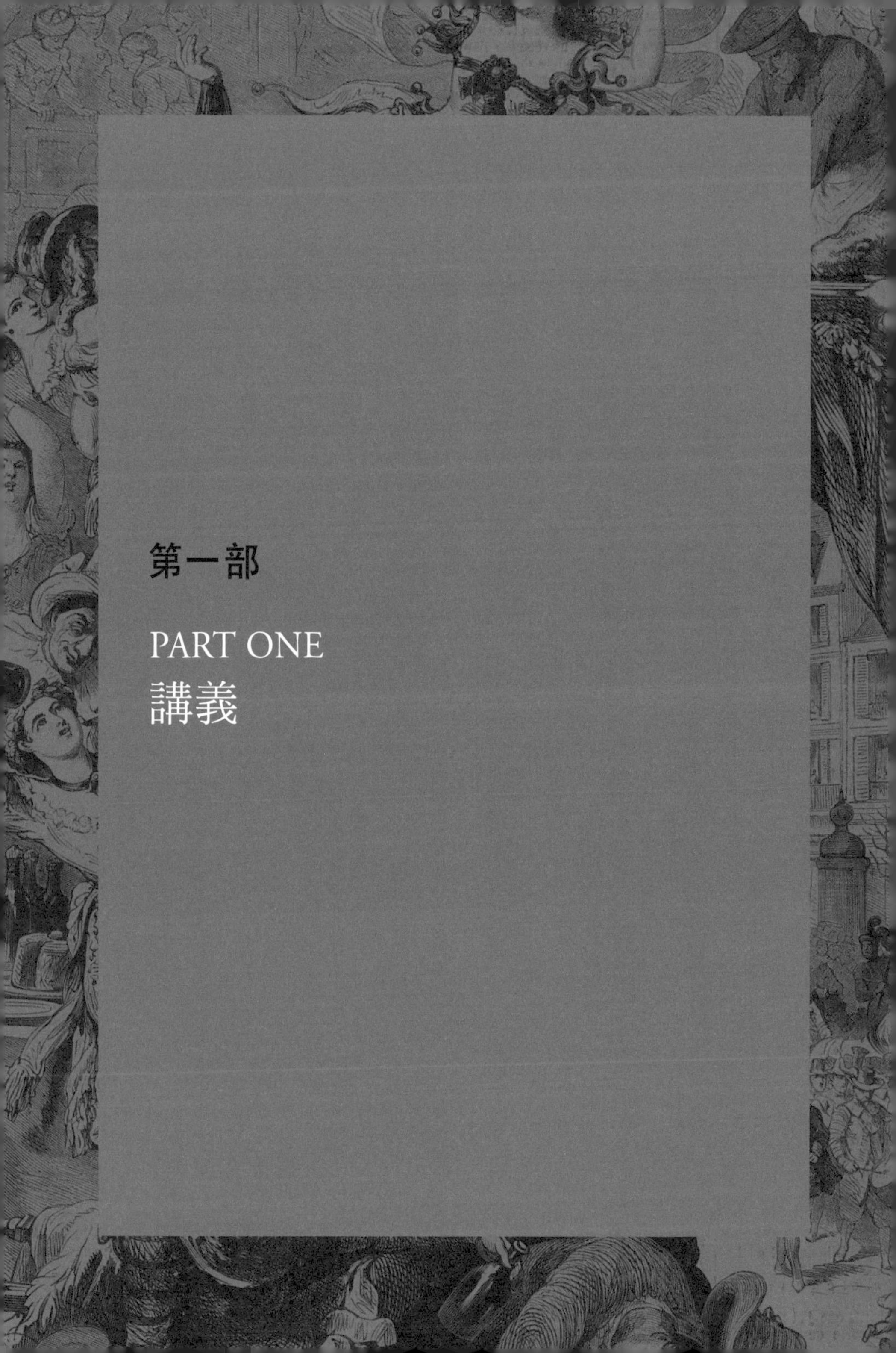

第一部

PART ONE
講義

學員簡介

假名	年齡·性別	現職	喜愛的作家	理想的寫作題材
犰狳	40歲·男	日語教師 書評家	淺田次郎、奧田英朗	類型不拘的娛樂小說
海豚	40歲·男	作詞家	歐·亨利、阿刀田高	娛樂小說
水母	40歲·女	公司職員	松本清張	偵探小說
波斯菊	40歲·女	公司職員	大澤在昌	以描寫男女情愛和刻劃幽微人性的推理小說
白米	30歲·女	公司職員	宮部美幸、神林長平	推理小說、科幻小說
老虎	20歲·女	公司職員	宮部美幸	具有奇幻色彩的現代娛樂小說
貓咪	50歲·女	代書	大澤在昌	硬漢派小說、時代小說[1]、恐怖小說
哈巴狗	40歲·女	公司職員	大澤在昌、山本周五郎	時代小說
貘獸	40歲·男	律師	羅爾德·達爾	（以法律和司法相關具有爭議性的）娛樂小說
企鵝	30歲·女	自由作家	江國香織、唯川惠	言情、商戰、醫療、娛樂、社會小說
驢子	20歲·男	公務員	伊坂幸太郎	娛樂小說
鱷魚	20歲·男	打工族	萬城目學	青春小說、推理小說

1 時代小說：原書為仿古小說。日本出版市場把歷史小說與時代小說都歸於此類。為了便於台灣讀者了解，這裡更改為台灣讀者較為熟知的時代小說，其實指涉範圍應該更大，讀者數也更多。

LESSON 1
作家的生存之術

新銳作家如何嶄露頭角

大澤 大家好。我是大澤在昌。在這裡，我要藉這樣的講座，將我的看家本領全部傳授給各位。或許在內容上有時會稍加重複，但是重複的內容非常重要，亦是考題之一，所以請大家務必牢牢記住。

首先，「我來談談作家的生存之術」。新銳作家要在文壇闖出名號，大約有兩種途徑：其一、勇奪新銳小說獎；其二、攜帶自己的文稿直接找出版社出書。至於哪個途徑有利，我認為以拿下新銳小說獎較占優勢。而且，若能取得高知名度的新銳小說獎出道自然是最佳的開端了。

挑戰高知名度的新銳小說獎

根據統計，目前，日本國內有超過兩百餘個以挖掘新銳小說家的文學獎。一個獎項，平均三百人參加，總數即有六萬人之多，縱使從中有二百人脫穎而出，一年後能存活繼續寫作的卻所剩無幾。進一步地說，在五年、十年之後，可贏得著名的文學獎，其作品又大為暢銷因而聲名響亮的作家，可說是少之又少。

從這個角度來看，我鼓勵大家去挑戰高知名度的新銳小說獎，以此登上文壇。毋庸置疑，參與這樣的獎項競爭激烈，不過你們若能雀屏中選的話，主辦單位的出版社自不必說，亦會引起其他的出版社矚目，在頒獎的典禮上，自然會有許多編輯向你「邀稿寫書」。當然，這九成全是社交場合的體面話，你可不要信以為真啊，錯把它當成「作家之路從此一帆風順」。

當然，也有些作家直接找上出版社出書而出道的。但在我看來，這樣的方式沒有任何頭銜的加持，作品就這麼擺放在書台上，幾乎很難受到讀者關注，有點可惜。

何謂高知名度的新銳小說獎呢？簡單地說，推理小說的話，以「江戶川亂步獎」、「日本恐怖小說大獎」為代表；以時代小說為例，就屬「松本清張獎」了。從得獎者之後的寫作活動來看，那些直木獎得主和催生許多暢銷書作家的文學獎，便是高知名度的最佳例證了。

只是，我要再次強調，即便榮獲有名的獎項登上文壇，並非所有的作家就從此平步青雲。因為在得獎後如果你沒能及時發表優異的作品，恐怕很快就會被遺忘了。

作家的收入

現今，日本有多少個小說家呢？設若有五百人，其中年收入五百萬日圓以下者約占八成左右，有的甚至不及二百萬日圓。譬如，各位剛寫完一部長篇小說，由角川書店出版三十二開的精裝本。由於你們是剛出道的作家，撰寫此書至少得花上半年的時間吧。初版印量四千本，定價一千七百日圓，版稅以百分之十計之，你們的收入約莫六十八萬日圓。半年只賺得六十八萬日圓，這樣的收入簡直比在超商打工的時薪還少呢。[2]

最近，有滿多的新銳作家表示，不介意「年收入只有二百萬日圓」，但是我覺得這種觀念過於消極。以職業棒球界譬喻，作家的世界只有一軍與二軍之分。前面我已提及，勇奪下「高知名度」文學獎出道的新銳作家，等同於新球員選秀中第一名進入球隊，而得到名聲泛泛的文學獎的作家，好比被篩選過數回才入球隊，至於自告奮勇出道的就像球隊裡的備用選手。

日漸萎縮的出版市場

三十三年前（一九七九年），我跟大家的情況相仿，是個以挑戰新銳獎的業餘寫作者。我得到了由雙葉社《推理小說》雜誌主辦的首屆推理小說新銳小說獎，登上了文壇，以當社出版文藝的書市來看，雙葉社的規模不算大。在我沒寫出《新宿鮫》之前，我被同業戲稱為「萬年的初版作家」，出版了二十八本書，卻從此沒有再印。一次，我在書店找不著自己的新書，查找了一番，原來它被擺在名作家的書籍下面墊底。我的作品銷售不佳，幸好那個時代尚有書稿可寫，勉強還能餬口過日子。[3]

2 台灣目前一般文學小說首印量約為二千本～二千五百本，定價大約三百元左右，版稅以百分之八來計算，樂觀來看半年首刷如果全部賣出，收入大約是六萬台幣左右，但實際上扣除預付版稅等諸多原因，實際數字應低於此。

與當初的情況相比，現今的出版市場縮小了三分之一。換句話說，作家的存活率只有三分之一，收入只剩下三分之一。因此，想成為作家的各位，請你們務必要嚴肅面對這個課題。

中規模的書店大概可擺放十萬至八萬種的圖書。可在這汗牛充棟的書籍中，你如何做到讓讀者「覺得此書有趣願意花錢買它」呢？也許，你認為讀者們可能給你溫厚的支持，問題是，你們從未見過面，讀者往往會因為追隨流行和喜新厭舊而棄你們而去。自從發生雷曼兄弟金融風暴以來，整體書市的銷售跌到了谷底。如今，哪怕最忠誠的讀者，為了買下一本單行本，就必須省下兩餐午飯。除非你這個作家的作品足夠精采可期，使他們心甘情願掏錢出來買它。

在此，我再次叮嚀，你們若想成為一名在眾多書本之中脫穎而出，並讓讀者樂意掏錢購書的作家，你們就要朝向取得「高知名度」文學獎、在這高台上綻放光芒，有能耐拿下大獎項，隨時揮出全壘打的作家的目標努力，以身為靠筆桿維生的職業作家為職志。

3 日本的作家有非常多的專欄可以寫作，尤其是各報章雜誌短篇小說的連載，日後集結編輯成書後，便可以先出精裝單行本。如果銷售不差，便會改版上市成為便宜攜帶的文庫版。

作家應具備的條件

1—用語精確

日語辭典放在手邊，你若覺得字義稍有疑惑，便要立刻查明意思。我現在仍是手寫文稿。我經常使用憂鬱這個字眼，可偏偏想不出「鬱」字的筆畫來，因此每天總要好幾次查閱辭典。你們多半以筆記型電腦寫稿，也許覺得只要變換字體不出錯，應該不成問題，事實上錯用日語的人所在多有呢。在稍後講評的時候，我會個別提及。從現在開始，請各位留意自己的日語表現是否正確，還需養成勤查辭典的習慣。

2—必須反覆校讀

在此之前，我擔任過諸多新銳小說獎的評審委員，在閱讀參賽的作品中發現，有些作者竟然犯下應注意卻忽略的小錯誤。在這次你們交出的作品，顯然有的沒做好文稿的校讀。我可以理解你們直到截稿之前絞盡腦汁想寫出佳作的心情，但就我的經驗來看，通常在截稿之前，給自己預留一日，做最後的推敲，文稿的品質會高得多。可以的話，儘量騰出時間校閱，因為少了這道程序，你就校不出別字和錯漏之處了。這如同丈八燈台照遠不照近一樣，有些顯而易見的訛錯，往往被人予以忽略。為了多爭取到校閱重讀的時間，你們必須儘早地完成作品。

3—每日書寫

在電視連續劇中，經常出現作家趕在截稿前徹夜寫稿的畫面，但真正的職業作家可不是這樣寫稿的。你要提早交稿，就得養成每日寫出固定字數的習慣。今天，我來這裡授課之前，便先給某月刊雜誌寫了四千字。對職業作家來說，每天至少得寫個四千字，多則產出八千字，隔日再校讀自己的作品，加以潤色或修改，日復一日，徹底實踐這個要求。我周末偶爾也會休息，也曾經休過長假，但在職業作家中算是少見。許多作家都是全年無休地寫稿，有的每天不寫點什麼，便渾身不對勁。寫作如同汽車的引擎一樣，一旦冷卻過久，就不容易啟動。所以，即便你每天只寫了一頁，靈感和創意就源源而出，很快地進入創作的世界裡。因此，力行「每日書寫」的習慣，是何等重要啊！

4—勇氣與智慧

作家經常遇上這樣的情形：寫得拖沓不順，心情大為消沉，苦想了半天，就是不見靈感降臨，不知尚未完成的小說如何續寫才好。簡單講，當你陷入如此困境的時候，就必須有壯士斷腕的勇氣。也就是說，此時你要多點耐性，要直視自己不完美之作的事實，或者抱持重啟爐灶的勇氣。在職業作家當中，因為寫作碰上瓶頸而沮喪不振的還所在多有。到現在，我總共出版了八十六本書。一開始，都希望寫出傑作來，但是最後卻不盡理想，為此自己十分苦悶，而這樣的作品就有好幾本。既然如此，那為什麼還出版它呢？

因為你若要寫出下一本書，就必須這樣做。而要寫出下一本小說，你得先把目前的作品完成才行。因為這股懊悔的情緒，將是使你今後寫出更勝前作的驅動力！

作家的動能

身為「作家」，得要「持續」筆耕不休。不是只寫出一本名作來，還必須每年寫出更勝前作的高水準作品，必須殫精竭慮的上下求索，不斷地超越自我的極限，催逼自己寫出佳作來。這是個非常耗費腦力與體力的行業。你出道以後，入圍了文學獎，或者取得了獎項，寫出暢銷書來，還得更上層樓才行。因為一個作家為了持續寫出更好的作品，最好的動能是自己的小說因此暢銷，要不就是奪下文學獎。

可否談談您出道以前的寫作情況？

驢子 在您出道以前，每天大概要寫下多少字數？

大澤 我就讀初中二三年級之際，曾完成了四萬八千字的作品，算是我的處女作吧，在高中期間，最多還曾經寫了四十萬字。我是二十三歲的時候，登上文壇的。在此之前，由於我父親患了癌症，我每天得去醫院照料，沒有太多時間寫作。我出道之後，出版社的編輯要我二三個月內，寫出一本三萬二千字的短篇小說，我便遵照指示完稿了。

邀稿的篇幅務必使命必達嗎？

企鵝 可是，有些時候不管你想破了頭，一天頂多只能擠出八百字，我們最終仍需要拚寫出四千字來嗎？

大澤 嗯，職業作家也經常有此困擾。不過，周刊雜誌和報紙的截稿日期規定嚴格，不容你拖稿開天窗，他們要你交出六千字來，你就得按這篇幅完稿。尤其，名作家的截稿壓力沉重，撰寫的篇幅更多，因此，每天不產出固定的字數，根本應付不來。總之，不管你想得快抓狂了，或者乾脆跪地求饒，你最後就是得按量交稿，這才是真正的職業作家。

寫到一半自己不甚滿意仍要堅持到底把它寫完嗎？

白米 如果我寫到一半卻覺得自己越寫越糟，仍需堅持到底把它寫完嗎？

大澤 沒錯。問題是，你真的知道自己的作品寫得很差嗎？依我的看法，如果它是小說類別，你就要查看到底是故事張力不夠，或者是人物不夠突顯？若是故事鋪陳的問題，只要返回到某個情節上構思接續即可解決，但若是人物沒有特色，你就得從頭開始形塑他們的性格了。不知道你遇到了什麼情況？重要的是，你要看出問題的所在，雖然練就出這種眼力很困難。

通常，我在寫小說的時候，幾乎不考量故事情節便振筆疾書了。但是相對的，我在描寫主角人物，或者反派角色，賦予女主角什麼性格，可是費了不少時間呢。因為人物一旦決定，只要構思稍具故事內容，接下來情節如何進展，你即可以自由發揮了。最常見的是，小說人物不夠完善，以致於無法支撐整個故事的發展，當然只能以失敗收場。

參加新銳文學獎的投稿中，最多的即是這種「故事的鋪陳很出色，但最後卻落到人物與事實反差過大的結局來」。這都是太偏重於故事情節的弊病。故事情節固然重要，可是小說人物同樣不可偏廢，請各位務必記住。（詳情參閱第L3 p.43）

LESSON 2
掌握第一人稱的技法

克服三個難關

大澤 這次的主題要談「第一人稱的寫法」。各位已經交出了以「第一人稱寫作」為課題的習作（大約一萬二千字、中文字數約九千字），所以我要評析每篇作品的優缺點，並進行授課內容。首先，我來談談之所以選取這個課題的目的。

以第一人稱寫作的優點在於，可避免敘述與焦點的分歧。在日本，多半很難接受以全知觀點寫作的小說（參閱第L4 p.87頁），尤其以此參加新銳文學獎者，很是吃虧。因為敘述焦點凌亂，必定被嚴重扣分，因此我希望大家鍛鍊這個技法，穩住自己的步伐。

第二，由於以第一人稱的寫法，能夠提供的訊息有限，以此來鋪展故事的情節，頗有縛手綁腳之感。比如，你若把主觀與客觀的敘述弄混了，保證被判出局的！也就是說，你們務必要掌握這種絕難的技法：在局限的觀點當中，為讀者提供情節的發展，還要把故事說得精采可期。

第三，主述者的視點要如何方可將「我」「俺」的性格傳達給讀者呢？正因為並非第三人稱，因此說話者不可以「他如何」或「她怎麼啦」來表示，那麼如何才能生動突顯主角人物的特性呢？比如，你若能做到所寫的男主角「之前，曾經讓許多女人愛得死去活來！」，使女性讀者認為這男子（我）真有女人緣的話；其他男性讀者閱後斥罵「女主角明知道壞男人的本性，卻還是被他哄騙得團團轉。」的話，那表示你的人物刻劃相當成功。換言之，你可以藉由對話來體現人物的特性。

因此，以第一人稱寫作小說，就必須克服這三個難關，儘管做好它並不容易。我想，許多寫者在親自執筆之後都會覺得「原來第一人稱的寫法，可沒這麼簡單啊」。其實，不僅上述的問題而已，敘述焦點的混亂也是。例如，突然來個「〇〇憤怒得臉色漲紅了」、「〇〇看似怒容滿面的樣子」，這些形容都應該避免才好。

你只要掌握住「第一人稱寫法的竅門」，就知道如何撰寫小說，以此做為起步的基礎，往後即能更上層樓。

接下來，我要逐一講解和分析學員們的作品。首先，我必須指出，在這次講座當中，作品的講評全由我主持。學員之間不得評論彼此的作品。其次，我的評析非常嚴厲，但它並不表示就抹煞或者限制各位將來成為作家的稟賦，請大家理解。也就是說，就算你們被我批評得很慘烈，都不必在介意。相反地，你們要就此悟出寫作的訣竅，避免再犯下相同的錯誤。我在此重申，我會藉由這次的講座課程中，盡己所能傳授各位如何挖掘出自己的特色，並從中如何掌握住精要的寫作技巧。

第一人稱的寫法

接著，我要評析的是老虎小姐的〈明亮的眼神〉。首先，請您簡略談談寫作這篇小說的感想。

（〈明亮的眼神〉內容概要）女大學生真菜子患有弱視，上個月被一名陌生男人跟蹤，幸好住在同大樓的男子青井出手相救。某日，真菜子下課返回家裡，那名跟蹤狂正要闖入侵擾，青井又及時解危退敵。真菜子向青井再三致謝，青井在這時向真菜子表白自己的情意。

老虎 這次老師要我們以「第一人稱來寫小說」，但可能是我沒有弄懂這課題，卻又想藉題發揮一下，便把它寫成敘述性的布局。我把女主角設定成弱視，而且花了很大功夫，儘量不讓讀者察覺到，對女主角使用視力的描寫能避則避。

大澤 妳提到的部分正是這篇作品的優點所在。妳把視障者的日常生活，寫得具體又生動呢。

她從床上探下身子，往地板上伸手探去，經過幾番周折以後，指頭這才終於碰觸到了掉落在地上的鬧鐘。

我讀這篇小說的時候，總覺得女主角可能是個視障的人，讀到最後發現果真如此，可又沒有感到不合理。作者在人物刻劃上很成功，讀來使我印象深刻。

不過，她在措詞上仍有不妥的地方。比如，「我讓自己神情黯然」、「我又使自己的臉頰發紅」，這樣的視點有違於第一人稱的寫法。也就是說，「我讓自己神情黯然」，是從他者的角度來看的，「使自己的臉頰發紅」的形容也很奇怪，應該以「我（害羞得）臉紅了」來形容。我發現，其他學員的作品中也有這樣的毛病。也許，你們在寫作的時候對此並沒有意識到太多，但是今後對自己的遣詞用語應該更加把關才行。

另外，這篇作品的缺點在於缺少故事的戲劇張力。經常閱讀推理小說的讀者在展讀之際，多半要猜想「說不定那個救美英雄就是個跟蹤狂吧？」，但是這篇小說的情節，實在太平淡無奇了，以致於才安排遭受跟蹤狂騷擾的女主角由白馬王子出手搭救的結局來。這是最落入俗套的寫法。正如前述，作者描述女主角的日常生活情景很出色，若能在故事情節上多下功夫就更好了。

大澤講師評析

故事╳人物◯文筆╳對話△創意．技巧△

第一人稱的敘述觀點

接下來，請白米小姐談談妳的〈魚兒的抉擇〉。

（〈魚兒的抉擇〉內容概要）朱浬向來隱藏著自己的身分，其實牠是一隻美人魚。不過，有個老人看出了其中的祕密。直到現在，他仍為自己曾經錯過了美人魚朋友而懊惱不已。朱浬很想跟老者交朋友，但牠的童年玩伴美人魚浬芳，卻向牠提出了忠告。因為浬芳的妹妹正是被人類害死的。朱浬數個月都沒找那名老者，後來才知道，老者於那段期間命喪海中了。

白米 我原本就想寫些情感糾結的驚奇和懸疑的作品，恰巧看到了 NHK 播放海洋生物的特輯，覺得很有意思，便以此為題材虛構出海洋與陸地的聯結，打算把它寫成充滿人情味的奇幻小說。

大澤 從第一人稱的寫法來看，在這篇作品中有些人物的敘述口吻很不自然。例如：

「讓你久等了，朱浬。」

突然有人喚牠，蹲在地上的牠回頭看去，一個青年站在了那裡。

在牠輕柔細長的前髮下，有著細長的眼睛。

「你遲到啦，浬芳。」

我向他露出不悅的表情，他立刻舉起雙手做出投降的樣子。剛才，一隻貓兒對我的手指很感興趣，這會兒又跑到浬芳的腳下磨蹭起來。真是個水性楊花的傢伙！

「對不起啦！你想吃什麼我來請客，原諒我吧。」

「好吧，就饒你一次。」

我向他堆起笑容，挽著浬芳的手腕向前走去。

這篇小說設定的主角「朱浬」是個「青年」。既是如此，把認識的人稱為一般的「青年」，豈不是很奇怪嗎？假如他叫做「浬芳」的話，應該說「浬芳站在那裡」才對。同樣地，文中出現如：「讓你久等了，朱浬。」／「我向他露出不悅的表情，～」／「我向他堆起笑容，～」的形容，但正規來說，很少以這方式來形容自己的表情。事實上，可以「你遲到啦，浬芳。」／「我皺起了眉頭」，抑或「我生氣地說」，若要形容主角不高興的神情，也可用「我悻悻然的說」，如此形容都說得通。

白米 或許是因為我平常都以第三人稱來寫作，儘管這次我以第一人稱切入，結果仍不自覺地留下了第三人稱的敘述方式。

大澤 所以，我開設「以第一人稱寫作」的目的正在於此。第一人稱的視點只能單線進行。由此各位亦可理解到，以第一人稱來推展故事情節的局限與困難。今後，你們務必要檢視自己的文章是否符合第一人稱的寫法，看看有無類似的毛病。以白米小姐的情況為例，文中經常出現「向他做出什麼表情」的形容，這已不是人稱上的問題，而是不良的慣性。下次，妳要儘量改掉這個缺點。

大澤講師評析

故事╳人物△文章╳對話△創意．技巧○

符合主角年齡的描寫

接下來，是水母小姐的作品〈螢火蟲〉。

（〈螢火蟲〉內容概要）現年四十一歲的仁科惠是一名職業婦女，她的前同事亦是舊情人藤岡悟睽違五年後打來了電話。當初，藤岡拋下小惠開設公司，但是卻以倒閉收場。藤岡以他們過去的關係要脅小惠。然後將小惠騙至其亡父的別墅裡予以殺害，並將屍體埋在花園下。那裡正是藤岡的父親（他發現了妻子與弟弟有姦情）將其妻子與弟弟殺死埋屍的地方。

水母 我開頭寫的格外戰戰兢兢，可後來又想加些推理小說的元素，所以就寫成這樣子了。

大澤 我必須坦白告訴妳，在這次所有的練習作品當中，就以妳開篇的寫法最糟糕了（笑）。

我就讀幼稚園以來，許多事情都被允許了。例如，中午的時候，我多喝點咖啡也沒關係，晚間八點必須就寢亦可以延至八點半。另外，其他的規定只是徒具形式，其中最使我高興的是允許我接聽電話這件事了。這件事是媽媽同意的，所以我的心情與之前有些不同，甚至帶著興奮莫名之情在等候電話鈴聲的響起。我家的黑色電話機放置於臨近玄關的側旁，每次媽媽和爸爸看見我往那裡來回奔跑的樣子都笑了。明媚的春光宛如畫卷般地灑在我們幸福三人的身上。我也被父母親的笑聲牽引得笑了起來，就這放鬆的時刻，電話鈴聲響了起來。

「你媽在家嗎？」

話筒的那端傳來了一個男子嘶啞的聲音。我覺得這聲音似乎在哪裡聽過。

噢，妳開頭就寫到「我就讀幼稚園以來，許多事情都被允許了。」，往下的描寫還滿有意思的。比如：「中午的時候，我多喝點咖啡也沒關係」、「晚間八點必須就寢亦可以延至八點半。」不過，接下來「畫卷般地灑在我們幸福三人的身上」的形容，我可無法苟同呢。一個幼稚園的孩子，應該還不會使用這樣的字眼吧。而且「話筒的那端傳來了一個年輕男子嘶啞的聲音」也很奇怪。對於年幼的孩子來說，不管對方是十五歲或是中年大叔，都不可能說成「年輕男子」吧。換句話說，妳以第一人稱的寫法，就必須以幼稚園小孩的觀點來寫。水母小姐，妳在投稿應試的作品中，開頭的地方同樣寫得很糟糕。以後，妳要養成冷靜反覆閱讀自己作品的習慣。

這篇小說的優點在於，把強逼女主角重修舊好的前同事藤岡悟其實是個壞傢伙的人物特性寫得維妙維肖。畢竟，要把一個壞傢伙寫得躍然紙上，很不容易啊！這說明水母小姐很擅長人物的描寫。不過，我覺得水母小姐的文章有點過度渲染與矯揉造作的傾向。開頭部分「我就讀幼稚園以來」之後，寫得的確很有韻味，可過於雕琢很可能適得其反。我建議妳更放鬆心情順其自然地描寫即可。另外，在故事的結尾，雖然道出男主角的父親殺了自己的妻子和弟弟，並將他們埋屍在別墅底下，可是這樣不符合現實。在同個時間，有二人失蹤了，警方必定起疑展開調查，主角在長大成人之前竟然有察覺到，這未免太不合常情了。從這點來看，它作為推理小說沒有說服力。

大澤講師評析

故事△人物○文章╳對話△創意．技巧╳

不要只寫正面形象的人物

接下來，是哈巴狗小姐的作品〈遲來之春〉。

（〈遲來之春〉內容概要）十日前，一場大火，奪走了飯田藩主堀親長之妻珠子的性命。但真正的原因是珠子遭到藩主冷落，自己投身烈火中死亡的。親長為此悲傷絕望，後來與滅火有功的老者傳次郎以及孤兒金造熟稔起來。親長的家老[4]

哈巴狗 這部小說是以某個歷史上確有其諸侯的生涯以及著名的家庭風波的故事，我查考過相關資料，預計把它寫成四十八集左右的系列作品，這篇小說即其中的一集。小說的主角飯田藩主，之後被稱為中興之主，是個傑出的地方諸侯，其實他年輕時很不成材，直到忠心的家老切腹死諫他才醒悟了過來。在這部分，我沒能充分描寫感到很遺憾。

大澤 我認為以第一人稱寫作時代小說，的確是很不容易。哈巴狗小姐參加這次講座的投稿作品，寫的也是時代小說的題材。這次，妳以第一人稱入題，可以說寫得相當出色。故事情節上亦沒問題。只有一個地方，妳要多加留意。妳設定柳田為實這個家老縱火把寺院燒了。姑且不論其動機如何，在江戶時代縱火絕對是重罪一條，情況嚴重的話，還可能招致其整個藩屬走向瓦解。這名家老犯下了這樣的重罪，自己和藩主竟然沒有受到幕府方面的究責，這樣的結尾有些不合情理。是不是呢？除此之外，妳寫得非常好。

4　幕府時代諸侯的家臣之長，統轄武士，總管家務。柳田為實很想斬斷他們的交往關係，於是縱火燒了寺院。親長出手相救，這才知道金造原是柳田為實的孫子。

在此，我要說個重點。在投稿時代小說新銳小說獎的應徵者之中，像哈巴狗小姐這樣的作者還滿多的，也就是說，文筆流暢，資料考證齊全，故事情節寫得生動有趣，因此最後多半能夠擠進入圍名單，但就是無法拿下獎項。這是什麼原因呢？

目前，我只讀過哈巴狗小姐兩篇作品，上次的應試作品和這篇〈遲來之春〉，印象中，出現在妳小說中的幾乎全是正面形象的人物。相反地說，這也是妳的小說技法很大的缺點。沒錯，小說中全是善良人物的局面，讀完的時候的確感覺良好，但以結局而言，終究太循規蹈矩了。從這個角度來說，以全是正面形象人物出場的小說，參加新銳小說獎的徵文，畢竟是屈居劣勢的。要克服這個弱點，並不容易，往往埋頭拚寫，最後又寫出「全是好人出場」的結局了。當然，這並非像剛才水母小姐務必把藤岡這個惡棍亮相出來不可。因為既然是人性的作為，就難免出現落差與矛盾，彼此生出憎恨與悲傷，甚至大打出手起來。正因為如此，方能產生出高度的戲劇效果。妳的文筆俱佳，若能把握這個重點，今後將會有更大的飛躍。總結地說，〈遲來之春〉這篇作品寫得很好，但是稍弱的部分仍要多加自覺改進。

大澤講師評析

故事○人物△文章○對話○創意．技巧△

人物對話不可冗長

接下來，我來評析企鵝小姐的〈深夜戰士〉。

（〈深夜戰士〉內容概要）今村泉水現年二十歲是某公司行政人員。他曾經非常著迷冰上曲棍球，在某次比賽中受傷嚴重，從此退出了這項運動。從那以後，他過著灰心喪志的生活。事實上，他很想成為一名小說家，可每天夜裡出現的奇怪的夢魘，總是在打擊這小小的夢想。他百般困惑，找上了心理諮詢師，在諮詢師的鼓勵下，他終於恢復信心開始寫作。

企鵝 其實，我二十餘年來始終被這個想法所困擾著，有些時候，我猶豫著到底要不要把這個苦悶寫出來呢。我原本想把篇幅寫得更長些，可依規定只能寫一萬二千字，只好勉強結尾作罷，最後把這篇作品寫得空乏無味，我覺得很遺憾。

大澤 企鵝小姐在所有參加徵稿的作品中受到很高的評價，這次我仍寄以厚望閱讀，但坦白說，這回我卻大感意外。正如妳現在所坦承的，妳沒辦法把想寫的東西，給予完整的故事和情節。不只如此，主角與心理諮詢師的部分，處理得並不好。在我看來，心理諮詢師的敘述和說明過於冗長。第一人稱的寫法藉由對話來說明情境很重要，但相反地，只憑藉著人物的對話來撐場，可能導致內容空洞無物。

正如企鵝小姐自己察覺到的那樣，這樣的題材是不應該寫成一萬二千字的短篇小說。當然，我可以充分理解妳很想成為作家的想法，可這是寫給普通讀者閱讀的，這樣只會招來批評：「妳要不要當作家，干我什麼事啊！」因此，我不得不說，對於想成專業小說家的人來說，這樣的題材並不適切。

大澤講師評析

故事╳人物△文章○對話△創意．技巧╳

敘述與口吻應該與主角的年齡相符

接下來，我要評析鱷魚先生的〈跟蹤的少年〉。

（〈跟蹤的少年〉內容概要）就讀高中的俺和笠原，對於期中考全科滿分的同班同學三秋（此前對他沒什麼印象）很感興趣，於是，決定下課後跟蹤他。不過，咱們的跟蹤行動馬上露了餡，向三秋道歉賠不是，可三秋反而找咱們商量。三秋說，他對自己的大阪口音感到自卑，變得不愛講話，最後俺對這件事還是沒什麼印象。

鱷魚知道這個課題的時候，我讀了夏目漱石的《少爺》，由於那部小說採用「俺」

的第一人稱寫法，我便想跟著依樣畫葫蘆。接下來，我打算模仿高中生的口吻，並把高中生設定為主角。

大澤 這篇作品的優點在於充分展現出青年人的形象。出場的人物奔放的交談，勇於表現自己的感想，等等。尤其，以跟蹤期中考全科滿分的學生為故事主線，的確給人趣味橫生的奇想。

不過，這篇作品在措辭上有些幼稚和矛盾。例如，開頭部分的：

俺跟笠原趁著午休的時間，在教室的角落吃著冷掉的難吃得要死的便當。俺跟笠原都吃不下冷掉的便當，所以總是哇啦哇啦地硬吃著。

文中以「哇啦哇啦」來形容，豈不嘔吐了出來嗎？既然已經嘔吐，豈可能吃得下呢？

「是啊，我當然知道呢。不過，俺之前對他可沒什麼印象耶，只能說他不太引人注目吧。」

這樣的形容也很奇怪。這時候應該說「俺根本不認識他呢」。

另外，其他同學也有類似的問題。但作為第一人稱的寫法，以「俺用半沮喪的口氣說」是說不通的。你豈可能「用半沮喪」來形容自己呢？還有，像「笠原執拗地推著我」以及「笠原不斷地嘲弄我」的形容多所重複，應該儘量簡潔敘述。在日常生活中，也許經常使用到這樣的語言，但不大適合作為文章的敘述。換言之，質疑「自己的日語能力」，目的就在於此。

我再舉幾個例子。「以像貓額頭那樣很小很小的操場」來譬喻校園，簡直是不合事實與常情。又以「……除了連鎖便利商店和漢堡店以及烏龍麵店之外，那些老舊的帽子店和古骨店與糯米丸子店的店家依然還在……」，最後突然冒出「店家」的字眼，來形容商店街的街景，同樣給人咬文嚼字的感覺。此外，分明主角還是高中生，卻把他譬喻成大人，如「他的眼睛全然動也不動，令人聯想到如江戶時代的匠師所製作用來端送茶水的木偶」，通篇小說全是這樣幼稚的措詞。

我二十三歲的時候，曾以第一人稱的視角寫作《感傷的街角》而登上了文壇。沒錯，我年輕時也認為以年輕人為主角，並把它納入故事的題材，的確是很占優勢。我覺得，鱷魚先生有辦法把少年的心理狀態寫得維妙維肖。儘管如此，並非以青少年為主角，在所有的用語和客觀敘述上，就要表現出幼稚可笑。請您把文章寫得更穩重成熟些。

大澤講師評析

故事○人物○ 文章╳對話○創意．技巧△

如何巧用專業術語

接下來，我來談談貘獸先生的〈秘密〉。

（〈秘密〉內容概要）從事律師二十年的古野參加了一次研習營。他們的成員有會計師、稅務師和證券公司職員，是他參與某個企畫案認識的。那天晚上，鬧得酒酣耳熱之際，他們紛紛吐露自己的秘密。酒醉的古野坦承自己還沒考上律師之前，曾經幹過跟蹤女性的勾當。但令人尷尬是，他跟蹤的女子竟然是與他同席的會計師海野的妻子。

貘獸 我原本打算讓小說中的人物扮演著有著商務往來的角色，可後來方向走岔了，於是，急轉直下把它發展成那樣的故事了。

大澤 我上次讀過貘獸先生參與甄試的作品，而且您是個專業的律師，因此我很期待您充分發揮實務經驗寫出有趣的作品來。不過，這次作品與八哥先生的獨特風格恰巧適得其反。例如，如這樣的敘述：「即Malpractice的懲罰性條款，和損害賠償訴訟正等著你」，和「在之前的公司所處理的股票上櫃子公司非公開的交易和MBO的時候，缺乏學說判例的討論和現實性……」我實在讀得一頭霧水。在我看來，既然這些材料將應用在主角與其相關的故事上，目的在於讓讀者了解這個特殊行業，您應該更提綱挈領，非得使用專業術語時，要儘量寫得淺顯易懂些，否則讀者根本無法讀懂。確切地說，絕不能抱持以「專業術語」強行掛帥的想法。因為這種寫法，若操作不當，反而招來讀者的反感，您務必切記注意。

這篇作品是以某同好成員聚會分享彼此的秘密時，主角坦承以前幹過跟蹤惡行的虛構情境為開端的，其中某成員的妻子亦受到同樣的遭遇，於是，故事以「原來你就是那名嫌犯啊！」的嘲笑做結尾。我覺得，在文中出現太多艱深的專業術語來表現這行業的特殊性，但卻是以一般薪水階層常遇見的事情收場，實在不宜把它寫成專門行業的故事。雖然您寫得非常認真，結尾的地方亦有精采的表現，但是這次結尾太冗長了。這篇作品的優點在於，諷刺的意味十足，缺點是專業術語氾濫內容空泛。

大澤講師評析

故事△人物△文章╳對話△創意‧技巧△

運用對人性的觀察

最後，我來評析海豚先生的〈長靴女子與男性職員〉。

（〈長靴女子與男性職員〉內容概要）「我」在上班途中的電車內目擊了車禍意外。事件起因於，數個月以來，一個穿長靴的女子和提公事包的公司職員，為了圖下車方便，經常擠靠在門旁而爭吵起來，其中又有一名流氓模樣的男子加入了戰局。發生意外事故那天，那個流氓跌入了車下。其實，我看到的好像是那個穿長靴的女子抬腳踢踹和那個公司男職員推擠所造成的。事後，他們二人向警方表示：「由於這起車禍意外，我們都遲到了呢。」

海豚 一開始，我就以第一人稱來寫作這篇小說，寫著寫著，我覺得第一人稱的寫法，實在很不好掌握，寫到最後不知如何進行，於是就把它寫成「對話」和「自白」的形式了。

大澤 您這次的作品寫得很好！這樣的水準幾乎可以刊登在小說雜誌上的「精采短篇小說特輯」了。總而言之，人物的描寫很生動。「穿長靴的女子」和「提公事包的男職員」，在擠得滿滿的電車中，居然從敵手的關係衍生奇妙的默契，最後聯手把中途爭位的流氓除掉報了一箭之仇。其結果是，那名男子墜車身亡，他們二人卻異口同聲向刑警漠然地說：「由於這起車禍意外，我們都遲到了呢。」這樣的結尾令人不禁莞爾。在日常生活中，看似不可能發生的事情，若發生卻以此收場作為結局，而能夠這樣推展情節實在很高竿啊！

海豚先生是個佼佼者，其應試的兩篇作品全被選入評審名單中，兩篇皆屬於黑色幽默風格的作品，但坦白說，題材過於淺薄，缺乏趣味性。不過，從小說的技法來看，其黑色幽默表現得宜，結尾收場也很傑出。它的優點在於擅於觀察人性，人物寫得生動傳神。至於它的敗筆在於，海豚先生在是否把它寫成長篇小說而舉棋不定。您曾經寫過長篇小說嗎？其實，我很想在這講座上講授長篇小說的寫法……。

海豚 是，有的。

大澤 那麼，您應該不成問題的。若是長篇小說的話，可不能這樣結尾。總而言之，您這次的短篇小說很精采呢。

大澤講師評析

故事 ◯ 人物 ◯ 文章 △ 對話 △ 創意．技巧 ◯

要寫作更需閱讀

第二次的講義到此結束。最後，我要談談重要的觀念。

寫作是一種不斷「付出」的過程，若持續寫作同樣的題材，就很容易把自己的經驗寫盡或挖空，因此作家需要時常「進補」才行。舉凡小說、漫畫、電影、戲劇、音樂，不拘任何類型題材，總之要持續地刺激自己。

例如，要養成這樣的習慣：當你聆聽到優美的音樂，就可思考把它「寫成以音樂為背景的小說」；看完一部電影，可設想「自己若是導演要如何改編這樣的題材」，或者構思如何把這份感動寫成小說，亦即要不斷接觸相關的文創作品。目前，尚未有評論者指出，其實，我的長篇小說《必須奔跑至黎明》，描寫一名於東京土生土長的男性上班族，在大阪被捲入了一場糾紛的故事，正是得益於觀賞過羅曼．波蘭斯基（Roman Polanski）導演的電影《Frantic》（亡命夜巴黎）的靈感。

因此，你們要隨身攜帶筆記本，隨時記下所思所感，即使是晚間的夢境也沒關係。我的小說《天使的獠牙》，描寫「自己是個被移植腦部的女性」的小說，就是以我的夢境為基礎寫成的。因為晚間的夢境來得快去得也快，頂多半天就忘光了。所以，各位不妨在枕邊或廁所裡擺上筆記本，想到什麼就立刻記下來，成為你日常生活中的習慣。這些筆記未必現在就能派上用場，但是累積到某個程度，當你重新翻閱的時候，往往可以提供你「添加補充材料的寫作素材」。

各位學員都很喜歡閱讀，搭乘大眾交通工具時多半在看書，不過，你們偶爾要抬起頭來觀察周遭的人物。例如，你們可以想像一下：對方的職業、家庭環境、錢包裡的金額、癖好、是個富豪嗎？該不會是個變態狂？那個禿頭的中年大叔最喜愛以女裝現身，或者想像對方當時的心理狀態。任何時刻都是觀察人物的好機會，透過這樣的訓練，將提升你對描寫人物的材料與功力。

對於職業作家而言，一年三百六十五天，全天二十四小時，都在孜孜不倦地寫作。誇張地說，睡覺還在構思著未完成的小說，才是不折不扣的小說家呢！

如何描寫反派角色？

哈巴狗 每次我要描寫反派角色，我所認識的討厭的人物便闖入腦海中，心情跟著激動起來，請問要如何形塑反派角色？

大澤 坦白說，我也不擅長描寫反派角色呢。儘管我寫過冷酷絕情的殺手，但是描寫反派角色，總覺得愈寫愈力不從心。其實，所謂的惡徒，從來不覺得自己不被喜愛。例如，在水母先生的小說〈螢火蟲〉中，藤岡明明是個惡徒，可他卻自認極受愛戴；這如同學校裡的欺凌事件一樣，施暴者多半不承認自己的犯行，因為人是很容易把自己正當化的動物。我經常描寫黑道流氓，如「我要把你殺掉！」這樣火爆性格的傢伙，一點也不可怕。與之相比，像「哎，我原本不想殺你，可咱們家老大交辦下來，非得動手不可，所以你不要恨我呀！」口頭上道歉，卻殺了對方挖了坑洞埋下的惡徒才令人毛骨悚然。我建議您，一開始不需刻意而為，只要把看似不像惡劣之徒，慢慢地想像成反派角色，它自然就會散發出邪氣來，慢慢地浸透到讀者的心中。當然，要掌握這技法並不容易。畢竟，這可是小說家的閉門絕活呢。（笑）

可否把自己的親身經驗反映在作品中？

企鵝 老師，您曾經寫過這樣的作品嗎？

大澤 當然。我還特別把自己的失戀經驗托寫出來呢（笑）。二十歲和五十歲失戀，感傷程度各有不同，因此寫法可以略做改變。說來有些丟臉，我曾經有過這樣的念頭，因為這方面的題材可是炙手可熱（笑）。比起快樂的經驗，哀傷的、令人憤怒的和悲慘的事情，都來得容易成為小說的題材。那麼，如何描寫悲痛的事情？這個與剛才哈巴狗小姐的提問相同，當你刻意把它寫得「悲慘」萬分，讀者反而無法感受得到。進一步說，只有當事人不覺得自己悲慘，而周遭的人認為他處境淒涼，這才給人悲慘的強烈印象。以畫星星狀作比喻，單筆勾勒的星形（如圖1），以及在它四周塗黑予以星形反白的（圖2）相比，哪個比較能突顯出星形呢？

[圖1]

[圖2]

在我看來，圖2的星形比圖1的星形更能為讀者傳達具體的悲慘情狀。因為讀者在觀看主角的同時，亦看到了周遭的相關事物，也就是說，他們是以「神之眼」的全知全能的觀點看待人物。與其直白地說出人物的痛苦表象，後者的描述更能烘托人物的悲慘際遇。要學會這技巧可不簡單，至於如何方能練就，你們就得多絞盡腦汁啦。

下標題的祕訣？

鱷魚 我經常為如何下標題而苦惱著，請問可有什麼祕訣嗎？

大澤 有關如何下標題，我在這次講座中亦有提及（L8 p.183）。話說回來，各位下標題的功夫真是蹩腳啊（笑）！現在，我只能簡單告訴各位，已經出現過的篇名，儘量少用為妙。尤其是撰寫長篇小說，哪怕你的篇名很遜俗，你都要想出獨自的篇名來。不過，像這次你們投稿的短篇小說中，例如：〈螢火蟲〉、〈遲來之春〉、〈秘密〉這樣的篇名很可能有人已經使用過，這次算是情況特別。儘管如此，各位也不必走偏鋒。

LESSON 3
如何讓角色活靈活現

人物形象是小說故事的靈魂

大澤 大家好！這次，我來講授「人物描寫」的技巧。

剛才，白米小姐提問道「如果我寫到一半卻覺得自己越寫越糟，仍需堅持到底把它寫完嗎？」（L1 p.18）時，我回答說：「妳就要查看到底是故事張力不夠，或者是人物不夠突顯？」一部趣味橫生的小說，它的人物和情節故事必定是有機聯結的。倘若只是人物突出，其作品未必有可讀性，哪怕你有轟轟烈烈的故事，人物太過平庸呆板的話，終究就不算成功。

人物形象就是整個故事的靈魂。因此，為了支撐故事的局面，就必須使人物更加躍然傳神才行。小說的人物如同小三角形，以此支撐上面的故事，但它看起來搖搖欲墜（圖1）。相反地，你若想承載更大的故事，就需要以更穩固的人物做支撐（圖2）。那麼要如何出色地塑造小說中的人物呢？這就是今天講義的主題。

[圖1]

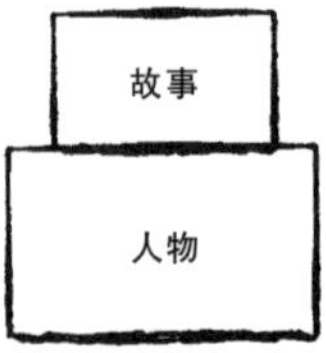

[圖2]

不倚靠數字和專有名詞來營造氛圍

首先，重要的是，應當避免以數字和專有名詞來描寫人物。例如，絕對不要用「大澤在昌，五十五歲，公司職員」這樣的寫法。因為這種寫法過於平鋪直敘，讀者根本無法感受到他是個平凡的角色或者是重要的身分。至於，要如何出色的描寫，你必須先塑造人物的典型。當你構思人物的時候，盡可能地使之更具體形象些。那麼何謂具體的形象呢？它是以「氛圍」烘托出來的。

譬如，就當作我們今天是初次見面，你們不可能一下子知道我現年五十五歲。多半有這樣的印象：「中年男子，有五十歲吧……頂多五十歲出頭吧。不像是公司的職員。總覺得他是個說大話的傢伙。」這時候，你要從這個角度來營造「氛圍」。各位要知道，這時你若反而描寫你看到的表象，「他穿著藍色的夾克外套、條紋襯衫、淺灰色斜條紋長褲……」，等同於沒把該人物的特色突顯出來。其實，描寫人物的服裝和面貌以及髮型並不困難，重要的是，你要如何明確而生動地營造該人物的形象。

依我的經驗，要使人物形象顯得立體，你可以熟識的人物為摹本。例如，周遭的朋友、公司的同事或上司，拿你喜歡的知名演員亦可。但是，絕對不可侵用實際的人名。例如，以「如織田裕二」或「宛若松嶋菜菜子」的描寫，當然比較方便使讀者對人物有具體的印象。不過愈是依賴這種現成便利的以著名演員為主的描寫，終究只算是作者的取巧之技罷了。身為作家絕不能有好逸惡勞的想法。何況，即使沒寫出演員的名姓，讀者一看便知「哎，他是在描寫織田裕二嘛！」，同樣算是失敗的作品。因此，絕不可逾越這條紅線！說到底，把知名演員作為描寫人物的摹本，終究只是手段而非目的。

登場人物必有緣由

在小說中，會有各式各樣的人物登場。以推理小說為例，主角、女主角和反派角色這些即構成故事的主軸。如果主角是女性，有時候其對象是英雄，或是多幾個反派的惡徒也行。

事實上，我撰寫小說的時候，最使我備感吃力的並非主角人物的刻繪，而是如何突顯女主角和反派角色。進一步說，我最在意的是，如何把女主角的性格寫得栩栩如生，惡棍如何神靈活現地登場的效果。假如，你以「他是個壞蛋，是個無情殘酷的傢伙！」來描寫，這樣是無法傳達歹徒的惡性。因為有些惡徒的處境很可悲，他並不想為非作歹卻不得不犯下惡行。確切地說，這個人物登場必定有其緣由。在小說中，這個「緣由」的呈現非常重要。也就是說，無論是主角或女主角和反派角色，他們都有其緣由出現在故事情節裡的。不只這三個主要角色而已，以連續劇的做法來說，就連「路人甲」和「訪客乙」等等這些不重要的角色，在那裡出現，都有順其自然的緣由。

例如，各位是小說中的主角。而你正在電車裡，你可以看看與你同車的乘客。在車廂裡，也許有中年的男性公司職員和女高中生或者是老人。在小說中，這些人物出現在車廂內必定有其緣由的，你必須安排他們的出場角色。我們假設車廂裡發生了一件意外糾紛。這時周圍的女高中生便是目擊者。有女高中生出現的情況，這起事件若設定在上午11點鐘，顯然很不合常理，因為這並非她們平日通車上學的時段。但她們為什麼出現在車廂裡，多半是「考試結束提早放學」，或者「健康狀態不佳上學遲到」等等因素。換句話說，她們不會憑空或無故出現在那樣的場合上。當然，在小說技法上這並非硬性規定，但作者必須深切掌握這個道理。

細節上的表現

著名的俄羅斯戲劇大師史坦尼斯拉夫斯基提倡的藝術方法（演員的自我修養）很值得學習。

假如各位都是演員。當你拿到劇本，分別被賦予各自的角色。這次你要扮演與男主角相戀的公司女職員。這時候，你不僅要熟記台詞之外，還必須總結和擅用你的人生體驗。因為導演可能問你許多問題，你的父母親是否健在，有沒有兄弟姊妹，是否家境富裕，有什麼嗜好，平常你皮夾裡帶多少錢，每天最快樂和最苦悶是什麼時間……。你身為這個角色，就非得回答這問題。當導演問你：「你喜歡喝茶？或者愛喝咖啡呢？」你回答「我喜歡喝咖啡」的時候，自然而然就會往「加糖呢？喝純咖啡？是否加奶精？」等細節想去。也就是說，你還必須把這角色的生活經驗更具體生動細緻地表現出來，這就是史坦尼斯拉夫斯基的藝術方法。

在我看來，小說中的登場人物，同樣要這樣處理。愈是重要的角色，更應當把人物的性格突顯出來，否則該小說的人物便沒有特色可言。這些有血有肉的人物，都是從你的生活周遭的真實場景中孕育出來的。你若能做到這功夫，即便那個角色只是乍然出現，你也沒有刻意做細部描寫，同樣能夠留給讀者深刻的印象。

還有個方法，你可以製作人物表，心有所想就把每個出場人物的特性記下來。因為所有的人物角色不可能一開始就完全定型，有些人物或配角往往是半途加進來的。這時你藉由這些筆記的補充，將可豐富人物的形象，進而增加故事的趣味性。

形象鮮明的主角方能感動讀者

每個人都有其個性。什麼是個性呢？是容貌姿態或者性格？縱使你剛剛寫完一部長篇小說，也不可能把每個角色的性格全刻劃了出來。因為光是以「他是個篤實、純樸又善良的人」，並不表示你已經成功顯現出人物的性格來。

在我看來，小說中的人物必須隨著故事情節的發展賦予變化。如果人物自始至終表現得平淡無奇，那它必然是乏味無趣的小說。換句話說，作者要注意的是，在故事情節的發展下，必須有層次變化地讓人物角色登場，讓讀者在這變化過程中向（人物）投入情感。最理想的狀態是，使讀者與主角一同憤怒、悲傷和喜悅。

確切地說，你所描述的人物必須活脫生動，必須寫到使讀者為主角的遭遇有著共鳴與情感。相反地說，你若不能巧妙呈現這些特點的話，只是簡單略述「啊，他好可憐喔」，而無法寫到讓讀者為主角悲傷哭泣，它就不算是成功的小說。我們假如有個壞人在惡意攻擊主角，你要讓讀者「痛恨歹徒」呢，或者「代替主角報仇」，抑或「希望那壞蛋受到怎樣的報應」，促使讀者很想知悉後續發展的話，這些完全操縱在作者的手上。

在寫作小說的過程中，你務必意識到這個層面，要帶領讀者進入小說的情境裡。性格平庸的主角是無法感動讀者的。我重申一次，「小說人物必須具備鮮明獨特的個性」。今後，你們在構思小說故事的時候，一定要謹記這個層面的重要性。這就是人物角色與故事情節的有機聯結。

情節的發展與人物的變化

至於，如何才能達到上述的技巧，我再具體舉例說明一下。

各位在寫言情小說的時候，是如何起筆開始的呢？設若戀愛有三個要素：「相遇」→「愛情」→「失戀」，一般多半從「相遇」的場景寫起吧。例如，「一個下雨的夜晚，妳因為沒帶傘不知所措之際，一個男士突然地向妳遞出傘來」。如果，我剛好受邀參與言情小說新銳小說獎的評賞委員，我讀到這樣的開頭，肯定不會給予很高的分數。男女的談情說愛，總是有高低潮的時期。有些情況如，「成為情侶幾年來交往穩定，可如今感情開始變淡，去年還有廝守終生的想法，今年已打消了這個念頭。」或者「失戀之後，情緒非常沮喪，茫然失魂似地在街頭徘徊，恰巧遇上了新的情人。」當然，故事的開頭如何展開全由作者決定。

故事如何有效地鋪展，與在整個情節中賦予人物層次感有很深的關聯。若以「相逢」→「戀愛」→「失戀」的方式，幾乎可說太落入俗套；相反地，以「失戀」→「相遇」→「愛到最高點」結尾的話，當然更引人入勝。這說明故事鋪展與角色富有變化的有機聯結的重要性。

有關「故事如何鋪展」的問題，我將在這次以「小說主題」的講義中詳細說明（L5 p.95），現在，各位要盡快學會如何使小說人物深深烙印在讀者的腦海裡的技法。

耐人尋味的人物角色

什麼樣的小說人物最令讀者印象深刻呢？最多的就是始料未及的人物吧。例如，原本你以為他是好人，其實他卻是個惡棍。這也是一種意外驚奇。然而，這個寫作模式幾十年來已經濫寫成災了，算是老梗與套路，在推理小說裡，讀者看到「那個好人出現，其實他涉嫌最重呢」，便理所當然這樣猜想。因此，上述的「好人即壞蛋」的人物設定，全是因襲老舊套路，也無法感動讀者的心靈。

相反地說，「看似惡棍，其實才是好人」的寫法如何？例如，他不停地攻擊主角，最後卻出手相救。不以「其實他是個好人，才出手搭救的」，而是「他雖然討厭主角，但他希望先打倒他們共同的敵人再予解危」，但從結果來說，他仍是在協助主角，如何鋪展你可自行安排。總而言之，「看似惡徒，其實就是好人」的故事，既可增加內容深度，也可使讀者回味無窮。「好人就是惡徒」的寫法，只會使故事內容更簡俗乏味，尤其更需避免以此方式來設定小說的主角人物。

從觀察周遭的人物開始

你如何塑造深具特色的人物使讀者記憶猶新呢？實際上，你只要做到一點，那就是

「觀察」。「對人的觀察」非常重要。上次，我已經提過，當你在公司和職場上，或者在通勤的電車裡，你可以藉此想像和觀察周遭的人物。例如，對方是否穿著相襯的服裝，正在讀書嗎，正在聽音樂？他在從事什麼工作？有沒有妻子兒女？獨自生活……？在夜晚11點鐘的電車裡，乘客困乏疲倦正是最無防備，這時候最能看出那個人特性的本質。他是個回到家裡，沒有淋浴沖澡即鑽入冷涼的被窩裡？或者換上衣服宛如別人似的到深夜的鬧區遊蕩呢……？你可以藉此想像他的人生和背景以及其他的隱密。至於，你的想像是否準確無誤，倒沒有必要證實，因為這樣你可能要被當成跟蹤狂呢（笑）。你只要儘量觀察和想像即可。

聽說酒店小姐從對方的皮鞋約略就能判斷其是否為初次上門的酒客。我的工作室位於六本木，一到傍晚，可以看見許多年輕酒店小姐的身影。她們上美容院梳妝頭髮，身上穿著時尚的西式套裝，但是有時候她們的鞋子卻很破舊。這是因為人們有時由於手頭較緊，而忽略給自己添上新鞋。今天各位多半穿著高級的西裝來到這裡，可鞋子就跟平常沒兩樣。從對方穿著鞋子的等級，確實可以看見其經濟能力。我們可以藉此觀察對方的鞋子、手錶和領帶等等物品。有的中年大叔身穿廉價的發皺的西裝，腳下趿著一雙破鞋子，但其手腕戴著勞力士手錶，或者脖頸處卻繫著嶄新而款式高雅的領帶。此時，你可以想像一下：「這個人在做什麼行業？」、「他該不會跟公司裡的年輕小姐在搞外遇？」

觀察對方的視線

我告訴各位，觀察人物的時候有個訣竅。你可以觀察對方的視線。從對方關注的眼神，就能窺知其興趣的所在。如果對方朝年輕女子的大腿偷看著，即可知道他是個色迷迷的大叔；看到有人認真地閱讀車廂裡的文化教育招生廣告，即可想像對方「應當是想提升技能的人」。正如夏洛克・霍姆斯說的：透過近身觀察可以探知對方的職業和興趣，所以請各位務必仔細觀察。你若能不斷累積「觀察、想像」的功力，以後你在塑造人物角色上必定更加出色。

寫出人物的激揚情感

在寫作技法上，有時候你亦可嘗試形塑充滿激情的人物。距今二十年前左右（1993年），曾發生過「遺恨多哈」的事件。話說在卡塔爾的首都多哈舉辦的世界盃足球賽亞洲地區預賽，日本隊最後一場對上了伊拉克，在此之前日本隊表現優異，但是在比賽結束後的傷停時間，卻被伊拉克進球追平比數而丟失了世界盃足球賽的資格。

隔天，我因為參加高爾夫球比賽，與作家勝目梓先生同車，我們聊起了前天晚上日本隊「遺恨多哈」的話題。那時候，勝目先生說：「我許多年沒看過人在茫然失措時的表情了。」由於我對此深有同感，為此我記得非常清楚。當伊拉克隊進球追平比數，隨後裁判吹響比賽結束的哨聲，宣判日本預賽敗陣的瞬間，我總會想起三浦知良露出茫然失望的表情來。在日常生活中，我們經常使用「愕然」一詞，但是在現實的生活裡，我卻很少看到有人露出如此目瞪口呆的神情。當時，我正在觀看電視的現場轉播，也被這個畫面所震撼了。與此同時，我心想「這樣的駭然神情可運用在小說寫作上」。我相信勝目先生同樣也受到了那個畫面的震撼。

各位試想一下，人處於激動萬分……憤怒、驚訝和悲傷的情境時，將會顯出什麼樣的表情，發出什麼叫聲，說出什麼話來呢？例如，有個母親看見兒子在自己面前發生車禍，當下她會做出什麼反應呢？你可能想寫出「孩子，你沒受傷吧？」的對話，但是實際的反應可能更為激烈。她很可能「嗚嗚啊啊」的怔愣半晌，驚嚇得說不出話，做出不可思議的動作來。當你有機會看到人處於極端驚嚇狀態的時候，會做出什麼反應，你務必要仔細觀察，並儘量地（在小說中）試著加以想像聯結。

真實性與逼真感

必須指出，各位（在描述人物時）並不必完全如實地寫出來。因為小說創作不是原模原樣的複製，但是它需要生動的逼真感。區分兩者不同非常重要。你們只要參考電影中的動作畫面和古裝劇的武打場面即可知道，即便你有辦法據實地寫出拚殺和互砍的場景，它終究沒有趣味性。儘管如此，我並不是說各位就可以像漫畫般的添油加醋。在我看來，維持某種程度的真實性，又有風采潤色，才是所謂的「逼真感」。

這個技法同樣適用在人物的描寫上。你不必鉅細靡遺地寫出人物的所有面相，相反地，人物若沒有逼真感，讀者恐怕就興趣索然了。當然，有的喜歡如實地寫出周遭的人物，有的則略筆點寫人物角色，這完全是作家的個性使然。總而言之，不管怎麼創作，你們都要意識到真實相的與逼真感的不同。

作者務必把主角逼入絕境

到目前為止，各位同學還有什麼問題嗎？

貘獸 朋友經常批評我的小說「主角過於平淡無味了」。可否請老師講解如何才能把人物寫得富有變化而不致於單調乏味。

大澤 例如，主角每天只例行公事般的往來於公司與住家。一天，他在上班的途中遇上了某個事件。然而，主角的行為模式仍沒有改變。翌日，又一如往常搭乘同電車上下班。這種人物毫無特色可言。相反地說，主角由於那樣的事件前往公司卻在其他車站下車，這樣的行為模式便有了變化。因為一般人無論發生什麼事情，都不容易改變日常的生活習慣。此時，小說作者的任務在於，從中創造出使小說人物很想改變，或者不得不改弦易轍的行為的環境。如果主角為此採取什麼行動的話，這樣故事情節就會產生新的變化。需注意的是，主角是否在思考之後而行動的。

主角不等同於作者

在此，有關主角的想法與行動方面，我稍微說明一下。主角在思索的時候，相信身為作者的各位也在思考。當你在決定小說人物如何行動，或者忍受到什麼程度的時候，你必須與該人物抱持同樣的情感思考，因為這關乎到主角的性格與人物特色的描寫。

然而，你不需要將「主角等同於作者」。因為主角的性格與作者的秉性不可混同起來。若這樣的話，我可能死一萬次都不夠呢（笑）！換句話說，小說主角是個被毆打立即反撲的人呢，或者挨了兩拳才打算還擊，抑或被捶了十拳也吞忍下來的人，這必須全由作者決定。但是讀者可能納悶，為什麼主角挨了十拳竟然不吭聲，他為什麼如此忍辱而不還擊呢，這部分你必須給讀者合理的交代。

例如，主角原是個拳擊手，曾經在擂台上打死對手，如今已經引退當起公司職員了。他偶爾在街上招惹到流氓遭到了亂拳飛打，但是他從來不還擊。這其中自有原因，因為他的重拳曾經致人於死。所以，他無論如何都得咬牙苦撐下來。這時周遭的人和讀者多半認為他是因為怯弱才被毆打的。不過，當讀者知道原來他這段不堪回首的經歷時，那主角的形象特質將會更為突顯出來。正如前述，這跟「惡人其實是好人」的角色反差一樣，這全然在於你如何挖掘人性，如何使人物更具特色。

小說中的規則

現實生活中的人，往往無法以邏輯理論界定的。有些人平常不喜歡吃甜食，有時心情快活也想嚐嚐鄰座的美味餅乾吧。然而，如果你的小說出現自稱「討厭吃甜食」的人物，你絕對必須賦予其因由。小說人物出場必須順乎邏輯合理，要做到前後呼應。倘若這邏輯（情況）發生變化，必定有其原因的。因為小說故事必須按其邏輯脈絡發展。

這就是所謂小說的「規則」。當然，小說世界的規則與現實生活的規則截然不同。例如，你編造這樣的故事：一架太空船在新宿降落，主角與外星人打鬥起來，這樣都無所謂。但是，你的主角討厭甜食卻在吃蛋糕，這可說不通哪！我的小說《新宿鮫》的主角鮫島刑警跟許多嫌犯周旋，這時若跟冒出來的外星人大打出手，同樣是敗筆之作，因為這跟寫實性的警察小說《新宿鮫》是矛盾衝突的。

任何光怪陸離的小說都有其寫作的規則，不這樣規範的話，就會淪為「莫名其妙」的小說了。如果什麼都來個「超人現身拯救」，豈不是無趣乏味嗎？再次強調，既然是小說創作就得遵守這個規則。

你在設定小說人物的時候，同樣必須守住這個規則。例如，讀者認定你的主角不可能做這樣的事情，不可突然來個大翻盤。不過，若要這樣轉折，需要高超的技巧，需要事先鋪陳某些噱頭。

小說規則的底限

不好意思，我再舉例一下《新宿鮫》的主角，鮫島是個與流氓絕不妥協的硬漢刑警。可是，他竟然為了搖滾女歌手小晶填寫歌詞。這就有點快踩到底線了（笑）。但是，這必須預作伏筆，也就是說，他們在小晶當業餘歌手時即已相識，他看見小晶正寫不出歌詞而苦惱，他給予了「這段落以此歌詞表現較好？」的建議……。其實，作者（我）是很認真在寫這個情節的，主角鮫島也很賣力在填寫歌詞呢。依我的經驗，這樣的描寫還算沒有踩過底線。

至於，這種寫法會產生什麼效果，那就是可以使小說人物更加形象突顯。換言之，出乎意料可帶來很大的效果。在描寫人物只要不太突兀和反常，通常可以使人物形象更躍然紙上，縮短與讀者之間的距離。但是話說回來，這種寫法有其風險性，若操作失當將招來尖銳的批評。期待各位能夠巧妙地發揮這種出人意表的技法，它就會使你的人物更生動鮮明呢。

此外，還有個技法可行，與其你執拗地描寫人物的裝扮和髮形，不如畫龍點睛似的驚鴻一瞥，同樣能夠讓讀者印象深刻。例如，當你描寫主角跟一個身形邋遢的中年男子走入咖啡館，主角突然發現，那男子端著咖啡杯的手指甲修剪得很齊整，不由得心中一驚，這樣的描寫同樣會吸引讀者的目光。總結地說，哪怕你的人物只匆匆乍現，出場次數也不多，都需要這種驚奇的效果，因為人物愈是鮮明活脫，它愈是能支撐故事情節的發展。

如何生動地描寫人物的經歷背景

各位同學，還有其他問題嗎？

鱷魚 為了使小說人物更具特色，我在敘述人物的經歷與背景，總覺愈寫愈落入單調乏味說明性的寫法……。

大澤 最簡單的方法是，不描述那個人物的過去。至於，是否由敘述補充，則又顯得過於直白。通常，作者在描寫回憶的情節，多半是呆板無趣的。因為旁述過多的話，就暴露出作者的意圖了。例如，小說情節猛然暫停，作者跑出來說：「其實，他有著這樣的過去，所以給他帶來了巨大的心理創傷。」這不是無聊的舉措嗎？而且，你愈說明個不停，讀者就會愈加反感。我知道，鱷魚先生正為此大傷腦筋。那要怎麼辦才好呢？我建議，你可將回憶的情節放到「對話」裡。

你不要用旁述的方式來說明，而是透過人物的「對話」，道出主角的經歷，這有兩個方法可行：

首先，你要巧妙地設計可以展開對話的對象。主角的情侶或者剛剛認識的朋友也無妨。例如，對象問道「你看起來似乎在擔憂什麼事情呢。」這時候，主角便回答，「其實是因為……」。當然，此時主角若扯個沒完，就同多餘的旁述沒有兩樣，所以，你必須在適當的段落插入話題，巧妙地描述這兩個人物展開對話……。

其二，對話進行到某種程度的時候，再引入旁述稍加補充說明，然後再回到人物的對話。也就是說，剛開始的對話只是為導入回憶的情節，旁述才是最主要的。畢竟，旁述太多的話，就會顯得單調，因此進行到某種程度，便需架橋回到對話裡。這需要很高明的技巧，但是回憶的情節就不致於冗長，能夠帶給讀者新鮮感。

我再以《新宿鮫》為例，小說中的主角鮫島是個資深的警察，後來被調派到新宿分局的刑警。他向女朋友小晶講述這段經過，我把它安排在回憶中的畫面裡。小晶發現了鮫島的後頸上有處傷痕，於是急忙問道：「這傷痕被什麼弄傷的？」鮫島回答說，被日本刀劃傷的。小晶追問道，是被流氓砍傷的嗎？鮫島卻說，「是警察幹的」。說到這裡，讀者不禁疑問：「兩個警察互砍這到底怎麼回事啊？」這時候你就得切換場面，立刻轉入回憶中的畫面。在這種情況下，回憶的部分需要一個章節的篇幅來講故事，因此不可一下子拉回到對話裡。重點在於，你要營造使人物進入回憶的開端。也就是，你必須提供「你有說不出的苦悶，可有人一旦問起，你也不得不說」的機會。

藉由對話呈現人物的性格

接下來，我來談談小說人物的對答。我在閱讀新進作家獎的徵文中，經常發現引號的使用很混亂，讓人分不清說話的對象。其實，人物的對話必須是相互對應的。那個人物的措詞用語以及說話的口氣，全依對象而有所不同，甚至整個氣氛和情感也跟著變化。同一個人當他與上司和朋友說話，其措詞也不盡相同。例如，有些人與同事和後輩說話態度很粗魯，對頂頭上司說話卻極盡卑屈，從這樣的對話，不也是可看出那個人的性格嗎？有關人物的「對話」，我在下次講義說明，現在不做多提（L4 p.74）。請各位務必掌握到這樣的技巧：藉由第一人稱「俺」和「我」的措詞來呈現人物的性格和情感。

人物的性格只宜顯山露水

比起「那個人沒出息」的描寫，透過該人物卑屈的說話口吻，往往可使讀者印象深刻。在新進作家最常見的弊病是，開門見山就道出人物的性格。其實，不可寫出「他是個很篤實的人」，而是藉由某個事件的發生他所做出的反應，以及他與某人的對話，讓讀者深深感到「他是個很篤實的人啊！」才行。如果你直接挑明「這個人如何如何」，它很容易就凌駕在故事情節之上，在人物描寫上，作者不可只挑軟不吃硬，這等於你在放棄這部小說。我再次強調，描寫人物需要娓娓道來。如果你想呈現令人咬牙切齒的人物，就得下功夫鋪陳他為何惹人討厭的畫面，或者藉由他與某人對話來突顯其特性。

剛才我已經說過，主角不等同於作者。不只是主角而已，所有小說人物不可能全是作者的分身，每個小說人物都有自己看待世界的方式。一個二十歲的女性，在描寫以五十歲男性為主角的小說，作者與主角的看法很可能截然不同。作者認為四十歲的男性已經是中年大叔，可主角卻認為自己還青春洋溢呢。倘若你「不注意作者與出場人物的不同觀點」，在描述時就容易產生混淆。換句話說，把主角的年齡和性別以及看法跟作者混同起來，出場人物的各自性格便無法突顯出來，這樣的故事就沒趣味性可言了。正如所謂人生百態，各有不同的世界觀。有人看到一只十萬日圓的手錶認為很貴，有人卻覺得它便宜得很。總而言之，你必須意識和斟酌每個人物是如何看待世界的以及他們不同的價值觀。

建立自己專屬的劇團

依我的經驗，要塑造人物特色，你不妨建立自己專屬的劇團。你不必特別限定演員們的年齡與性別，只需七、八個性格突出的演員，各自扮演自己的角色即可。接下來，依照劇情的需要，讓其飾演男性、女性、青年抑或老者。因為你這劇團的成員全是演技精湛的演員，他們有能力扮演各種年齡的角色。你只需決定人物，這些演員全有自己鮮明的想法、處世之道、思想和個性。之後，你按其故事中擔綱的角色配合出場的順序，再賦予他們的年齡和性別和職業。說到這裡，各位就知道用年齡和性別以及職業來描寫人物是多麼平淡無奇，因為這樣一來，人物角色就沒有著墨的餘地了。

然而，職業的屬性對於人物的塑造十分重要，請各位務必注意。我們稱它為「絕技」。在座各位多半在上班工作，心想「這工作或許可以派上用場」。例如，你是否精通電腦，看得懂設計圖嗎，是否深諳法律條文，每個職業都有其箇中絕活。它可以運用在小說寫作上。這兩者關係是緊密相連的，因此有助於人物角色的塑造，即便它是你以往的經歷，或者你學生時代的社團活動經驗。

在什麼時候巧用這項「絕活」也很重要。我在前面提到，小說設定「某個男子被打了十拳仍不還手，因為他曾經是個拳擊手」。相反地說，這男子在小說開頭就猛然將對方打得鼻青臉腫，人物設定等於宣告失敗。那麼要在什麼地方活用這個「絕技」呢？簡單地說，你若能沉得住氣安排到最後的場面，必然能夠打動讀者的心弦。

說到江戶川亂步獎，在所有甄選的作品中，「看似無用的絕活卻乍然出現」是他們最常用的手法，若能順利寫下去，將會是趣味橫生的故事。例如，現在這棟大樓裡有武裝的恐怖份子闖入，綁架各位充當人質。這時恰巧有一把手槍。問題是，誰拿它與恐怖份子開戰呢？若有退休警察或前自衛隊隊員在場，自然不成問題，但就是沒有這樣的人選。可後來探問得知，「有個女性是前國家代表隊的射箭選手」，以及「一名男子儘管沒有射擊的經驗，卻對槍枝構造知之甚詳」。在這種情況下，比起那名熟悉槍枝構造的男子，教導那名前射箭女選手開槍要來得準確得多。也就是說，你必須營造顯露「絕活」的場面，充分體現人物的特性，這樣就能給讀者深刻的印象。

推理小說家的必備條件

最後，我再談個重要的觀念。

有志從事推理小說創作的人，必須具備該領域的素養與基礎知識。無論是「正統派推理小說」，或者「硬漢派小說」，舉凡古今東西的名著或經典作品，你都得通讀一遍，確切地說，要創作正統派推理小說，就需懂得巧計與圈套，要寫警察小說，更要深知警政相關的背景。我以阿嘉莎·克莉絲蒂的《東方快車謀殺案》為例，這部偵探小說名氣響亮，曾被改編成電影，我乾脆透露它的內容無妨，該小說的巧局在於，所有可疑的歹徒都可能是真正的兇手。假如各位說沒讀過這本小說，恰巧寫出同樣布局的小說來，硬是拿這個理由絕對行不通的！就憑沒讀過這部小說，就表示你已經出局了。在我看來，你若沒讀個上千本的小說，根本沒資格參加推理小說獎的徵文。必須指出，沒有具備這樣的條件，千萬別說你要創作推理小說哪。請問各位，有沒有扎扎實實地讀書呢？有人每個月至少讀個十本書的嗎？哎呀，還真糟糕呢。

身為作家就如同杯中的水。大量閱讀猶如杯中之水愈蓄愈多，最後滿溢出來，而轉化成寫作的動能；相反地說，只有半杯水就想寫出名堂來，終究是無以為繼。它必定要寸步難行。當然，杯子的大小因人而異，並非說大量閱讀的人就能寫出佳作來，但是廣泛的閱讀絕對有助於小說故事、人物造型，以及驚豔筆觸的啟發。

我大量閱讀是高中二年級的時候，當時，我一年讀了一千本書。每日閱讀三本，幾乎將圖書館架上的書籍全讀光了。要當作家之前，每年至少得讀個五百至一千本書，基本的推理小說自不必說，新銳作家優異的寫實文學也得過目才行。依我看來，你若能廣泛閱讀其他作家的作品，必能學習到新穎的知識，小說的敏銳直覺，它將成為催生你作品迭出的源泉。因此，我期待各位將來都能成為飽覽群書的作家。

如何描寫人物角色的心理變化

老虎 有關人物在故事進行中的心理變化，請老師再稍加說明。這兩者之間有什麼關聯？

大澤 如果你把容易受客觀環境影響的人設定為主角，寫出他的悲傷和苦悶以及他的落魄模樣，這樣的小說同樣有其魅力。然而，人物心境的變化不只是外部因素，它必定有其肇因，例如，失戀和親人死亡等重大因素。小說人物需要「有所變化」，你試想一下，讀者會喜歡閱讀「無論發生什麼事情，該人物自始至終都毫無變化，故事便告結束」的小說嗎？我們知道「得失之間」這句話，有人失去什麼，卻因此得到什麼，這樣亦能產生新的故事來。讀者們不都在期待這樣的故事嗎？

如何才能把人物寫得栩栩如生？

白米 我經常受到批評，「妳的作品沒有豐富的情感」，我猜想是不是因為故事性的問題，為此苦惱不已，或者是因為我的人物缺乏特色，使得通篇小說給人「沒有情感脈動」的印象呢？

大澤　我覺得應當是人物塑造和故事都有問題。任何小小的故事，比如即便是「孩子檢拾掉在路旁的錢包送往派出所」的故事，照樣能使人物的情感湧現，也可能平板無波，這其中的絕妙之處，很難用兩句話說清楚（笑）。這個問題，我將在下次「故事」的講義中（L5 p.90）說明，在此只做簡單舉例。

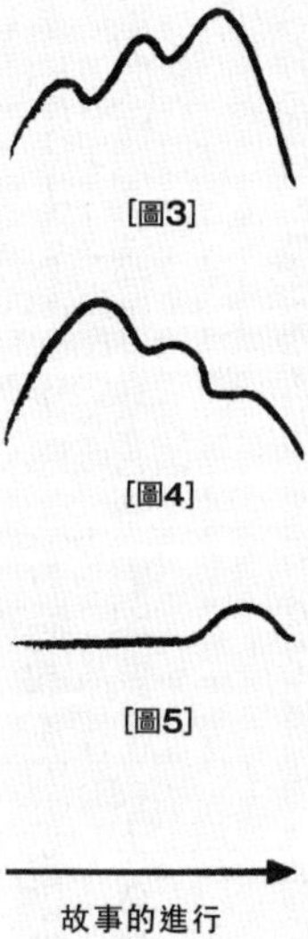

基本上，娛樂小說的故事架構是，剛開始線條（情節）起伏不大，最後線條愈來愈高，往高潮直奔而去（如圖3）。如果其架構恰恰相反，讀者當然感受不到氣氛的激昂（如圖4）。相反地說，倘若起初線條只是平板無波，但最後卻以微幅上揚做結尾，哪怕那只是小小的高潮，同樣能夠打動讀者的心弦（如圖5）。

有關小說情節的結構，我稍為先做個說明。必須指出，四十萬字的長篇小說和一萬二千字的短篇小說，其各自的構結全然不同。以長篇小說為例，如果你寫了三十二萬字，故事的情節仍然平淡無奇，最後才勉強出現高潮，這樣的寫法讀者恐怕無法接受。因為對讀者而言，他們很期待「四十萬字的長篇小說必然有其高度與厚望」。相反地說，倘若只是一萬二千字的短篇小說，你寫到八千字仍然平板無波，逼近一萬字的時候，情節稍有起伏，第一萬一千一百二十字左右進入高潮，最後八百字做收尾的話，這樣的結構也沒關係。因為對短篇小說而言，以八千字左右鋪陳仍有必要。故事長度與情節的關係極為密切，你必須掌握兩者之間的平衡。

在新銳小說獎的徵稿辦法中，依規定多半為三萬二千字左右。我以糟糕的作品為例，有很多投稿者把只能寫到一萬二千字的小說，硬生生地擴充到三萬二千字。當然，偶爾也有四萬字的小說精要地寫成三萬二千字的，這種情況尚可接受。問題是，把小說篇幅刻意增加到一萬六千字，除非你有絕佳的文采，只要有辦法使讀者想讀你漂亮的文章則另當別論，但是新進作家通常沒有這樣的能耐。在我看來，徵文規定在三萬二千字，首先你需要備妥二萬四千字左右的故事內容。有此前述的基礎，後續的八千字如何運用，就端看你在各種情節如何添光潤色了。有關這個部分，我下次在「文章」的講座（L7 p.134）中詳細說明。

總而言之，小說的篇幅安排某種程度需要數學般的精打細算，但儘管如此，這並非說只要你有精密而完美的架構就必能寫出精采的小說來。我在此重申，只要你寫下二萬四千字左右的內容，餘下部分就要運用各位豐富的感性給作品增添光彩了。

知名偵探（主角）為何其性格不突顯？

哈巴狗 我很想知道如何才能突顯主角的特色？在偵探小說裡，有些知名偵探（主角）在故事中的角色扮演並不突出……。

大澤 看來哈巴狗小姐很少閱讀推理小說。現在，已經不叫「偵探小說」啦。推理小說約可粗分為兩類：一如哈巴狗小姐說的那樣，知名偵探為小說主角的「正統派推理小說」，其二就是以警察或私家偵探為主角的「硬漢派小說」。實際上，這兩種小說的結構截然不同。

在「正統派推理小說」中，知名偵探的性格的確很少被突顯出來。正如「名偵探召集眾人，只需一句話」的川柳[5]一樣，資深幹練的偵探一看到證據，就能如天神般斷然宣告「嫌犯是誰」了。在「正統派推理小說」裡，比起角色性格的變化，它主要著重於描寫整體的詭計與圈套。另一方面，所謂「硬漢派小說」主角的性格必須富有變化才行。私家偵探要深刻理解每個人物的精神層面，並剖析人性面臨的困境，最後揭開事件的真相，因此主角的性格必須更加鮮活生動。然而，在「正統派推理小說」方面，偵探處理事件的態度是否跟著相應變化，應以人物性格為主或者偏重精密巧局，長年來爭議不斷尚沒有結論。這並非孰優孰劣的問題，只能說是各有不同偏好罷了。

業餘寫手亦可藉由採訪找題材嗎？

水母 我尚未因為寫作小說做過採訪，像我這樣的業餘寫手亦可進行嗎？

5　以諷刺生活時事見長的簡短俳句。

大澤 我了解妳害怕被拒絕的心理，無論是業餘的或專業的寫手，只要妳有「想把它寫成小說」的誠意，向受訪者表明，他們多半願意據實以告。例如，寫作非虛構類型的作家，即便他們已經非常專業，其名氣不大為人所知，但他們照樣很扎實地採訪，據此寫出佳作來，我覺得這其中必定有受訪者的相助。

做採訪必須注意兩個部分：事情的細節與大綱。例如，妳採訪某個職種的工匠，至少妳必須問問，「他早上醒來，做些什麼？以什麼方式，幾點鐘進入工房，最先從什麼做起……」，細聽他整天的作息屬於細節部分，「他做這樣的工作，什麼最具特殊的意義，什麼是最感辛苦的？」則是事情的概略。其實，小說要寫得精采有趣，除了上述部分之外，還可在其中加入許多插曲。不過，這並非妳採訪多少就全部寫出來，這可不行呀！妳必須做這樣安排：妳想寫的故事，占百分之六十，採訪的材料占百分之四十，如果你把採訪的材料和盤托出，那就不能稱作小說而是非虛構作品了。請務必注意，在寫作小說上，採訪所得的材料，要少於百分之四十，真想發揮亦不得過多進而逾越這個比率。

為什麼不能在小說結尾處安排驚奇的高潮？

白米 我很想把高潮也延續到小說的結尾，但是反而顯得刻意造作，又被指稱這樣的寫法「很卑劣」，請問我應當如何改進呢？

大澤 哈哈哈。哪怕妳在小說結尾處寫得不夠自然，或者強行把故事結束都不行啊！

因為這兩個方法都不能發揮作用。

因此，妳要使小說能夠精采絕倫，伏筆的安排非常重要。妳必須在很早階段預作伏筆。這樣一來，對讀者亦有所交代，博得喝采的時候，讀者自然感佩地說，「啊，原來伏筆在此，作者真是高竿呀！」在上次的習作中，老虎小姐寫了〈明亮的眼神〉（L2 p.22），我就稱讚這作品的伏筆寫得很好。開頭出現主角伸手探摸著鬧鐘的畫面，讀者以為可能是主角睡過頭，其實主角原來是個視障者，她才這樣摸找著鬧鐘。這就是絕妙的伏筆！類似這樣小小的伏筆，應當於故事的前半，或者儘量安排在故事四分之一的階段。妳若要加強伏筆的效果，可在小說的中段再設下伏筆。只是，故事過半之後，讀者多半知道故事的全貌，若想再添高潮恐怕會看穿，必須謹慎處理。重讀之後，妳若覺得伏筆不夠，稍後再予補上，哪怕只添上一行伏筆，它照樣能夠發揮作用。

總而言之，為了使小說情節不造作，某種程度上必須預作伏筆。相反地，沒有前兆或伏筆，就突然「高潮迭起」，只能被視為投機的寫法而已。在妳喜歡的小說中，若有精采的「寫作技法」，不妨仔細分析它的架構，並將它作為學習的範本，研究它如何安排伏筆，這樣將提升妳的寫作能力。

Memo

LESSON 4
對白的技巧

何謂小說中的對白

大澤 今天，我要談談小說中的「對白」。就我從閱讀各位的習作的印象來說，我發現你們在描述人物對話方面的處理竟是如此笨拙，今後各位要成為職業作家，就更必須留意或意識到這樣的問題。

首先，我們來探討「實際的對話」與「小說人物的對話」之間的不同。

我想各位都知道，若把人與人之間的對話，一字不漏地寫入小說裡，很可能就變得冗長而毫無意義。實際的對話有個特徵，那就是省略主詞，而且多所同義反覆，代名詞和附和語非常之多……。如果把它全數搬入小說裡，恐怕會使讀者打退堂鼓。

或許有同學不禁納悶，既然如此那就把小說中所有人物必要的對話放入其中，問題豈不得到解決嗎？不過，這很可能讓讀者陷入「誰來說明呢？」的混亂。換句話說，只依靠那些立見成效繁瑣的訊息作為「說明似的對話」，絲毫無法打動讀者，相反地，你反而要做到使讀者感到它真切實在，甚至練就到「最貼近實際生活的對話，又使讀者覺得順乎自然」才行。

符合人物身分的對話

在小說中，會出現男性、女性、青年、老人和孩童等等各式各樣人物，儘管如此，每個人物說話都必須符合他自身的角色。出場人物之間的對話，多半以保守內斂為佳，但有些男性作者在描寫女性的時候往往過於保守，所以要特別注意不可露出破綻讓讀者看笑話：「天底下哪有這樣的女性啊！」（笑）現在，我們幾乎很難從對話中分辨年輕女性或老者的口氣，就算從他們的語尾助詞也不容易判斷其男女或者年齡了。那麼我們要如何巧妙寫出各個不同年齡層者的語氣呢？有個方法可以試試，你自己出聲朗讀對話框裡的對話。換句話說，你設想成那個人物發聲說話，藉由這種方式，你就能分辨出「老者」和「年輕女性」的口吻是否貼切。

如果是二人對話，對話形式可用「A」「B」「A」「B」進行，但是超過三人，讀者就不容易看出誰與誰的對話了。例如，倘若二男一女的角色，只要你充分呈現出女性的特質和語氣，從頭到尾沒有以「○○說」，同樣可使讀者感受到。話雖如此，在人物對話上不可過於守舊，因為有時候女性也使用男人的口吻，因此，當你要讓這些人物說話，必須考量按其與人物相符的性格和語氣說話才行。

藉由對話烘托人物

對話是傳達訊息的重要手段。對於動輒扯說個沒完的作者，其實應當練就藉由對話突顯人物的技法。沒錯，用客觀敘述的確較為四平八穩，可是這樣很可能減損「小說」本身的色彩。我在「結局逆轉」的課題中，對各位的習作做出講評（講評：PA p.264），我說假設這個「結局逆轉」若透過對話方式加以呈現，那麼它必定能讓讀者印象深刻。相反地說，如果用敘述的方式說明，在讀者看來，便覺得這是作者按圖說故事的套路。

我在「如何形塑主角人物」的講義中說過，要描寫出主角的觀點並不容易。主角的觀點如同攝影者的眼睛，攝影者通常不太拍攝自己的形貌，因此「我是個四十五歲的攝影師」的寫法，沒什麼小說的味道。請各位記得，這時避開他是「俊男」「很有女人緣」「不受女性青睞」的描寫，而是藉由別人之口說出他的風采。

例如，你在描寫A這個焦點人物，若能夠讓B說「讀完他的作品覺得他像是個老頭，想不到這麼年輕啊！」，讀者便能感受到A是個青年。請各位務必學會這個寫作技巧：藉由第三者彼此間的對話將主角的特色傳達給讀者。

「隱喻式對話」的技巧

今天，我要講解人物「對話」的技巧，請各位特別留意何謂「隱喻式對話」。

我們先假定A和B對話。A有難言之隱，但是你寫成A有個「秘密」，就不是小說的寫法了，因為作者必須巧妙地隱而不發。這就是「隱喻式對話」的技法。換言之，作者是否要A的秘辛透露給讀者知道，可以透過A與B的對話演示加以操控。

例如，焦點人物B向A提出關鍵性的詢問，而A露出不想回答的神情，或者營造出那樣的氛圍展開對話，B便覺得A在說謊。在這情況下，讀者也能感受到A有說不出的秘密。在推理小說中，通常故事進展到百分之八十左右，才將秘密透露給讀者，相反地，設若故事只進行到前半，或者快要揭底露餡，你就必須儘量發揮「隱喻式對話」的威效。

技巧（1）

那麼，如何方能寫出「隱喻式對話」來呢？在此，我列舉幾個案例。

首先，就是「沉默」的妙用。各位往往有個刻板印象，也就是說，凡是在「」裡，就得放在「對話」不可，其實有時候並非如此。只是，也不能過度使用「……」，這樣你就得巧妙運用類似沉默或不予回答的敘述了。

眾所周知，並非只有難言之隱的人才默不吭聲，有些人是因為找不到恰當的話語，或者苦於不擅言詞而不說話的。由於小說中的出場人物往往多嘴饒舌，作者又想趁機多說些，這時作者應當拿捏分寸不可喧賓奪主。

另外，也可以運用「岔開話題」的技法。例如，被問及關鍵性的問題，突然換成談論天氣，或避重就輕的說法。之所以做這樣安排，是因為讀者對故事有所質疑的時候，而主角若沒有同樣的困惑就會顯得不合情理。直白地說，如果有人問道：「你就是兇手嗎？」而他回答：「嗯，就是我。」的話，那麼這部推理小說就算到此死掉了（笑）。正因為如此，在人物的對話中，需要時而岔開話題，時而支吾其詞，時而避重就輕，或者撒謊瞞騙。當主角人物擺脫糾纏的時候，讀者也跟著解脫。這時候，身為作者的你亦必須做出同樣的姿態來。雖然這只是作者故作的「姿態」，但是這樣讀者就察覺不到自己悄悄被架空了。只要你掌握到以「沉默」和「岔開話題」的對話技巧，故事就容易往下發展了。而且，這關係到小說讀者迷們的感受，各位不得不謹慎以對。

技巧（2）

有個偵探在追捕兇嫌，兇嫌卻突然闖入巷弄裡不見蹤影了。偵探向站在路口的命理師詢問：「您是否看見了一名逃竄的男子？」命理師說：「我沒看見呢。」我這個舉例不大理想，其實命理師是說：「我沒目擊到那個傢伙（我倒是看見了一名女子）。」這就是藉由隱喻式對話營造出的懸疑性。

不只推理小說如此，在我們日常生活中，也經常出現這種意在言外的說法。例如，弄錯相約的地方啦，看錯時間啦，事後想來不足道的小事，卻都因為說者無心聽者有意的關係，使得彼此的對話成了「隱喻式對話」。最簡明的例子是，命理師說「我沒目擊到那個傢伙」，也沒說「我倒是看見了一名女子」，不過，你若能巧妙運用這樣的對話，將使故事本身更為緊湊，當謎團揭曉之際，讀者亦能「啊，原來如此呀」欣然接受這樣的結局。所以，各位要高明地運用這個技巧。

為何「隱喻式對話」如此重要？

我們設定主角正在找尋線索，四處查訪相關人物。私家偵探小說最典型的寫法是，偵探找到某人的時候，習慣性這樣探問：「您最後看到他是什麼時候？」問題是，通常受訪者不會馬上把真相告訴他。即便對方是警察，受訪者也不會輕易說出來。相反地，若遭到表情惡狠的刑警盤問，對方若悍然拒絕吐露，撇說「我可不知道呢」，旋即會惹來強烈的質疑，「這個傢伙很有問題」。那麼，我們要如何把這「隱喻式對話」安排在什麼場面，以及它的談話對象呢？重點在於，所有出場人物都不得給主角施予援手。在小說中，設若所有人物有話必答，它就太違反常理了。

凡是玩過角色扮演遊戲的人都知道，主角要完成某個目的，就得取得必要的物件X。主角知道X在A的手裡，他找到了A，但是A不願立即遞出X來，還說主角要取得X的話，必須把A想要的Y交出來。換句話說，主角想要獲得X，就非得把Y弄到手不可，於是，主角打敗惡魔奪下Y，將Y交給了A，正式地得到X，然後往下個回合前進。

這樣的遊戲架構有時亦可應用在小說裡。例如，主角找上A打聽X的行蹤，但是A絕不輕易據實以告，主角便思考這樣的問題：不如先獲得A的訊息，以此向A投石問路，或許從A的口中可以探出X的事情呢。也就是說，你要讓對話曲折多變，使故事內容更繁複些，以此來推展情節，主角好幾次找上相同的對象，以不同方式反覆探問，這樣故事的時間性慢慢移動，主角也因此累積許多經驗，這將使小說故事更具深度和廣度。我期望各位都能學會這種意在言外的對話技巧，寫出更複雜和有深度的小說來。

富有變化的對話技巧

生動的對話

出場人物A和B正在說話，假定A是B的部下。毋庸置疑，A對B上司說話，必然使用「です」「ます」的敬語。然而，發生某些事件以後，A開始以對等的語氣與B說話。我們從對話的語氣的轉變，可以知道他們二人的往來關係。譬如，A和B是男女身分，經歷一夜激情之後，就可用這種直呼其名的說法來暗示他們之間的關係；或者即便二人有過外遇關係，某方仍照樣使用「です」「ます」的敬語，同樣可反映出那個人物的性格。你要巧妙地埋下伏筆，亦即藉由人物的對話，就可將這種「只是一夜情而已，別說什麼愧對丈夫啦！」，「我們的關係都這麼密切，妳為什麼對我冷淡疏遠呢？」人物的情感與背景，以及各種錯綜糾結的人性。

合乎情理的對話

基本上，考慮周到的對話可增強小說的故事性，然而，過度使用有時讀者可不捧場呢，因此，各位應當要避免「言多必失」的毛病。若操作過當很容易招來「老梗」的批評。另外，把人物描寫得完美無瑕，有時也會激起讀者的反感，有鑑於此，各位務必拿捏好分寸。

情色豔遇的對話

在描述男女的場面中，他們的對話具有很多含意。我在「如何塑造人物」的主題中，曾經提及對話的重要性（L3 p.61），某個人物在男女的場面中的措詞與語態，讀者就能清楚知道該人物的性格與情感。例如，你被對你擁有好感的女性說：「快擁抱我！」或是「人家想要（做愛）」的時候，你會做出什麼反應？換成是我，我必定對「人家想要（做愛）」這句話而怦然不已。不過，這終究是我的主觀感受，我想還是因人而異吧（笑）。那麼，在那情境中說出「人家想要（做愛）」的，是個什麼樣的女性呢？那男子若說「我要擁抱妳」或「我想做（愛）」，人物角色的形象將迥然不同。重點在於，你必須設法寫出「在這種情境下，他必然這樣說」的決定性說法。換言之，男女纏綿的場面，反映人性的本能與情欲，你必須成功塑造其人物的特性和充滿現實感的對話。

貼切合宜的說詞

正如前述，我的小說故事多半是聽其自然而行，但是在塑造出場人物的性格花費不少時間。舉凡主角、女主角、敵對角色等等，每個出場的人物，我都要賦予有血有肉的形象。於是，我必須仔細考量，每個人物的遣詞用語，他們之間如何展開對話？當你讓每個人物恰如其分地開始說話，你便能找到最切合某個人物「因時因地最恰當」的說詞了。你也可在設計人物的對話和說詞之外，更具體地塑造人物的特性與形象。

例如，假設A和B為主要人物。B是個以「です，ます」敬稱嚴謹的人，B則是粗枝大葉，不擅言詞的表達，其實卻是古道熱腸的人。你若能設計出人物的口吻和對話，人物的對比性便可顯現出來。電視連續劇《最佳搭檔》可算是成功的例證。在劇中，二名刑警搭檔辦案，一個理性自持，一個魯莽率直，這向來是常用的套式。與此相比，如果那個冷傲的常說敬語的男子，換成是措詞狠毒「我宰了那傢伙」的女子，與其搭檔的氛圍可全然不同了。這時候，讀者可能猜想：「這女刑警終究是什麼來歷啊？」因此使得該人物更形象鮮活，或者也可把那個措詞拘謹的冷漠男子設定成人妖（笑）？各位不覺得這種冷靜男妖與魯莽女刑警的組合很具震撼性嗎？

在創造人物上，作者都要考量其順序和搭配需要，儘管如此，仍不必太拘泥守舊。例如，你可以互換男女的性別，也可讓四十歲的中年男子變成十五歲的美少年，就是要充分揮發你的想像力。

試著寫出你設定的對話

倘若你筆下的主角是個孤傲的男子，你將使反派人物和女主角賦予什麼角色呢？從冷漠男子被熱情女子拒絕的情節來看，是很合乎常理。可是你亦可把與他們二人為敵的反面人物設定成冷酷的惡棍？你若把這個傳言中彷彿不存在於這世界上的「兩百歲的老妖怪」，或者讓他具有超凡的魔力，那麼這個惡棍的形象將更引人入勝。而這個反面人物也會哈哈大笑，「這兩百年來人類從來不敢這麼靠近我呀！」這樣的情節豈不是趣味橫生嗎？

也就是說，你可以把女主角描繪成熱情狂放、猶如火山爆發似的女性，她總是擔憂性格孤傲的男主角安危，甚至亦可把這女主角塑造成比男主角更冷漠自持的個性。

各位要練就到這樣的功夫：寫出每個人物的措詞、口頭禪和說話方式，安排各種情景場面，例如「這個角色該說什麼話」，「是他必定這樣講話」等等，把你依人物設定的對話全寫出來。或者你可以安排這樣的對話：在女主角與惡棍對峙的高潮中，讓老妖怪說出：「這兩百年來人類從來不敢這麼靠近我呀！」同時也使熱血女主角撂狠話：「囉嗦，給我滾開！」（笑）儘管這不能無限上綱，仍可製造出感動的情景來，讀者也會欣然接受「那人物說得真好啊！」。

你要在思考人物的同時，流暢地寫出對話框裡的對話。隨著人物對話的進展，你就愈能生動地塑造人物的特性，使其形象更躍然紙上。正如我再三重複，作者沒把人物寫得具體活脫，就無法讓讀者感動；你恰如其分地設定人物的對話和互動關係，人物形象就得到烘托，尤其在描寫人物如何觀看事物的時候，同樣可以藉由對話反映出來。在小說中，對話是個重要的元素。各位要巧妙地運用對話技巧，生動地刻畫人物的特性，為故事內容拓展深度。

深入其中，又不受制約

人物的對話是傳達訊息的重要手段，卻不能過度依賴它。畫龍點睛似的對話會使故事更為緊湊，但是適度呈現對話仍非常重要。

請各位務必學會「意在言外」的對話技巧。也就是如何運用沉默，或者岔開話題「意在言外」的方式來進行；因為作者要逆轉故事內容，也是依靠這個妙招，希望各位都能掌握並充分運用這兩個技巧。

當你設定對話的時候，必須扮成那個人物說話，不只留意到人物的觀點，更需站在每個人物的立場上來思考他們的說法。至於，對話是否寫得適切得宜，你可扮成那對象發出聲音朗讀看看即能明白。

前次我已經提及，各位必須多方學習吸收。不只是書籍、電影、音樂和戲劇等等都行，就是要廣泛接觸各種類別的作品。然後，換成自己試著做出意象和底稿，如果你覺得故事呆板，就尋思如何讓它更有趣。請各位不可忘記這種精神與努力。其實，要成為職業作家並非遙不可及，如何存活下去更艱辛百倍呢。而只有百折不撓，才稱得上是職業作家。

您對於流氓的對話是從電影中學習而來的嗎？

哈巴狗 大澤老師經常寫作流氓類型的小說，請問您對於流氓的對白是從電影中學來的嗎？

大澤 我幾乎是不觀看流氓電影的。在我看來，對白要寫得精采，在於你是否扮成那個人物說話。我對於女性的對話必定出聲朗讀看看，有時候是邊說邊寫出來的。總而言之，就是扮成那個人物說話。如此，你就能察覺和修正「什麼是貼切的與欠妥的」對話。

我想各位都知道這個道理，但心想要扮成流氓說話可不容易呢。即便是我也不敢說對於流氓的生態多麼了解，可為什麼在我的作品中，有那麼多讀者喜歡閱讀這類黑道小說呢？我想很可能是我把流氓的「角色」寫得有血有肉吧。電影和連續劇裡的黑道兄弟，往往被描寫成二十四小時三百六十五天都在行惡的壞蛋。我這樣說，並非在肯定流氓的作為。我不贊同他們的作為，可他們有其獨特的組織架構和立場，有時也有苦衷和無奈，他們有家庭和情　，他們吃飯和小孩遊玩，這些私生活的存在都是我要客觀加以描寫的。你在塑造人物的同時，亦需注意到他們沒有出現在小說中的時間。

你試想扮成「流氓獨處時」的角色看看？一名流氓持刀外出執行恐嚇任務的時候，上午，他生龍活虎般的恐嚇對方：「你這傢伙，竟然沒把老子放在眼裡！」一到深夜二點左右，他卻向對方說：「我說啊，我從早到晚幹活也累歪了，拜託啦，你也體諒我的立場嘛。我已經快忍無可忍啦。」說完，他猛然拔出了一支匕首。各位覺得如何？後者的動作更使人可怕吧。刑警的情況也是。他們大清早就開始訊問嫌犯，四處打探消息，累得疲倦不堪之後，即使訊問同樣的嫌犯，其氛圍也大不同。總而言之，當你要描寫不熟悉的人物時，必須設法想像他們的私生活和人生以及任何細節，這樣你才能把人物寫得立體鮮活，寫出貼切和生動的對話來。

神的觀點與敘述視角的混淆有何不同？

企鵝 這是很初級的問題，請問「神的觀點」與敘述視角的混淆有何不同呢？

大澤 在日語的小說中，幾乎不認同「全知觀點」的寫法。外國的翻譯小說或部分的時代小說尚看到得這種寫法，但我若是新進作家獎的評審，肯定把以全知觀點的參選作品全投反對票。

為什麼「全知觀點」的寫法行不通，因為若使用這種寫法，無論故事的最後結局和謎團，都已經完全被知曉，這樣讀者便無從融入小說的世界裡，無法與登場人物產生情感上的共鳴了。

我們假設有個容許全知觀點的情景，例如：它是長篇故事的開始，一個來歷不明的人，突然冒了出來，說了幾句便又離去，這時你這樣描寫：「在山中傳來了挖掘洞穴的聲音。一條黑影彷如在搬運什麼重物似的，最後沉甸甸地把它扔進洞穴了。」還行得通。

相反地，這時你若用該人物的觀點敘述，嫌犯的身分就曝光了。

許多看似「全知觀點」的作品，使用的是第三人稱多角度、複數人物的觀點，其實它並非全知觀點。而且，這種第三人稱多角度的寫法，只要以該人物的觀點敘述，就只能寫出自己所知道的事情，仍要受到某種程度的限制。

例如，故事描寫B刑警在追捕A逃犯，我們就輪流以逃犯與刑警的觀點敘說。對於尚不知嫌犯是誰的B刑警而言，他不會去「逮捕A」，從A逃犯的視點來看，他僅知道刑警已追捕上來，但是你不可能寫「B刑警已追上來」。然而，全知觀點就可以用這種寫法了。不過，你若採用這種寫法，讀者讀到一半就要發出不平之鳴：「瞎扯嘛，他們從未見過面，嫌犯為什麼知道刑警的姓名？」而且全知觀點不可能把所有的事情寫盡。

因此，我奉勸各位不要以全知觀點寫作為好。

LESSON 5

故事情節與布局

如何提高閱讀的趣味性

大澤 各位好！這次我要談談「小說的故事大綱」如何擬定。坦白說，我幾乎不擬定故事大綱就開始創作小說，所以，這次的授課內容，也算是最使我傷透腦筋呢（笑）。儘管如此，我仍得解析這個問題的相關重點。

無論你在撰寫任何類別的作品，首先必須考量的是「如何給讀者提供更多的趣味性。」「你要時刻提醒自己，我這樣寫作讀者是否讀來興趣盎然？」這是個極其嚴峻的課題，即使以我這個有三十三年寫作經驗的作家來說，我的作品是否寫得趣味可讀，自己也說不上來。然而，我始終堅持「為讀者提供閱讀趣味性」的信念在寫作。如何「方能使讀者讀來趣味橫生」，有兩個具體方法。

「曲折多變的寫法」

其一，「曲折多變的寫法」的小說。意思是說，你的故事必須有豐富的層次感，使讀者關注「主角今後將何去何從？」「主角如何才能脫離危機？」。當然，題材並不局限於武打電影或者推理小說。例如，你小說中的主角，哪怕只是個平凡的公司職員，你至少得設定他任職的公司正面臨倒閉危機，要不就是他被派任負責很大的專案計畫，他卻沒有這方面的經驗而不知所措，正尋思突破這個難關等等。總而言之，任何類別的題材，都必須具備使讀者為之興奮盎然的元素。而這樣的小說更需講究「曲折多變的寫法」。

「抽絲剝繭般的寫法」

其二，「抽絲剝繭般的寫法」的小說。在推理小說中，「兇手是誰？」「嫌犯到底是利用什麼犯罪手法？」可說是謎中之謎團；縱使一般小說仍很注重其懸疑性。因為每個人總有不想為人所知的秘密，自身行動亦不想被人所掌握。如果你寫的是言情小說，你的主角看出自己的情侶似乎另有隱情，他必定想找出這隱情的出處，對方為何不坦言說出，正是這股欲解謎團的驅動，使得他透過談情說愛的方式解開謎團的。

巧設謎團

你的小說若想吸引讀者的目光，粗略來說需要具備兩個條件：「曲折多變的寫法」和「抽絲剝繭般的寫法」。最理想的狀態是，你的筆法曲折多變，最後謎團才告揭曉，也就是A加B的寫法。當然，A或者B獨自完成也行。

必須指出，無論純文學小說或者娛樂小說，可讀性很高的小說，必定有其曲折多變的故事性。這個謎團都與登場人物的生活方式和行為，以及想法無不緊密相連。許多作家正是因為「每個人都有秘辛，而為此寫作推理小說」。至於，這個謎團安插在故事裡的某個環節，關係到故事布局的設定。

如果你已決定寫作的類別，那麼你就必須思考在小說中巧設謎團。首先，您得清楚地意識到「自己想表達的謎團」。當然，對於讀者來說它是個謎團，在很多情況對於作者並非不解之謎，但是你必須如謎團似的傳達給讀者，直讓讀者覺得不可思議，這就需要高超的寫作技巧了。在這個技巧中，伏筆起著很大作用，因為「高潮乍起」與結局是聲氣相連的。

我想各位多半往往為如何調動主角的言行舉止這些具體的枝微末節而費盡心思，因此我希望各位在寫作小說之前，務必很清楚地設定「這部小說的精采亮點，與你想呈現的寫法」。換句話說，你是依照這個設定突顯或烘托人物的特性，因此，這時布局的擬定就顯得越發重要了。

小說的「形式」

小說布局與形式若已決定，接著你就要思考寫出你理想中的小說了。我把它稱之為「小說的形態」。例如，你想寫「以現代為舞台如『大戰宇宙妖魔』那樣的小說」，它也可稱為「小說的形態」；或者你想寫出像「歐・亨利撫慰人心的小說」「如阿刀田高擅長的曲折離奇的短篇小說」這些也是。換言之，首先你要決定「形式」。在這個階段中，你若沒擬定相同的故事情節和布局，把「大戰宇宙妖魔」等具體的書名引入其中也行。

重要的是：「你必須堅信自己理想中的寫作形式。」

有了這分確信，當你的故事轉折的時候，你就能清楚知道它應該在哪裡回到主線上。例如，現在各位的寫法有些淩亂，可是仍清楚知道目的地，最後不至於以失敗告終。這全憑你對於「小說形式」的確信。倘若各位成了已寫出幾十餘本作品的職業作家，你沒有篤定的小說形式就揮筆寫作，剛開始，小說中的地點從A到B，直到故事半途似乎快偏向C地點，但是你認為這樣較有趣味性，便如此寫下去，其實也並無不可。話說回來，你若是個業餘的生手，你的故事原本打算從A到B，寫到一半卻突然轉向C，那麼這部作品肯定要失敗了。換言之，即便你很早就發現必須返回到主線上，你還是得面臨「小說形式」與「確信」的問題。所以，最具體可行的做法是：「一開始你就要設定如何為讀者提供高度的可讀性。」

故事的轉折點

其次，你還必須「決定（故事的）轉折點」。這個做法很大程度決定著作家的寫作類型：依鮮明的故事大綱寫作，和按粗略的概念寫作，其中有六成多的作者屬於後者。原因在於，布局的描寫過於詳實便失去寫作的樂趣，故事內容很難再予擴充。但另方面，又擔心不擬定大綱可能走岔，於是只好按粗略的概念而寫了。

決定情節的轉折，你簡明地把它設定成「起承轉合」四個階段也行。例如，把故事的始點當成「起」，然後進入「承」、「轉」，最後以「結」完局。另外，你還可這樣安排：從「起」到「承」做最簡短的聯結，或者在其間稍安排些驚奇的橋段，抑或在「承」與「轉」之間安排波瀾不驚的高潮，然後朝「結」局漸堆高潮，一氣呵成地結束故事……。

必須指出，小說若開篇沒什麼轉折就掀起高潮的寫法，肯定不會精采可期的。相反地，小說的轉折分枝較多，或者起伏越大就越有趣味性。不過，這種方法難度很大，例如，從「起」「承」「轉」的階段，（情節）都只是微波上升，但往「結」發展的時候，卻猛然掀起很大的高潮，這種轉折的寫法太過突兀了。請各位試寫看看，在往結局部分安排些合宜恰當的高潮。它的困難在於，如何精采地呈現從「承」到「轉」的部分，這也是作家最絞盡腦汁的。即便是職業作家的小說，還是有些「讀到半途令人乏味」的作品。換言之，作家在這兩個階段，將為如何吸引讀者的興趣，時而巧設謎團，時而增添新的登場人物而煞費苦心。

情節的次序

之前，我曾經提及各位在寫言情小說的時候（L3 p.49），可以從「相遇」→「愛情」→「失戀」的任何階段寫起。例如，假設從（1）到（8）作為轉折點，（8）之後就是結尾。各位要以什麼的順序展開故事呢？一般而言，都想從（1）的順序開始寫起，但這是最佳方式嗎？海豚先生在 Pratice A 提交的〈平安！〉（p.288）中，並不是以女主角的媽媽跟搶匪發生扭打受傷被送到警局，接獲通知奔赴而去的情節開始的。其實，女主角已經抵達警局，她正等著媽媽的訊問結束。而是以那個曾經對女主角輔導過的民生安防課的臭刑警開始攀談的情節開始的。也就是說，海豚先生的〈平安！〉不是從（1）開始，而是以（2）為起點，這個寫法很能吸引讀者的關注。

故事的起頭

我已經說過「故事從何說起，全由作者決定」。你要注意的是，從何寫起對這部小說最具吸引力？例如，以（3）（4）（1）（2）（5）（6）（7）（8）的次序進行亦可。毋寧說，把容易寫得鬆散的（3）（4）作為開頭，把（1）（2）作為回溯的情景，反而較能喚起讀者的興趣。

至於從何寫起最為適宜，這牽涉到敘述觀點的問題。換句話說，故事的開頭，未必就作為主角的觀點。你亦可以從別人的觀點切入。在小說創作上，並沒有硬性規定一開始就得從主角開始寫起，哪怕你的主角在第三章才出現也無傷大雅。

長篇小說的寫法，若能考量開頭與結尾的連貫，安排得宜的話，往往可增添它的可讀性。以我的作品《驅逐夢魘》[6]為例，我從主角被丟入玻璃的金魚缸似的醫療設施之中，接受各式各樣的檢查的情節開始的，經過幾番轉折之後，結尾主角又回到小說前面的金魚缸的畫面。我運用這首尾連貫的寫作技法，讀者讀完之後也能欣然接受。我不強迫推

6　日文名：夢狩り，亦有改編動漫作品。

銷，有興趣的學員可買來角川文庫的版本一讀（笑）。

任何類別的故事，都需要情節的高潮支撐。倘若結局有很大的高潮，最好從開始到中間過程安排幾處高潮，可以的話，在其中間就有高潮迭起，讀來更不覺得乏味。這就是高潮的妙用。話說回來，若是粗暴的打鬥和飛車衝突以及做愛的情景，就不必多做想像了。縱使是言情小說和上班族小說，都很注重情節的高潮呢。

別害怕偏離主軸

對經驗欠佳的寫手來說，在安排轉折的橋段時，往往很想盡早地通過自己設定的轉折點，快速地推向高潮而急就章似的猛然寫起。其實，不需要這麼躁進。如果你敢於稍為偏離主軸，再繼續構想故事內容的話，返回到轉折點的時候，很可能使故事性得到擴充，更增添趣味性，因此不必為此自我設限。

在寫作上，所謂的偏離主軸，是指決定故事情節，實際寫出之後，邊寫邊由作者自由發揮的部分。例如，你百般思考認為故事只能從 A 到 B 直線發展，其實這種寫法也行。不過，當你隱約覺得從 C 到 D 似乎又要依循這種寫法的話，我希望你換個策略。這時候你可以增加新的登場人物，或者安排主角遭到危險攻擊等等橋段。

有關故事大綱的擬定，我只能說到這裡。因為我幾乎不這樣設定，只要人物角色的性格和約略四個情節的轉折決定，我便開始寫了。換言之，你若能確實掌握登場人物的特性，在每個轉折點上他們都可自由發揮，故事自然順勢而成。因此，各位在構思小說的「形式」之前，務必把故事中的人物搞定。相反地，當你覺得故事快寫不下去，那就表示你在人物塑造上出了問題。

擬定故事大綱需要多少篇幅？若突然想擴充又如何處理……？

鱷魚 擬定故事大綱應當多少篇幅才算合理？

大澤 我希望各位都能以勇奪長篇小說獎的新進作家的身分出道。例如，當你設定二十四萬字左右的長篇小說大綱，若能按其篇幅均當恰宜的布局，你自然能找到書寫事件發展的脈絡。

鱷魚 我曾試過這樣的方法，把故事約略分成四個部分來估算小說的篇幅，但是總會超出預估而增加篇幅。

大澤 依我看來，故事大綱超出篇幅太多，很大的原因在於登場人物沒有得到有效的管控。例如，為了推展故事情節，你就要遞出新的登場人物，使故事繼續發展。你必須這樣意識：當故事迎向結尾之際，每個登場人物都得做某種程度的處理，你若送出新的人物，就得妥善處理已登場人物的去向。換句話說，你要注意，登場人物不可太多，篇幅不得過於浮濫。然而，當你想以幾個人物來支撐故事的大局，你必須更形象地塑造每個人物的特性，使他們生動地粉墨登場。正如前述，要達到這樣的效果，你可在故事的轉折巧設小小的高潮。

如何才能練就善用故事大綱？

貘獸 在此之前，我已經寫了幾十篇小說習作，幾乎都是沒有擬定故事大綱就開始寫了，因為我若開始這樣構想，就會覺得無法寫得淋漓暢快。請問如何才能練就善用故事大綱？

大澤 我想問你兩個問題。首先，之前你自己就練習寫過長篇小說嗎？

貘獸 寫了四、五本左右。

大澤 好的，再問一個問題。你說擬定詳細的故事大綱就寫得不順手，那麼你覺得不寫大綱較有發揮的餘地嗎？

貘獸 這個我自己很難判斷呢，其中倒是有幾部小說曾經進入了複選和接近入圍的階段。

大澤 我知道了。有關新進作家獎的情況，我先說明一下。其實，所謂的進入複選等於無法晉級決選。例如，假若有五百篇作品投稿，初選篩選掉兩百篇，複選只剩五十篇左右，只有五篇能夠進入最後決選。這還有個嚴峻的事實，你的作品是否達到評審眼中的專業水準，也就是說，除了進入最後決選的作品之外，其餘的作品幾乎毫無差別。因此，我奉勸不要自我感覺良好，以為「自己的作品曾進入初選和複選代表已達到某個高度」等等。請各位銘記在心，你若參加新進作家獎的甄選，你的作品水準至少得闖進最後決選，最好還拿下獎項才行。

接著，我來回答是否應當擬定故事大綱的提問。貘獸先生說，自己向來無法實實在在的擬定故事大綱，不受此限制反而寫得較為順手，覺得自己的作品還沒達到最後決選的水準。果真如此的話，我的回答是，你太小看擬定故事大綱的重要性了，你應當催逼自己先做好這項基礎作業，然後在這基礎上充實與擴展。

作品內應當設定時間表嗎？

企鵝 作者應當設定時間表嗎？

大澤 設定時間表也行。只是，你一旦事前做此設定，就想使小說人物按此時序輪番登場，很容易造成人物刻板化，這應當儘量避免。所以在我看來，把它作為事後確認之用最佳，一開始設定時間表也無妨，只是不可因此受到它的束縛。

LESSON 6

何謂深具「特色」的小說

寫出興味盎然的故事

大澤 通常編輯都會給作家提供各式各樣的意見，但絕不反客為主強行決定。他們頂多提醒「你再斟酌一下」，不可能強行指揮「這樣寫更具有趣味性」。若敢這樣說，那個編輯乾脆更適合成為作家，因此作家最終只能孤軍奮戰，它是孤獨的行業。

比起想方設法別出心裁，結果把故事布局弄得複雜而失敗，和故事過於簡單寫作進程停頓，我認為前者較有作家的稟賦。小說故事寫得四平八穩卻沒有趣味性，之後要擴展內容也極其有限，反而是想寫的內容過多，使得形式不夠圓滿，這樣還可提供建議「這個部分稍作修整，那個部分應當突顯」。

如果小說的格局設定得不夠大，之後哪怕你擠破腦袋也很難有所發揮。相反地，一開始就設定大格局的各種元素，你只要稍為統籌幾個重點就能定出明顯的方向來。首先，請各位務必要練就寫出大格局的故事。尤其是長篇小說，你要思考自己宛如在畫出巨大的圓形，然後往圓圈內填入諸多材料。因此，重點在於你必須考量每個元素是否充分吸引讀者的興趣來？

各位來參加這次講座，分別共提交了（一篇甄選文稿、兩篇習作）三篇作品（參閱第二部）。這次講座有個前提，亦即由我講評，所以除了各位學員之外，還加上我和編輯部共有二十人左右閱讀各位的作品。對寫作經驗尚淺的各位而言，這樣的機會非常難得。各位參加各種新進作家獎，閱讀你的作品的至多初審的編輯和複審以及決審的十人左右。這裡卻有倍數的二十人在審視你的作品呢。換句話說，多出一倍的人，就增加更多不同的感想。有十個人閱讀即便全不感興趣，但二十人之中或許就有人投你一票。也就是說，你必須經常謹記：讀者如何看待自己的作品，如何令讀者通閱全書以後感到餘味無窮。

各位寫作的對象絕非只有眼前的編輯和由我講評和選拔而已，就算我們在座的二十人之中，對你的作品完全興趣索然，或許成千上萬不知名的讀者當中就有人支持你。相反地說，假如你是個職業作家，只有百來個支持者還不夠，至少得擄獲成千上萬的讀者，讓他們覺得你的作品有趣，這樣方能以這行業活下去，雖說每次寫書要使那麼多讀者滿意都是艱巨的工程。

發揮自己的專長

如果你寫作的並非自己擅長的領域，自己也沒什麼興趣，只覺得這樣寫較有讀者支持，硬著頭皮而寫的話，它必定以失敗告終。寫出非己之長的作品，就算偶爾有讀者支持，一輩子違背自己的興趣寫作也是備嘗艱辛的，因為作家這職業沒有退休年齡，必須寫到至死方休呢！

因此，你要從自己的稟賦中找出自己的擅長，然後充分地發揮這項才能。它包括任何的類別、人物描寫、對話和故事的鋪陳。此外，你必須自我惕厲，你在發揮自己強項的同時，若快臨到文乏技窮的地步，就得練就出下個絕技來。對職業作家而言，這需要很大的勇氣，並迫使自己不斷精進才行。話說回來，正因為如此付出，職業作家方可存活下來。而堅持努力不懈的人，其功力當然更上層樓。我之前再三強調，「與其成為作家要持志以寫作更困難百倍」正是這個道理。

初登文壇之後就無退路

我可以體會各位很想早日登上文壇的心情，可請細想一下，如果你三十歲出道，之後還得繼續拚寫個五十年呢。各位有辦法持續到五十年嗎？假設你五十歲出道的話，往後只剩三十年可用。當然，你的作品數量可能因此減少，甚至不到江郎才盡的地步之前就掛掉啦（笑）。

我二十三歲出道成為作家，拚寫了三十餘年。不用說，我的才能早就快見底啦。不過，我還不至於用這次的小說講座來賺錢營生（笑）。對卓越的職業作家而言，儘管巧思妙法逐漸流失，但經驗和生活歷閱的增長，他的寫作技巧相對更為成熟，縱然是簡單的故事，他就有辦法寫得趣味橫生，走筆行文之際，充滿深深的情感。這是年輕作家無法企及的。在我看來，要寫出這樣使讀者為之著迷的小說，需要上述這些條件的聚合。因此，從這個意義上來說，人生的閱歷越是豐富，自然較能寫出雋永的作品來。

不過，各位現在若為此苦惱也無濟於事，而且也不必羨慕別人很快就登上文壇。在寫作這個行業裡，有些作家很早出道可是很快就銷聲匿跡，你必須覺悟到：一旦登上文壇，就無路可退。作家之所以能存活下來，並非依靠編輯是否青睞，而是在編輯後面成千上萬的讀者是否喜歡閱讀你的小說來決定的。因此，每本作品都是殊死決戰。如果你寫出了一本傑作，拿到了文學獎，登上暢銷書排行榜，就覺得人生從此一帆風順的話，那你就大錯特錯啦！因為之後你若寫不出來，出版的作品又滯銷，完全沒有任何商機，這時出版社就會無情地把你砍掉。

保持樂觀進取的態度

在座的十二名學員，在寫作能力上自然有所差異，其中即有將來的職業作家，也有備感困頓的新手。儘管如此，這並不是說很早出道的作家將來的生涯就一帆風順，透過刻苦努力的作者，同樣可以提升寫作的技能。有些作者很快就可達到某個水準，但是同樣會面臨瓶頸，即使已經具有職業作家水準的作者，也可能為無法擺脫寫作的困境而苦惱不已，所以各位務必自我警惕才行。依我的經驗看來，目前碰到許多困境卻不斷摸索修正的作者，反而可以藉此獲得更多實戰的案例為自己蓄積寫作的能量。

因此，各位學員不必為彼此間寫作能力上的差異太過在意，因為在場的所有學員將來未必都能成為職業作家。我只衷心期待有學員將來能夠出道獲得巨大的成功，但在此仍要再三提醒，寫作這個行業充滿諸多挑戰與艱辛。現在，我「居高臨下」地給各位講解授課，可哪天各位亦登上作家的行列，對各位而言，我跟你就是你們「必須超越的對象」。從這個角度來說，無論是中堅的老練的和年輕的作家，抑或說曾經走紅、得過文學獎項、出版過暢銷書卻即將江郎才盡的作家，他們都必須比快速茁壯的年輕寫手付出更多努力才行。當然，這其中的艱難如同徒手挖掘隧道那樣，但你只能咬牙苦撐，因為這是作家無可回避的任務。

引人入勝的故事

許多有志成為作家的人，經常弄不懂「何謂引人入勝」而傷透腦筋。倘若有一萬人的讀者很欣賞你的作品你才有自信的話，表示其實你沒有抓住它的本義。

我們經常聽到「有趣」「乏味」這樣的說法，什麼是「趣味盎然的小說」呢？首先，你若沒有使自己的作品寫得有趣的信念，那你絕對寫不出引人入勝的小說來。以我為例，我僅憑著自己的作品必定很好看就寫下去，從未想過「我這樣寫讀者必定叫好」的想法，而是認真努力地寫下去。當我拚命地寫作，讀者說我的作品「好讀有趣」的時候，我更能體會到「啊，我歷盡艱難的努力並非徒勞」的心境。儘管你對於這技巧還沒充分掌握，也不必為此患得患失，要充滿信心才行。

正如今天講義的開頭提及的，不是自己擅長的題材，你硬寫下去。只會搞得人仰馬翻，不如不做的好。寫出你覺得有趣的小說，若得到讀者的支持，你方能稱得上是職業作家，沒有這樣的使命感，表示你不適合走上作家之路。不過，首先你要堅信自己的作品應當是引人入勝的，而且還得想方設法寫得更精采才行。現在，我們來思考何謂「別出心裁」的小說。

何謂別出心裁

例如，你的故事從頭到尾是以直線進行的，也就是說，開頭寫出事件的起因，然後經過兩個、三個或四個的轉折，第五部分進入了高潮，最後到達終點（結束）。這樣的布局多半會被批評為「不夠精采」，你不禁要問，那麼應當在什麼段落「別出心裁」呢？例如，在故事結尾將A兇嫌換成C兇嫌如何？這樣可行不通！所謂的「別出心裁」，拖到故事後半才出現都為時已晚啦。你必須在故事的三分之一，或者稍後描寫的事件中就掀起小小的高潮才行。

所謂使故事多些轉折，就是直線敘事稍微岔離主線的意思。不過，這時候若轉折太大，讀者可能跟不上來。因此，你在開篇前的階段就必須把這些問題或歧岔的距離妥善安排。然後，在第三個分敘的地方，做一次更大的轉折。這樣經過幾番轉折，故事的發展自然與當初設定的有很大不同。這種特意的「翻轉」的安排，正是要營造出這種效果。以上述的舉例來說，這故事經過了二次的「翻轉」。而這個「翻轉」又意味著什麼呢？由於這牽涉到許多故事的部分，要做出說明有些困難，就我的寫作經驗來看，它與人物角色有很深的關係。

我在講授「如何讓角色活靈活現」的時候，曾經說過你要「建立自己的專屬劇團」（L3 p.63）。換言之，如果之前登場的角色應付不來，亦即你的劇團成員無法把故事發展順暢的話，那麼你就需要增補劇團的成員。派出之前從未出現過的角色，然後重點似的突顯這個角色，讓故事情節更加「活脫生動」。若需要二次轉折，就必須補上兩名團員。你要加入兩名新面孔的團員也行，或者派出A、B、C、D四個成員，由其中一人擔綱A和D的角色也無妨。例如，你可以運用角色人物的雙重性格：「善者即為惡人」「惡人即為善者」的模式。只是，你若要運用這樣的技法，必須在故事前半即已安排伏筆，臨近故事結尾就太牽強突兀了。

通常，讀者讀到故事三分之二左右，都覺得所有角色人物幾乎已經登場，這時你就要製造使讀者驚奇的「轉折」的情節來。因為這個小小的高潮，可以使整個故事性更豐富起來。

例如，A經常對主角施予援手，主角遇到困難的時候，A向來都是「我開車送你一程吧」，可現在主角進退維谷之際，A卻突然態度丕變說，「我才不管你的死活呢」。這時候，看似好人的A便開始露出另個面目了。主角苦苦哀求A的協助，A卻說：「我可以出手助你，你願意給我某某物件嗎？」這句話可以這樣理解：A要求主角給予金錢或者讓出女朋友。讀到這裡，讀者認為主角在幫助女主角，卻因為A的關係主角的命運另起波瀾了。此時，讀者便開始為主角的安危擔驚受怕。主角認為「A竟然是如此無情的人，但沒有A的協助我可要寸步難行」，只好聽從A的安排；故事進行到三分之二左右，你又可使A恢復成善人，或者使其性格更加激進也行。例如，A對主角說：「我之所以態度冷酷，是因為替你著想。你向來愛撒嬌，我若什麼幫你的話，反而害你無法獨立自強。所以，我才故意對你冷言冷語。」故事若這樣展開的話，故事性將更精采可期。

之前，我曾經介紹「隱匿式的對話」，以自我扮演遊戲的模式為例（L4 p.79）。你為了獲得X這項物件，就得先取得Y，你若沒把它交給對方，你就拿不到X這個物件。換句話說，你加上Y這項利器，就可增加故事性的「高潮起伏」，或者可充分運用：推出新的角色，增加必要的物件，「別出心裁」的方法。

讓你的主角際遇坎坷

我直白地說，所謂的「高潮起伏」，是指讓故事中的登場人物，尤其要讓主角「歷盡各種艱難」，亦即不讓其輕易地達成目標。你要思考的是，你要成為命運的主宰，在故事中讓主角遭遇什麼厄運，吃下多少苦頭，使他淚流滿面，心理創傷或更多的磨難。例如，你可以這樣布局，當主角拿到 X 這項物件，心想可往下個目標邁進的時候，就得讓他明白，若沒有艱險地取得 Y 便無法繼續前進。

無論是推理小說、言情小說或者任何類別的小說，要使小說讀來興味盎然，就得無情地對待你小說中的主角人物。善待小說中的主角，絕不是好看的小說。《羅密歐與茱莉葉》的劇情即最為典型，因為讓主角歷經各種波折，這樣的故事才有趣味可言。這情況如同「角色扮演遊戲」，遊戲中的主角要先打敗許多小嘍囉，不斷地增強實力，最後在地牢殲滅頭號大敵。換句話說，正因為讓主角飽嚐各種苦難，玩家才能享受「苦盡甘來」的成就感。

小說的讀者與遊戲的玩家不同，他們只需閱讀不必付出努力。而身為小說作者，必須讓主角的自我成長，或者達成最後目標前的各種歷練全呈現在讀者面前。你要讓讀者看見，小說中的主角如何奮發圖強，如何咬牙苦撐，如何受盡各種折磨。

讀來沒有「高潮起伏」和乏味的小說，就是因為太善待小說中的主角了。其實，你應當要想方設法讓主角吃盡苦頭，把主角折磨得如喪考妣才行。許多讀者都知道，全世界就數「鮫島」對我最恨之入骨了。所有不幸與殘酷的遭遇，全落在鮫島的身上。所以有人說「大澤托鮫島的福氣，賺進不少鈔票呢」。我自己也覺得太虧待鮫島了。我為何這樣做呢？因為我越是殘酷對待鮫島，各位就會買我的小說來看（笑）。

「把主角整得死去活來，才可能寫出有趣的小說」。這是考題喔，各位最好牢記在心。我重申一次，越是讓主角上刀山似的和受盡煎熬，這樣的小說才有看頭。

當然，或許有讀者討厭這樣的小說，更想閱讀溫暖人心的作品。不過，這些看上去溫情感人的小說，仔細分析的話，它同樣是不經鑿痕地描述主角面臨厄運，以及如何克服的歷程。各位可參考「主角性格平淡的小說，無法感動讀者」的講義課題（第58頁）。

何謂有「特色」的小說

現在，各位在寫作技巧上有顯著的提升，有句話我要送給你們。那就是「何謂有特色的小說」，你也可說它是另類的「猛藥」。所謂的故事是指只要有登場人物，然後按其各自的情節發展，到達作者預期的目標，那部小說便呈現出小說的「形式」來。然而，那些暢銷小說抑或職業作家所寫的小說，不只「寫得精采」而已，必定還包括某些成功的元素。它就是該小說的特色魅力。雖說它是具有強烈「特色」的「猛藥」，但並不會給讀者帶來傷害和反感。而是要讀者閱畢之後，感到餘波蕩漾。

讀者有閱讀品味的好惡，當然，有些作品未必能得到讀者的青睞。我當過文學獎的評審，許多作品我不大欣賞，最後我仍給予入圍。無論你寫出什麼類別的作品，都必須考量讀者閱畢之後是否感到餘味無窮。所以，「你絕對不可把小說寫得枯燥乏味」，而是把讀者帶領到小說裡與人物同悲共喜。

我們經常聽到「SO WHAT」這樣的評語。它的含意在於，有些小說寫得精采，可讀完之後，只覺得通篇好讀，可「那又怎樣？除此之外，根本沒能讓我留下深刻的印象啊！」。假設若是寫出這樣的作品，表示作者功敗垂成。

在本次講義的開始，我沒有把這些議題告訴各位。因為，當時根據我的判斷，「請各位今後要意識到小說應有的特色」，「寫出令人讀之欲罷不能的小說來」，對各位而言可能尚無法完全理解。不過，我讀完你們於類似期中考階段的習作（PB p.294）之後，決定要讓各位開始思考和面對這兩個問題。這亦是以職業作家為志的第二階段。

至於，各位提交的習作是否「尚需改進」，我覺得仍是「小說的特色」的問題。

這是個困難的課題，由於每個人的出生背景，生命經歷及其性格都不同，而且反映在自己的作品中，這樣彼此的差異就更大了。其中，既有深具潛力的寫作新手，也有職業作家望其項背的高手。儘管如此，有些作家寫得很好，但現在知名度不打開，讀者沒有增加，評價不高，這是什麼原因呢？依我看來，這多半是其「小說的特色」不夠所致；

換言之，這個「特色」如同小說的生命線。深具特色的作品自然能引起讀者的共鳴，而平庸至極的作家就乏人問津。雖然讀者的閱讀口味不盡相同，但有個嚴峻的事實，你若能得到眾多讀者的支持，才能確保你的作品銷路長紅。

問題是，「那些被視為文筆佳卻沒強烈特色的作家」，往往使出版社備感棘手。例如，這樣根本很難登上文壇，出道後出版了數本小說，銷售情況卻很糟糕。這樣的作家根本無法經營下去。我經常說，作家出道只不過是作家生涯的起點而已。出道以後，能否繼續存活下去，端看你的小說是否深具特色和魅力。從這個角度來說，我希望各位都能深切省思自己是否具有寫作小說的天賦，若果你還要探究這個本質，卻沒有這樣的稟賦，你如何把自己的小說寫得更生動有趣呢？

為什麼我的作品格局越寫越小？

驢子 今天，老師您說，儘管開頭的時候小說的形式不夠完整，仍要把小說的格局做大，可為什麼我卻越寫格局越小呢？尤其在寫短篇小說，我若有什麼念頭便不多加思索，一路寫下去，然後再設定角色的性格和文章的調整。不過，其結果就如同您上回的講評那樣，我的作品「格局太小」。我採取這樣的寫法，就必然得出那樣的作品來嗎？

大澤 在我看來，驢子先生若依普通的布局和情節而寫，應當有此能力寫出不差的作品來，但正因為布局和人物不甚突出，故事內容就很難有深度。若是這種情況，你就依原來的布局進行，在登場人物上多下功夫。例如，給人物角色奇遇和變化。人物角色若寫得鮮活，或許故事內容就得以擴充。從結果來看，就算你偏離當初的布局，或者捨棄不用，人物角色若活靈活現的話，你順勢按此修擬布局也行。

今後，你要更注重如何創造人物角色。小說家就是自己作品的最高主宰，你可以決定登場人物的生死，怎麼調動都無所謂。所以，你不必過於拘束原本擬定的布局，而窄化整部作品的格局。你可以大膽試試，把你獨一無二的特色交由登場人物擔綱，你的作品格局將會更為寬廣。

引用經典名著應該注意哪些事項？

企鵝 我想請教有關引用經典名著的問題。下次習作我打算以不大出名的經典名著為原型，把時空背景設定成現代，這種嘗試可行嗎？《羅密歐與茱莉葉》和《灰姑娘》等作品，向來被改寫或改編拍成電影，像上述這類改寫或引用，應當特別注意哪些事項？

大澤 古今有許多經典名著，例如，中國的《聊齋誌異》等章回小說，向來是故事的寶庫，許多作家從它得到啟發寫出作品。還有滿多的職業作家以中國的古典名著或希臘神話為題材的作品，我並沒有否定這樣的做法。只是，妳目前還是寫作新手，即便妳多麼酷愛經典名著，如果妳沒有超越先前同行職業作家的造詣，或者具備與大學教授和專家相匹敵的功底，我不鼓勵妳走這條古典的老路。

妳別以為自己的寫作材料多麼珍奇稀罕，其實知道它的出處的人多不勝數，縱然妳這作品問世，若被熟知原作的人視為「抄襲原文」，妳的作家身分將被嚴重貶低。倘若妳真的很想寫作這類的題材，不如等妳成為職業作家數年以後，例如：像改變一下文章風格，又有很多出版社向妳邀稿，妳以此寫一本自娛也未嘗不可。

《佛蘭克斯坦》（科學怪人）和《窈窕淑女》兩部電影，堪稱是好萊塢的經典形象之一，其實它們的故事性質雷同。前者是以從墳墓挖出死屍，然後加以複製成人的故事，後者是以底層的賣花女被語言學教授改造成優雅貴婦的故事，兩個都在呈現「創造出嶄新的人格」為主題，差別在於把它拍成恐怖電影，或者愛情歌舞片而已。如果妳有辦法把它們偷天換日般的全部改寫，我是倒不反對，問題是，《羅密歐與茱莉葉》和《灰姑娘》兩部作品幾乎為人所知，妳若沒有改寫個百分之八十，肯定是索然乏味的小說。

在眾多的古典名著當中，以莎士比亞的作品最具戲劇養份，有人指出「閱讀莎士比亞的作品，就會弄懂小說寫作」。我算不上是莎士比亞的忠實讀者，每當我讀完以受此啟發的作品，總覺得其結局幾乎毫無二致。當然，妳可以從莎士比亞的戲劇性、故事編排、悲劇性等等，學習到故事的基本結構，但現代社會的人情事物過於複雜，要與之完全套用幾乎不可能。所以基於各種考量，我覺得企鵝小姐目前的情況，仍不宜考慮這方面的問題。

在小說中可以引用某人的真實姓名？

哈巴狗 在小說之中，我可以直接引用如《假面超人》、《鹹蛋超人》這些廣為人知的角色和某人的真實姓名嗎？在佐野洋的《推理日記》裡，經常以羅馬字標示出真實的市町村名和人物姓名……。

大澤 這個問題很難回答。佐野先生的確以羅馬拼音表示N市的地名，可我若用《S鮫》（新宿鮫）就行不通（笑），因為在那部小說裡絕對得提及「新宿」這個地名。佐野先生十分偏好這種匿名表現的寫作方針，我並不否定直接引用《假面超人》、《鹹蛋超人》的看法，但看妳如何巧用。

我擔任某文學獎評審的時候，一部作品以愛戀《哆啦Ａ夢》的女主角的小說曾經入圍了。雖然哆啦Ａ夢並沒有出場，但整部作品幾乎都是在對哆啦Ａ夢的讚頌。那位作者曾經拿下出名的文學獎，亦是高知名度的職業作家。在評審過程中，分成兩派意見：「哆啦Ａ夢這個角色在日本已經是家喻戶曉，對他多所著墨又何妨呢？」；「哆啦Ａ夢這個角色猶如已有註冊商標，作者為什麼不重新另起爐灶呢？」。就我印象所及，這部作品似乎較缺乏原創性。後來，這部作品沒有得獎。這是文學獎評審委員的意見，一般性的評價未必相同，每個讀者的感想也有所差異。

「假面超人」和「鹹蛋超人」這兩個人物，具有如猛藥般的效果，若使用不當，可能反受其害。例如，妳設定的主角只是個很崇拜鹹蛋超人，穿上鹹蛋超人的服裝，逛街時被捲進了某個糾紛，你就不需要讓鹹蛋超人的本尊出場。正如哈巴狗設想的主角「是個頗受小孩熱愛的紅透半邊天的「樹龍戰姬」相信讀者都能想像得到，只要寫上「他蒙上面具以超音速嚴懲壞蛋」，或者「他像聖鬥士星矢疾奔而來」，同樣可以讓讀者感受到「如假面超人」或「這英雄有如鹹蛋超人現身」的效果。也就是說，你不套用原作中的英雄，同樣有此效應。

我再稍做補充。以真人實事寫進小說裡，的確有引人入勝的地方，相對的也被局限沒辦法多所發揮。以演藝界和體壇為例。

假定你要寫以知名女明星為題材的小說。要撰寫「吉永小百合」很簡單，但你可能得冒著被告誹謗名譽的風險。於是，你只好把姓名改成「藪長百合子」，描述「百合子是一九五〇年代活躍於日泊（日活）[7]電影公司的大明星，與石本裕次郎和大林旭合演」，這樣毫無趣味性可言。因為無論「藪長百合子」是哭泣、微笑、戀愛，苦惱，只要你沒寫上「吉永小百合」的名字，它自始至終只是編造的故事。

運動體壇的情況亦是如此。年輕的高爾夫選手「石川遼」，在業餘的時代參加比賽，他從沙坑上揮桿一球進洞拿下了冠軍。因為這是真人實況，觀眾看得備受感動，如果在小說虛構的場景裡，任憑主角球技多麼精湛，他多次打出「一桿進洞」的英姿，都會被當成「作假」收場。正因為是長嶋茂雄和金田正一的對決，才眾所期盼，而你若把他們改成「這是超級強棒長崎三雄和頂尖投手吉田浩一的世紀大決戰」，讀者根本興奮不起來。

所有小說故事都是構想出來的，你若想以演藝界和運動體育為舞台，很容易失去逼真感。你為了呈現這份逼真感，很想引用運動選手的真實姓名，但這恰巧與小說的屬性相違背的。各位必須知道，把任何知名的比賽和慘重的悲劇為舞台的小說，它終究很難引人入勝。

如果哈巴狗小姐的小說，非得引用「假面超人」不可的話，就必須有它是兩刃劍的心理準備。依我看來，設若你換個虛構的英雄人物可以令讀者印象深刻，當然是以此方式較好。

7　日活「日本活動寫真會社」的略稱：於一九一二年設立，日本的電影製片與發行公司。

主角以外的登場人物也需要歷經風霜嗎？

白米 之前，我從未寫過娛樂小說，我們這次講座很重視寫作創意也寫了習作。結果，我發現自己在創造登場人物上應付不來，希望在下次的習作中能夠掌握和呈現人物的特性。老師剛才說「要把主角整得死去活來」，請問也要給其他人物歷經風霜嗎？

大澤 當然。例如，A主角是個極其平凡的人，但苦難卻降臨在他重要的（家人、情侶和親友）人B身上。主角為了拯救B而吃盡苦頭——這樣就可安排兩個轉折，擴大故事內容。接著，A主角要面對諸多磨難，急欲要幫助B，但他急不可待的想：「為什麼B不振作起來呢？」內心糾結不已，他們向來情誼很好，因為這樣的因素，他們的關係變得複雜起來。A和B的關係越是糾纏難解，故事性就將更豐富起來。B遭遇到磨難，A便要受盡痛苦，他更能體會克服苦難的複雜心境，而故事的發展就更加有趣。

你若要讓故事精采可期，亦可安排始終支持B的A主角，某日，突然受到B的攻擊。例如，A幫助經常受欺侮的B，不料自己卻成為被攻擊的箭靶，連受欺凌的B也加入了戰局。A遭到B的背叛必然是萬般痛心。這是B的本意呢，或者B根本討厭A？抑或其中有不得已的苦衷，最後B會跟A重修舊好嗎？你只要這樣隨意構想情節，整個故事就會因此活脫起來。

白米小姐說「之前從未寫過娛樂小說，過度集中在故事的創意上，結果人物角色寫得不夠生動」，妳為什麼不兩者兼顧，使故事性更充盈起來呢？妳還記得「人物是故事的靈魂」（第52頁）的講義嗎？人物角色是故事的支撐，亦是小說的兩個車輪，兩者若有任何缺損，故事就會相形失色。所以，妳要給人物角色賦予生命，然後把它們放在大格局的故事上。

在創造人物角色上，妳必須注意到，小說的登場人物與現實生活中的人有什麼差別？各位知道嗎？因為在現實生活中的人，遇到殘酷的打擊就一蹶不振了。精神層面一旦崩潰，就彷彿世界末日了。然而，小說中的人物無論經歷任何艱險都不能缺席。它們統統不許逃離，因為它們就此逃匿的話，故事就得戛然而止了。請各位記住，它們與現實的人生截然不同，你可以把故事人物描寫得多麼具體逼真，唯獨「不能讓它們從故事中逃離出去」，絕不許主角在故事的半途說，「我快撐不住啦，我要落跑了」，之後故事就在公司與家庭之間打轉，讀到這樣的小說，讀者必然要大發雷霆。這是我給白米小姐的答覆。

如何克服敘述觀點紊亂的困境？

大澤 以下的問題我要麻煩編輯回答，請編輯諸君做好心理準備（笑）喔。接下來，請水母小姐提問。

水母 我剛在學習寫作小說，還在摸索的階段，實力比不上各位同學。之前，老師曾經指出敘述觀點為什麼紊亂的問題，但我沒能充分理解它的意思，可否請老師再提點一下。

大澤 水母小姐提問到「敘述觀點為什麼紊亂的問題」，麻煩A編輯從專業的角度給予說明。

A編輯 妳可將完成的作品擱上一個晚上，隔天拿出來大聲朗讀看看。

大澤 這個回答可行嗎？「出聲朗讀」的確有助於文章的遣詞用語，但是對這個問題的修正幫助不大。當然，藉由「重讀自己的作品」可以發現許多問題。請教總編輯的看法。

總編輯 依我的看法，作者只能徹底地按每個情景扮成敘事者的角色，然後以這個人物的視點觀察和聽聞而已。

大澤 總編輯果然厲害！說得非常精準啊！我在水母小姐的〈不為人知的復仇〉（PA p.274）中也講評過，妳在描寫該人物離開房間以後，卻由別人的觀點凝視自己的背影，這樣敘述顯然不對。妳要更充分意識到，「妳只能以那個人物的觀點或者耳聞的事情來寫作小說」。其實，要精準掌握敘述的觀點不容易，有時候連職業作家也犯下這種毛病。若要避開這個失誤，妳必須時常檢視「小說的敘述觀點是否偏離」，或者「再斟酌朗讀一次」。作者就是「主宰者」，他的手上掌握故事的所有情節。因此，有時候你很想把它全部寫出來，但話說回來，即便你把故事和盤托出，它若沒有任何意外的驚奇，讀者同樣無法感受到作者的意圖。

以這個多界面的物體（圖1）為例。各位都知道，設定A、B、C、D只能從自己的面向看到那個物體，那麼四個人的觀點當然完全不同。剛才，水母小姐的敗筆在於，明明是從A的視點敘述，最後卻寫成了由B看到的情場。

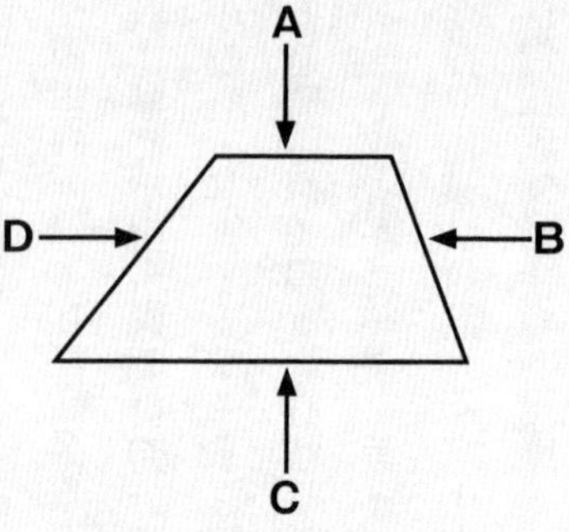

[圖1]

作者是小說的「主宰者」，物體的所有面向全在他的掌握之中，但A、B、C、D只局限在自己的所知和所見。當然，這並不是說以A為第一人稱寫作小說，就無法寫出其他人所看到的事物。此外，還有許多方法，例如從B那裡獲取資訊，或者找出只有C知道的事情，運用這個手法可以擴充和豐富故事的內容。

總而言之，你必須要經常琢磨該人物是否從其所見的和聽聞的角度來描述故事和情節。有些人自然而然便掌握這個訣竅，有的則像水母小姐那樣弄不清楚。再次重申，你必須學習扮成小說中的人物，置身在故事的情境之中。

故事需要多加沉澱嗎？

老虎 我提交的兩篇作品〈明亮的眼神〉（L2 p.22）〈飢餓的兄弟和吹笛男子〉的主題，分別讓主角歷經各種波折，可最後還是把它們寫成乏味無趣的作品了，請問故事需要多加沉澱嗎？

大澤 各位從剛才的回答看得出來，編輯們的意見是多麼不靠譜，B君，你對這個提問有什麼看法？

B編輯 這問題很難回答！在我的印象中，老虎小姐的作品的故事結局往往落於俗套或者虎頭蛇尾，沒有出乎意料的新奇性……。

大澤 她也知道這個毛病！B君，你這個回答不行。A君，你說說看。

A編輯 故事寫到最後的時候，可以來個情節大逆轉嗎？

大澤 這種寫法可行嗎？C君的見解呢？

C編輯 為了讓故事「別出心裁」，不妨增加登場人物如何？

大澤 那麼有請總編輯指點。

總編輯 這時候妳必須想方設法使小說更具趣味性。我覺得這可運用許多技巧，但終究還是要作者逼迫自己，不斷地思考和多方設想，最後必定想出新奇的主意來。

大澤 原來如此。編輯們對於這些問題肯定會傷透腦筋，若能及時應答的話，各位就不是編輯早就當上作家啦。

怎麼做才能讓故事更精采呢？老虎小姐很擅長創造人物，或者與其說是擅長，不如說她總是有新奇的創意，這應當說是老虎小姐的寫作稟賦。她〈明亮的眼神〉中，描寫視障的女主角在房間裡踱步的情景，完全化身成該人物的觀點；在〈飢餓的兄弟和吹笛男子〉裡，同樣把主角兄弟倆的形象刻畫得很成功。

接著，我們來看看〈明亮的眼神〉這部作品：視障的女主角遭受到某跟蹤狂男子的攻擊，最後在白馬王子的救助下劃下完美的結局。我們先談人物與故事的相互關係。老虎小姐在創造人物上相當成功，可故事的格局太小了。那麼要如何克服呢？對於一萬二千字的短篇小說而言，以「增加登場人物」難度很高，若「來個大逆轉的結局」＝「白馬王子其實就是跟蹤狂」的話，也不是很高明的寫法。

我們來思考看看，既能維持原來的登場人物和篇幅，又可使故事更精采的方法。……例如，把故事寫成白馬王子被跟蹤狂打傷，視障的女主角憑自己的力量打敗了壞蛋……，這樣的寫法如何？女主角是個視障者，很可能打不過那個跟蹤狂，不如把那個場面作為最後高潮如何？當女主角快遭到攻擊的時候，白馬王子及時趕來解危，後來女主角聽到揮拳的悶重的聲音以後，傳來白馬王子的呻吟。她張皇地問：「發生什麼事了，你不礙事吧？」可是都沒有任何回應。她心想，「他被攻擊了，我只能自己防衛了。」剛才，驚駭萬分的女主角，得知心愛的人被打倒的瞬間，突然挺身站了起來：「我絕不容許心上人遭到這樣的迫害！」於是，女主角用手摸索找到並關掉電源的開關。對於視障的女主角而言，在黑暗的屋內，她的勝算較大。因為這屋子一陷入黑暗，入侵的歹徒就無法行動，而這是女主角的家裡，她清楚屋內的方位。她察覺出歹徒正在廚房裡，自己悄悄躲入廁所。歹徒的腳步聲越來越近。當這腳步聲來到廁所的前面，她冷不防地推開門朝歹徒撲身過去……。老虎小姐，這樣的結局如何？

老虎 很有意思。

大澤 妳是否考慮〈飢餓的兄弟和吹笛男子〉的主角也用這模式擴充故事的內容？他們一如往常沒東西可吃時就到朋友的家裡，不知什麼原因，那天卻擺出了壽司和蛋糕豐盛款待。這讓他們兄弟倆忐忑不安。他們定睛細看發現，隔間用的拉門沒有關緊，可以窺見到裡面的房間，朋友的父親似乎已經去世了。這時候，朋友及其母親宛如其父不在身旁似的，滿臉笑容地說，「來，多吃點，不用客氣！」兄弟倆覺得「這個家庭真怪呀！」……瞧，你很想知道後續發展吧。我也很想知道呢（笑）。

簡單地說，這就是「逆向而為」的技巧，要給主角意想不到的答案，抑或先寫出（主角）的困境。坦白說，這是我的小說技法。先將主角困死在某個地方，今天的連載就告結束。下次截稿之前，再想方設法讓主角從那地方逃脫出去。這算不上是好方法，因為這得想破腦袋呢（笑）。然而，職業作家越有這樣的經驗，越能在截稿以前激發出某種創意。你若越把自己逼到死地，就越有奇妙的創意。若已經沒有奇思妙想怎麼辦呢？那時候，你就要承認自己沒有寫作小說的才能退出這個行業吧。

有些學員認為沒能以布局提綱而擴充故事內容為敗筆，你們不妨試著把自己逼入絕境，在預想不到的狀態中推動故事的發展，然後來個逆勢操作。這種技法一開始就把大逆轉設想在內，接著逆向而為來推動故事，但這種寫法的格局受限很大。與之相比，不先預作答案或結局，而是由寫作過程中迸發而出的創意，比較能夠讓讀者驚豔四座。這是理所當然的，因為作者也不知道會有什麼結局呢（笑）。

我說過，作者就是小說的「主宰者」。事實上，作者不知道結局而推展故事，之後，作者經常有「原來如此」的驚異感。某個編輯曾對我說：「大澤先生，那部作品是你信手拈來寫成的吧。一般人不可能設想得出那種複雜的布局來。這種車到山前必有路的寫法，給出意想不到的高潮，正是您最高明的絕招呢！」我回擊道：「這是在褒獎我呢？還是在貶損我？」其實，他說的很有道理（笑）。每次，我都要殫精竭慮似的，先讓主角吃盡苦頭，然後歷經幾次波折想辦法脫困出來。我先把自己逼入困境，當然也要逼迫主角，然後想出脫困的辦法，這樣就能順利地寫出小說來。你儘管放心，只要拚命地構想，創意自然噴湧而出。

如何運用複數觀點？

波斯菊 在這方面我也寫得很糟，經常抓不準竅門。我看過有些長篇小說每章都變換不同的人物敘述，這次習作規定以二萬字和複數觀點寫成，這種寫法是否會造成讀者閱讀的混亂呢？

大澤 這次不需要編輯們回答吧（笑）。寫作短篇小說，如果需要多觀點的加入，也就是超過兩個或三個的視角，這種寫法的確不容易閱讀。不過，接下來若以我要講解的寫作手法，它當然包含多觀點的技巧。

請各位把小說的構造想像成五角形圖案。從A到E各邊都能看見敘述的人物，假如A是波斯菊小姐，B是總編輯，C是中年的公司男職員，D是木屋民宿的業者，E就是我大澤在昌。小說故事的布局如下：今天晚上我在講座結束以後，突然搭乘末班飛機前往北海道，翌日早晨我卻被人發現陳屍在阿寒湖畔。為什麼會發生這樣的事情呢？我把它寫成二萬字左右的短篇小說。

第一章是波斯菊小姐所看到的。大澤在昌一如既往來到角川書店（出版社），講授小說寫作的技法。大澤與平常沒兩樣在課堂上講得口沫橫飛，還捉弄編輯們為樂，但對學員的要求很嚴格。最後，他說了聲「各位辛苦啦」就走人了。這樣寫個四千字。

第二章從總編輯的角度切入。講座結束之後，總編輯詢問大澤「接下來有什麼行程？」，大澤罕見地拒絕道，明天要參加高爾夫球比賽呢。不過，在那以後，他有些詭異地問：「你知道綠球藻嗎？」總編輯回答說：「嗯，您是說阿寒湖裡的綠球藻嗎？」接著，大澤留下「是啊，的確是阿寒湖的」這番耐人尋味的話，便轉身離去了。這寫個四千字。

第三章則由出差到東京正欲搭乘末班飛機回到北海道的神色倦乏的中年公司男職員的觀點。他在羽田機場登機，在機艙內落坐後，發現鄰座的中年大叔似乎在哪裡見過。他猜想對方身分的同時，試著向男子搭話，但是那男子始終茫然若失的樣子。當飛機快抵達新千歲機場的時候，那男子驀然問道，什麼地方可以租車？他回問男子，待會兒您要去什麼地方呢？男子說，我想去阿寒湖看看。他回答，阿寒湖是個很好的景點，可現在這時間去不合適吧？男子說，不，我有要事待辦非去不可。後來，男子似乎租到車子在半夜裡去了阿寒湖。那男子到底是誰呢？這寫個四千字。

第四章由在阿寒湖畔經營木屋民宿的夫妻的觀點切入。在臨近拂曉時分，屋外傳來了汽車的聲響。這大半夜到底是誰來這兒？老闆出門探看，只見一個男子佇立停妥的車子的束光中茫然地看向阿寒湖。老闆問道，你為什麼三更半夜來這兒？那男子說隨意看看而已，但他神情慌張似乎在隱瞞著什麼。這個寫四千字。

至於那男子的難言之隱，在第五章揭曉。其實，這篇小說到一萬六千字為止都是伏筆的安排。這是我興之所致編想出來的，算不上是很好的體例。我把「我的遺書」安排在第五章。這天，我來此講授小說寫作課程時發現，在學員提交的習作之中，有個女學員居然與我曾深愛過後來被我拋棄而自殺的女人同名同姓。我每次想到這個舊情人就悲慟不已，於是我也決定同樣在其絕命的阿寒湖結束自己的生命。這寫個四千字。

若運用這種寫法，我希望各位把它寫得更精采些，可以這五個人的角度寫成二萬字左右的小說；抑或設定公司裡的五個同事共同為某個專案奮鬥的故事也行。故事一開頭，就設定絕妙的謎團，然後藉由多個視角切入細緻地讓謎團浮現出來，這是宮部美幸最常用的寫作手法。換句話說，短篇小說也可運用多視角的寫法。只是，這需要很高超的技巧，在什麼情景，用什麼角度敘述，加入什麼樣的訊息。這如同籌畫精巧的設計圖，如拼圖般讓每個角度緊密接合，最後製成一幅巨型畫作。在此，透露個秘辛，宮部美幸多半沒有擬定大綱就順手而寫了。

多視角寫法的優勢在於，它透過各種人物的觀點，使同樣事物的呈現更加豐富多采。拿我剛才的故事為例，從小說講座的各位學員的視角，沒辦法寫出阿寒湖這時期的情景。為了把像「好多人在這季節來此自殺呢」的描寫放入小說中，就必須安排當地的木屋民宿業者；為了顯露我決定尋死面向阿寒湖苦惱的身影，由不是編輯和講座的學員不知道大澤在昌作家身分的一般人目擊到，會更使人印象深刻。尤其，在機艙內恰巧與之鄰座的中年公司男職員的視角，同樣發揮著作用。

如果你要運用多視角寫作短篇小說，至少三個人以上。最常見的套路是，使用「偵探」和「嫌犯」二者的視角，各位知道吧，這種寫法最無趣乏味了。最糟糕的寫法是，以偵探的視角寫到一萬八千字左右，最後的二千字回到嫌犯身上由他全部說出犯罪的動機和詭計。

在此，我建議波斯菊小姐，如果是二萬字左右的短篇小說，要不以第一人稱長述，要不就採取三人以上的複數觀點。只是，我要再次強調，採取多視角的寫法效果奇佳，它需要很精湛的技巧。務必注意，妳若沒能拿捏得宜，很可能陷入「敘述觀點凌亂」的嚴重失誤。

漢字的使用程度[8]

驢子 最近我感到困擾不已，也就是漢字的使用程度為何。我曾用過個人電腦寫作，若不是特殊的讀法，我都儘量把它變換成漢語，但我閱讀其他職業作家的小說，意外地發現到，即使很簡單的漢語，他們亦以平假名表示。例如，最常見的是「言った」（說了）「分かった」（知道了）這種句型表現，現在，每句話我都要再三琢磨才敢下筆。

大澤 每個作家各自有不同的寫法。目前我仍用手寫稿，有段時期我以漢字表示較多，例如「言った」「行った」現在，兩者我全以「いった」表示。目前，我常混用的是「くり返す」和「くりかえす」，以及「ふり返る」和「ふりかえる」。這樣表示並沒有錯誤，只是措詞若能統一，較不易造成讀者的混亂。這些措詞和用法，全由編輯校正，所以你問及「漢字使用應予統一」，我沒辦法回答你。

使用漢字表示應當注意的是，不僅在實務的面向上，漢字使用量的多寡，也會影響小說的整體氛圍。而且，這跟驢子先生選取何種題材有關，以及你以什麼角度描寫也有所不同。你知道的嘛，如果京極夏彥的小說文字全以平假名表示，那麼京極夏彥的作品風格就蕩然無存了。正因為在他的小說中經常使用生僻的漢字詞語，方能展現其作品的世界圖景。

相反地說，赤川次郎的小說全以漢字表示又是如何？若果如此，那就不像是赤川先

---

8 漢字對日本人來說是比較艱難的語彙。這篇可以解讀為是否要運用艱深的成語或字彙在自己的小說創作中。

生的小說了。總而言之，你要自己衡量寫作什麼樣的小說。假設你要寫作讓讀者淺顯易懂的小說，就儘量少用艱深的漢字，若是如京極夏彥那樣沉悶晦暗、寓意深遠的小說，漢字的措詞自然要更多。簡單講，你要使兩者達到恰當的聯結。

我再次強調，如果你表達的是簡單的故事內容，整部作品卻大量使用漢字；設若你想展現艱澀難懂的世界，卻把它寫得「虛無空泛」，讀者當然摸不著頭緒。至於，描寫什麼樣的題材要使用多少漢字，這完全由作者決定。驢子先生將來要成為一名作家，這些問題的拿捏與準則，你應當要有自己的堅持。如果你寫了漢字不多容易閱讀的小說，以及使用許多漢字的小說，讀者可能有兩種反應，有的讀者因為你的小說「簡單易懂很喜歡」；另外，當他們讀到你類似後者的小說時，就會感到驚愕不已。如果你的作家形象已經確立起來，你就得時時提醒自己，在文體和漢字措詞上，儘量給予讀者新穎的驚奇感。相反地說，當你想改變自己的寫作風格，亦可多用些漢字試著寫出你構想出來的奇異世界。它是個改變自我寫作風格的手段之一。至於，如何達成上述的境界，就靠各位自行判斷和運用了。

Memo

LESSON 7
磨練內文的描寫與技巧

讓文章具有節奏感

大澤　大家晚安。今天我要談的主題是「文章與描寫」。但醜話說在前，要教這個主題非常的困難。我們可以評價已完成的文章「好」或者「不好」，例如一篇描寫某個場景的文章，各位可能會想：「如果是我會這樣寫」之後再改寫文章，即便是我的文章表現方式，也未必就是正確解答。就算我的文章真的是正解，我也不希望各位模仿，因為只是製造出我的模仿者，一點意義都沒有。而且在座應該也有人覺得：「大澤在昌的文筆，也沒什麼了不起嘛！」（笑）總之，各位有各自的文章風格，以及遣詞用語的偏好，因為這些就是作家的特色，也是吸引讀者的魅力所在，在這個部分我能夠傳授給各位的十分有限。所以，今天的講課內容會變得非常抽象，那是不得已的，希望各位能夠體諒。

各位在閱讀小說的時候，可能會讀到情節內容流暢的小說；也可能讀到看過很多次，但故事就是無法在腦海裡形成畫面，在我看來，上述兩種筆觸的最大差異在於「節奏感」。

閱讀寫作新手的小說時，常會發現句句換行分段的現象。相較之下，老手寫出的文章，句與句之間連結得宜，就算分段了也與下個段落氣脈連結。要比喻的話，它們如同印度米和日本米的差別吧。印度米乾乾鬆鬆，粒粒分明，適合炒飯，如果用筷子去夾，米粒會散開而掉落。另一方面，日本米較具黏性，並且水份含量較多，用筷子夾的時候，白米會黏在一起，不易掉落。印度米類型的文章，每句話完成後就戛然結束，讀者的思路也會在此突然被打斷。一句話讀完，被打斷；再讀下一句，又被打斷，如此不斷的重複。讀者也會漸漸反應冷淡。另外，日本米的文章則是每句話與下一句話能順暢連接，讀者的思緒也不會中斷。就算段落改變，讀者的思緒也能夠輕鬆進入下一個段落。閱讀，輕鬆的投入；再閱讀，又輕鬆的投入。這樣一來，長時間的閱讀就不會變成一件苦差事，這種的文章就是日本米的文章……不過，這只是我剛剛心血來潮所做的比喻（笑），總而言之，你若有這樣精采的文筆，你的小說必定是容易閱讀的了。

接著，要怎麼寫出日本米類型的文章呢？在此要注意到文章節奏的問題。例如，「──了。──了。──了。」像這種相同尾語一直重複的句型，就是常見的敗筆。注意一下，如果能夠改換一下句尾，就能夠讓文章的節奏感變好。

但是，像動作場景，「打吧」「跑吧」「逃吧」這樣，連續短句以「吧」結尾，反而會讓人覺得劇情緊湊有節奏感，還可以讓讀者昂奮起來。在一些特別的場景裡，例如動作或性愛的場景，句尾重複也未嘗不可。我認為在小說中一個特別的高潮場景，文章風格稍有變化也無妨。

所謂的故事結構，一定會有如小丘、低谷或高聳的大山。因為先有低谷，所以才能發展成高大的山峰。為了能讓讀者可以暢快閱讀到最後，這個低谷的部分極為重要。這是為什麼呢？因為在低谷的部分，隱藏了如何連結下一個高潮的線索。如果沒有巧妙地描寫低谷，讀者對於即將來臨的高潮，就不會有興奮及期待感。不過，無論是讀者還是作者對此都可能會有些懈怠，有些場面不太容易處理。因此，這可說是艱難的挑戰。

寫出語意通順的文章

在此，希望各位可以重新了解到「文章是傳遞訊息的手段」的含意。小說的類別也不例外，登場人物與故事互動會產生出訊息來。因此，小說的內文同樣也在傳達某種訊息。

在日常生活裡，需要傳達訊息時最重要的是什麼呢？那就是準確性。與人約見面時，最需要的就是把在「何時」「何地」見面，正確地向對方表達清楚。如果說「明天十二點在飯田橋附近見面喔」的話，「飯田橋附近」並不完全是「正確的訊息」。現在大家都有行動電話，所以我想說不定可以打手機詢問：「我現在到飯田橋車站了，要在哪裡見面呢？」因為飯田橋附近這個範圍太廣泛了，到底是在飯田橋的哪條路線的車站或是哪個出口呢？在驗票口的前面還是在中間？或是在站外的咖啡店呢？如果不明確清楚的表達，對方就無法正確理解這個訊息。不止日常生活如此，在寫小說時也一樣。小說的內文，最重要的就是「準確性」。

寫小說的時候，作者動輒以模稜兩可的方式來表現。由於想寫出情感性的文字，文章便不由自主變得含混起來，而且還自陷在這錯覺之中，把它誤解成是文學性的表現方式。不過，這看法是錯誤的。文章還是要寫得精確才行。

還有一個重點，也就是內文的「邏輯性」。各位的習作文章裡曾出現這樣的句子：「他啊，就像○○一般，也有一點△△，其實是□□」，實際上他到底是怎樣的人呢？語意不清，而且邏輯上還前後矛盾。為什麼平常寫文章不會犯這種錯誤的人，一寫小說就會出現這種矛盾與含糊的毛病呢？這是因為這樣寫文章似乎會變得「很有感覺」的錯覺在作祟。

自己寫的文章是否具有邏輯性，首先需要冷靜的判斷，這裡是否好像有一根線，將句子從頭到尾連接起來。這雖然是很基本的功夫，但往往很容易被忽略。這是因為作者拚命地想以文字表達自己心中的意象時，而沒注意到該文章的邏輯性所致。

那麼該怎麼預防才好呢？答案是：除了仔細推敲之外，沒有別的方法了。推敲，是寫出具有邏輯性的文章的最佳手段。你在寫小說的當下，沉浸於其中也無所謂，或者依序描寫頭腦裡浮現出來的場景也行。但是，你在閱讀自己作品的時候，必須冷靜自持地檢查，其中是否有矛盾的地方，是否有傳達出正確的訊息，讀者又是否能夠理解？

練就精確的遣詞用字

為了寫出正確的文章，語言選擇也相當重要。例如，要表達「紅色」這個顏色的時候，有「赤色」、「血色」、「絳色」等遣詞用字，各種表示紅色的詞語可以選擇。這時候就要考慮，自己想表達的意象場景氛圍最適合的「紅」是哪一種。在此可能會遇到一些困難，因為也許我認為「絳色」最符合自己想表達的意象，但對讀者來說可能「紅色」才是最容易理解的詞彙，那麼這時要勉強使用「絳色」嗎？或是先使用「紅」，之後再用一些方法，將讀者的印象引導回「絳」呢？簡而言之，請選擇最能夠精準表達自己心中描繪的景象的詞彙。

舉例來說，這裡有放在四方形的盒子中的珠寶。如果你現在想要描寫關於珠寶石的事情，不能在故事的一開始就告訴讀者這裡有珠寶。首先，你要給讀者一個印象，就是這個四方形的箱子裡必定裝有什麼貴重物品。可以試著這樣切入：「這裡有個做工精細的黑檀木盒，沉沉的，好像是為了裝什麼重要的物品而製造的」。如果突然寫出：「這裡有個裝滿寶石的盒子」，這樣會使讀者感到困惑：「為什麼這個人一開始就知道這個盒子裡裝滿珠寶呢？」

即使你最後表達的重點在於「珠寶」，如果不先從「盒子」開始描寫，就無法讓讀者理解「珠寶」置在其中。這種寫法在小說裡相當常見。先前所提到的「紅」與「絳」

的處理也一樣，為了可以讓讀者能夠理解自己想要表達的意象，自然要先從「箱子」這種讓讀者感到親切及容易理解的場景開始描述。這個說法十分抽象，或許覺得難以理解，不過這部分關聯涉到作家的觀點，希望大家務必記住，詞彙的選擇有多麼的重要。

下筆「八分情感，二分理性」

小說是傳達訊息的手段，所以內文非具邏輯性不可——這是最基本的功夫，但可不止如此，小說的文章也是一種法寶，能夠刺激讀者的情緒，臨近高潮時讓讀者捏把冷汗、心跳加速或感動不已，這就是它的厲害之處。儘管如此，我想各位都能夠理解「情緒化的文章」跟「刺激讀者情緒的文章」是不同的。

紀錄片節目中令人感動的場景，如果旁白一邊哭泣一邊解說，是很難打動觀者心弦的。如果講述者只是用淡漠的語調敘述，有時候可能讓觀者哇的大哭出來。小說裡的內文，就像紀錄片的旁白講述者。無論是多麼激動或悲傷的場景，假設講述者也跟作者所寫的文字那樣呼天搶地起來的話，反而無法得到讀者的共鳴。各位在寫作的同時，必須時時提醒自己：你越想有效地向讀者表達你的情感與文字，就必須從「第三者」的角度冷靜地審視自己。

這個比例必須是「八分情感、二分理性」。八分為「如何？很厲害吧！」讓情感自然的從筆下流出，二成的自己冷靜旁觀「這種寫法會不會很難理解呢？」，也就是說，你必須抱持這樣的心情來書寫。通常先用百分之百的熱情寫作，之後再用百分之百的理性來推敲，這是難以辦到的。在這時候，人們最多只有三成的理性，但剩下的七成就可能導致文思紊亂，無法選出更精準的詞彙來。這是一種敗筆。為了避免這種敗筆，在一開始書寫的時候，就需保有二成的理性，依自己能力所及冷靜找出最精準的語彙來描寫。為此，我至今還曾經數度懷疑自己的日語能力呢，這時仔細查閱字典是非常重要的。

描寫的層次感

所謂的比喻 (trope)，就是以一行文字概括多行敘述的寫作技法；這是一種效率極佳的修辭。但必須格外注意，如果比喻方法錯誤，其小說效果很可能適得其反。我們經常聽見這樣的批評：「避免陳腔濫調的比喻」，因為並不是任何事情，都需要翔實敘述。在某些情況下，可以畫龍點睛似的比喻，就別用二十行說明。換句話說，在某些必要的場景中，善用比喻將使文章更簡潔，但是重要的場景，則需要具體描摹，展現文章的抑揚頓挫。

我曾經提過，小說情節如有高山有低谷，也有高低起伏。以顏色比喻的話，就是各有層次與濃淡。我們常聽到「寫法矯揉造作」這種說法，我發現寫作新手在描寫任何場景的時候，往往缺乏層次感的呈現，要不習慣性地咬文嚼字，要不過度修辭。這反映出作者的困惑與不安，他希望讀者能夠理解其作品的內涵，而採取了濃妝艷抹似的寫法。

例如，主角與朋友進入咖啡店，在那裡交談了十幾分鐘。這時候，小說需要透露重要的訊息。在此最重要的線索，並不是咖啡店的地板顏色、不是背景音樂的曲目，也不是Menu的內容。不過，經驗生疏的作者就會把「摩卡瑪塔利、瓜地馬拉咖啡、巴西咖啡……」等等菜單上咖啡的種類詳細列出。這樣細部的白描，看似能烘托場景的真實感，加深讀者的印象，實際上卻適得其反。

小說中的場景如同一個容器。作者要如何呈現這個容器呢？以短篇小說來說，以「二人進入了咖啡店」開頭，即可展開對話了。就長篇小說而言，僅以「我們走入了約莫三十年前的車站前的咖啡店。店內的木質地板上依舊如往昔般瀰漫著香菸與咖啡的味道」這樣的描寫就足夠。我剛才比喻的「容器」與「內容」，就是指「咖啡店」與「在此透露的訊息」，若以同樣程度濃淡描寫，沒有區分兩者的差異，讀者就沒辦法理解哪個才是重要的訊息。因此，各位要很有技巧性把這兩者的差異突顯出來。

簡明扼要的寫法

越是長篇的故事，寫手越是認為自己非把大量訊息塞進故事裡不可，也往往會詳細的描寫角色的長相和所穿著的服裝。但是「只有年齡、職業、服裝、長相是不足以塑造一個角色的」，這點我已在前面的章節談過（L3 p.45）。大家可以試試，用一句話形容你最親近的朋友，或是小孩、老婆、老公、寵物等等。「我家的爸爸是個有趣的人」，「我的父親非常偏激」，「說到我的丈夫，他總是穿著得很正式呢」以上，雖然這些都不是什麼好的句子（笑），總之，因為是自己熟悉的人，所以才能精簡地予以形容。而描述陌生人的時候，往往就寫成長篇大論，無論你花費多少文字，就是無法貼切地形容對方。各位都有經驗，當你在描寫自己創造的角色時，你不需特別形容其服裝和長相，只要寫這個角色說話的場景、走路的場景，還有他在路上與他人相遇的場景，讀者就會覺得「啊，這個人物寫得栩栩如生」，人物的形象深烙印在讀者心中。若能這樣生動描寫就好極了。

比喻需要想像力

各位都已經了解，如果故事需要的話，像是「他的面容十分端正」、「他有著穠纖合度的體型」，或「他是非常受異性歡迎的類型」的寫法都行。不過「他有著織田裕二一般的長相」這種寫法可行不通呢。

比喻技巧的優劣，全由作者的「感性」而定。請各位要避免陳腐或已落俗套的比喻句，盡可能有創新性的表現。只是，需要特別注意，如果你寫得太過標新立異，也可能使讀者興趣索然。例如，京極夏彥的「南極系列」裡有這樣的比喻句「如腸扭轉的海象騎上三角木馬[9]般的，發出呻吟似的哀鳴」，讓讀者摸不清楚「這到底是什麼聲音呢」？其實，這只是登場人物罵人的台詞，如此的語言遊戲固然有趣，但一般的小說突然出現「腸扭轉的海象」之類的句子，儘管可以給讀者強烈的印象，卻不容易理解。再次重申，當你表現創新性的同時，不可因為過度追求獨特性而有失節制。

經常有人這樣告誡，想寫好文章的人「不要用成語」。在我看來，成語的使用應當視情況而定。例如：「隨機應變」表示在當下做出適當的反應，用其他文字來表達就很難到位。所以「隨機應變」就是日常適用的成語。那麼「富麗堂皇」這個成語又是如何呢？如果婚禮的場景這樣描寫「這是多麼富麗堂皇的婚宴啊」，讀者很可能滿頭霧水。但是比用「富麗堂皇」來形容，「在頂級飯店中最大型的宴會廳，桌上擺滿高級料理，盛裝打扮的男女穿梭其間，充滿奢華的氣息……」的形容要好得多，雖然我不採用這種寫法。另外，當你看到「這是個弱肉強食的世界」的敘述，它必定是一篇很拙劣的文章。如同以「烏鴉是黑色的」的形容那樣平庸乏味。寫作小說有個訣竅，也就是不要直接用成語描寫，而是以內文描述，讓讀者的腦海中自然而然浮現出「富麗堂皇的派對」或「弱肉強食的世界」的印象。

9　日本古代的馬形刑求器具。現為一種SM道具。

描寫的要素

描寫由「地點」、「人物」、「氛圍」所組成。小說多半是由這三個因素互相影響、交織進行的。登場角色們到底身在何處，他們是誰，現在處於什麼樣的狀態，描寫就是要傳達這三項要素，文章則是這些敘述的支撐。我在前面曾經提過，在三個要素之中，不可只突出其中一項，也不可以濃妝艷抹似的描寫。

例如，在某個場景中，「場所」的說明只需占通篇的40%，在「人物」的部分上，如果是過去曾登場過的人物則只需要占5%就好，但這裡若是個特別的背景，應當用剩下的55%來敘述「氛圍」。或許你覺得「這種事我早就知道了」，它卻是作者經常疏漏的地方。因為你一旦沉醉於自己的故事中，就會不自覺扣住「場景」長長地敘述個沒完，或是又搬出讀者早已熟知的角色來。

當你這麼想起的時候，可能又把必要的描寫完全拋在腦後了。你必須特別注意，在敘述「場所」當中，你還得留意光線、溫度、氣味的問題，它很容易被人忽略，換言之，你要提醒自己，你當初設定的場景，包括它的色彩、光線和溫度與氣味等等，你都要歷歷在目。

例如，這是於嚴冬二月，A與B在大廈頂樓的狂風中進行決鬥的場景。在此若完全沒有寫到寒冷的氛圍是很奇怪的。當然，或許是因為這兩人在緊張的情況下，而沒有感到寒冷，但讀者會詫異「喂喂，頂樓應該很冷吧？」，作者往往忽略這些小細節，只白描腦海中出現的畫面，就容易犯下這樣的敗筆。所以，上述設定上的各種細節你務必要念茲在茲。

要把「場所」、「人物」、「氛圍」寫得出色，就要發揮抑揚頓挫的功夫。所謂抑揚頓挫掌握得宜的小說，就是在這三方面的描述，都恰到好處沒有過與不及。最理想的狀況是，你還讓內文賦以順暢的節奏感，讓讀者明白曉暢地讀下去，充分理解你想傳達的訊息。這些必須都是經過作者的巧妙設計卻不鑿痕跡寫出來的文字。這樣的文字才能夠讓事件與角色間進行有機的互動，並成功地引起讀者的共鳴。

擬聲詞與外來語

若要描寫手槍擊發的場景，各位會如何描述呢？「砰的一聲槍響」這樣直接敘述，還是要分成兩行：「砰！／一聲槍響。」或者以平假名寫成：「磅的一聲槍響」，假定在時代小說中的武打場面，主角揮刀「刷地」將對手砍死倒地，以「刷地」的片假名來形容對手被砍的情景，就不符合時代小說的氣氛了。換句話說，你可以用恰當的狀聲詞，或者以漢字的「図破」[10]表示，有許多表現手法，每種寫法都會給讀者不同感受。

我說過，在小說中作者是最高的主宰，他要選擇什麼寫法都行，不要讓讀者覺得「荒

10 時代小說或漫畫中，常見在旁邊加注図破或是重複使用諧音字，使他意象更加鮮明。

誕不經」，而把讀者從故事中拉回現實就好。儘管以平假名表示有點冒險，但或許也有讀者為之著迷。其中的拿捏，就端看作者的功力了。這裡有個重要的前提，你必須選擇精確的語彙，文字要有特性，句構問的敘述要有嚴密的邏輯性，這樣寫出的小說，才能讓讀者感到驚豔，「還想閱讀這個作者的作品」，讓讀者留印象深刻。

近年來，外來語可說是個繞不開的問題。常見的寫法是，在漢字旁標上片假名。例如：「國際刑警組織」這樣的寫法似乎酷勁不足，所以還是不用為宜。若直接用原文表示的話，只要寫出「インターポール」即可，不需要在後面累贅地附註「インターナショナル・クリミナル」。如果非加上說明不可，只要在後面的敘述中補上「所謂インターポール，即是國際刑警的略稱，全名為國際刑事警察機構」，這樣同樣能給讀者充分的印象。

以片假名表示的外來詞看似有其特色，但至少我這個評審可不買賬呢，不如說，這種表示給人「幼稚」的感覺。各位在寫作的時候，務必要意識到為「比自己年齡大的讀者」而寫。你若是三十歲的作者，就要預想四十歲以上的讀者，你若是四十歲的作者，就需預想五十歲以上的讀者，這非常的重要。直白地說，你要寫出讓這些讀者群再三捧讀的精采的小說來。

我雖然主張作者要為比自己高齡的讀者而寫，並非全寫些懷舊的事物就好。其實，上了年紀的人，反而希望能看到新穎的玩意兒。十多年以前，我曾經思考過，年逾花甲的世代究竟希望讀到什麼樣的小說，喜歡什麼樣的英雄人物？他們會接受以老者作為主角嗎？老人硬漢派小說或者老人武打小說流行得起來嗎？事實上，他們並不想閱讀以老人為主角的小說。他們想跟隨著二、三十歲的年輕主角，一同衝鋒陷陣，若出現六十幾歲的主角，反而會大感失望，喟嘆：「怎麼全是些與自己年紀相仿的老頭兒啊！」

讀者在閱讀小說的時候，通常會忘記自己的年齡。就算自己已經成年了，如果主角的年紀跟自己相仿，還是會覺得索然無趣。例如，布魯斯・威利在《終極警探》的第一集中，他還帥氣地四處跑來跑去，可在第四集時已經氣喘吁吁了。當然，也有人認為這樣更有味道，但到了現在，看起來仍是傑森・史塔森比較帥氣呢！

文學的差異

日本小說與外國小說的文章表現大不相同。海外的文學作品就像是油畫，厚厚的塗抹，一層一層的堆疊描寫。並且，常出現許多獨特的比喻手法，國外，特別是英美的作家著重於高度文學性的摹寫技巧。相較之下，日本的文學作品宛如水墨畫，多餘的表現會被刪減。例如：像「抬頭看著月亮」，這樣的寫法，是對的還是錯的呢？因為月亮原本就是抬頭才能看到，所以寫成「看著月亮」即可。也就是說，不需要如此累贅的敘述。

或許這可以被稱作「枯淡」的意境吧，越是習於寫作的老手，繁複的比喻和描寫就會越少，改以簡潔曉暢的內文相連而成。正如上述，好的文章如同日本米一般，而不是像印度米那樣，日本米似的文章看似簡單平淡，卻富有節奏感，很容易閱讀。相似的文章若是由新手來寫，未必就能夠寫出同樣的韻味了。像夢枕獏所寫的《陰陽師》小說，他的筆觸平實，卻有著其獨特的節奏，安倍晴明與博雅之間的關係，就在這樣平淡的相處中清晰的浮現出來。夢枕獏這位作家以平淡的筆法感動讀者，但他也是經過長時間的鍛鍊才達到現在的寫作境界；而他這樣的文章風格，是其他寫作新手無法仿效的。

在日本的小說作家當中，也有從厚塗畫法轉往水墨畫前進的傾向。當然，有些作家不拘年齡仍偏向繁複的筆法，但大多數的作家還是以精練為尚，在描述上少用比喻與形容詞，儘量呈現出簡潔的文風。換句話說，以最少量的文字，將所有的訊息傳達給讀者。這並非由某人硬性規定，而是自然而然形成的。因為作家每天的寫作稿量很大，總是希望儘量少寫幾個字（笑），這當然也是個理由，但在我看來，真正的原因在於作家長年寫作的關係，他們已經練就出以洗鍊的文字傳達更多訊息的技巧了，所以文章才越寫越簡潔有力。而要練就這樣的功夫，只有持續不斷的寫作，反覆推敲修改自己的文章。簡明地說，你幾十年努力下來，文筆自然會越來越簡明精粹。刪去多餘累贅的敘述，以精鍊的語彙和字數，向讀者傳達更豐富的內容。

換行的技巧

文章的力量雖然能激發讀者的情感，但不能因此寫得過於情緒化。我再次重申，故事的高潮點要安排在真相大白的時刻。即使在某個角色死亡，打倒敵人的高潮場景中，其文字敘述也不能太過誇張。稍為改變文章的寫法倒是無所謂，例如，可以根據不同場景，加快內文的敘述與節奏，讓讀者隨著劇情起伏緊張或悲傷。請各位試著練習這樣的寫法：完全不分段的長篇文字有它的效果，而一直換行的文章難免會顯得跳脫和空盪。

我看了各位之前提交的習作，多半是依自己的感覺在換行分段。如果這些內文完全不分段，擠塞得密密麻麻的話，會變成怎樣的情況呢？作品的氛圍會因此不同嗎？其實，這樣嘗試也滿有趣的。在寫作上，分段是掌握作品節奏的技巧之一。如果你把文章句構寫得過於冗長，原本希望藉此突顯的地方，很可能就此被抵銷掉了。這時候，你寧可儘量減少分段，在長段落之間，夾著一行短句，這樣同樣可以使讀者印象深刻。

此外，當你在寫A與B的對話場景時，由於它照著順序在對談，所以不必特別加上「『——』／A說道。／『——』／B回答道。」只要「A」「B」「A」「B」這樣寫，讀者就能了解對話是依序進行下去的。不過，在非常重要的場景，例如，A向B表白愛意時，B要回覆的時候，自然回答說：「『我一直都很喜歡你』／A說。」但刻意改行以「A說」，就是為了突顯這個表白的重要性。它雖然只是個小技巧，但多學點功夫也不無壞處啦。

為普通詞彙注入新的表現

我想各位應該沒有這樣的誤解，越是使用艱深的字彙就能提升小說的格調。《雪國》這部小說可說是川端康成的名作。大約在我當上作家的第二年時，我越發覺得這部小說「太高竿了」。小說的開頭：「通過邊境漫長的隧道就是雪鄉了。」自不必說，後面那句：「夜之深處一片銀白。」更是了不起。「夜」、「深」、「白」只是尋常的詞彙，完全避開艱深的詞語。而且，「夜之深處一片銀白」這樣的描寫，也是少見罕有的。川端康成藉由如此細緻的筆觸描寫，把這種難以言喻的情感，不著痕跡地擴散開來，喚起讀者內心的意象。

坦白說，在我未當上作家之前，讀過《伊豆的舞孃》和《雪國》都沒有如此感佩，但在自己開始寫作以後，看到「夜之深處一片銀白」這樣的佳句時，我清楚地知道，這輩子大概沒有這種奇想吧。而且，那還只是開頭部分，往下讀了之後，整個文字營造出來的意義更使人折服呢。諸如我這般小氣的作家心想，這分明可以留到高潮之處寫的呀，怎麼劈頭就寫出來啦（笑）。依我判斷，那個時代的小說家對自己的文章無不推敲修改，因而磨鍊出極佳的文字敏銳度，才能夠在故事的開頭寫得如此精采。不好意思，在此我必須坦承，在我的小說裡找不到這樣精鍊的文字。截稿日期逼近，我就得全力拚稿而寫，幾乎沒有餘裕講究遣詞用字。

不過，我在高潮的場景中，還是會考慮「這裡必須變換個詞彙」或「這裡的氛圍得特別烘托」。至於到底是哪些場景呢？我實在說不出口（笑）。因為在這個講座裡，有許多閱讀廣泛的業界人士，我才不想被他們批評，「大澤說的表現技巧，就是這個吧！」總而言之。無論是高潮部分或者文章的序言，各位都要竭盡所能的挑選字詞寫出恰如其分又具特色的作品來。

寫出自己的風格

各位聽完今天的講課內容以後，多半都是似懂非懂。不過，在故事大綱的擬定與創造角色方面，我相信我的論點是站得住腳的，只是如何判定文章的好壞仍存在差異，我認為每個人的作品都有其特色。有多少作家，就會有多少小說的創作方法，這反映出自己的風格和特性。

例如：我很喜歡雷蒙・錢德勒這位作家的作品，他的小說很有魅力，尤其以優美的譬喻句見長，光是閱讀這些譬喻句，就令人心情愉快。儘管如此，我不打算寫出像錢德勒那樣的小說，而且我也寫不出來。以北方謙三早期的風格為例，兩三句便以斷句結束，這種省略體言的修辭手法，被批評為不符寫作的體例。可就我看來，像〈一拳。〉〈飛了出去。〉這樣的動作場景，充滿強烈的節奏感，讀起來有揮出拳頭的痛快感呢，換句話說，這是一種「〇〇小調」的風格。說到在當代作家當中，文筆精采的就屬淺田次郎等人了。從這個角度來看，文章風格的圓熟與卓越，正表示他是個獨具特色的作家。

不過，作家的文筆可能帶來助力，也可能造成阻力。一旦讓讀者覺得「你的文章索然無味」，無論是什麼樣的內容，他們都將離你越來越遠。各位務必記住，文筆有其正反的作用。

已故作家生島治郎曾如此告訴我：「作家啊，只要為賺錢寫稿，文筆就會越寫越好。若沒拿稿費，只是一味地寫稿，就算你寫下幾百幾千張稿紙，仍然進步有限。因為你是拿錢寫文章的，總覺得寫不好不行，所以才進步神速。」當時，我還只是剛出道的年輕作家，雖然他不願意教導我如何寫好小說，但卻告訴我身為一個小說家面臨的真實情況。說到這裡，我突然想起北方先生的豪語：「我被退稿的稿子都比我的身子還高呢。」（笑）無論哪個說法，總之，這個道理就是，你不持續寫作就不可能進步。實際上，我看過各位陸續完成的習作以後，你們的寫作技巧都有顯著的進步了。

編輯對新手作家的期許

大澤 今天的講課內容即將結束，最後，我們想聽聽編輯們對新手作家有什麼期許。總編輯，你覺得如何？

總編輯 我也常跟其他編輯聊到這些，首先，我還是希望可以讀到富有新意的作品，不想再讀到老掉牙的東西。所謂的「新穎」，就好比現在已經被寫爛的「婚外情」之類的題材裡，加入一些新的想法、有新的切入點，或者新的表現手法，就可以是立意新穎的作品了。我很想接觸到這樣的作者，即使他的創作素材極其常見，但他就是有獨特的觀點而且寫得躍然紙上。

第二個重點，就是對寫作的熱情。作者為什麼寫小說？為什麼會寫出這部作品？我覺得從對方的回答中，即可看出他對於寫作是否充滿熱情。我覺得想寫小說的人，他們都特別的感性。我希望各位都能無條件相信自己的感覺，並且持續這麼做。話說回來，只有熱情還無法寫出好作品，還需要某種程度的冷靜自持，雖然這種人非常少見，但我還是希望能夠拜讀不斷創新寫作的作品。

大澤 說得沒錯。剛才我從總編輯的見解當中，歸納出幾個關鍵詞來，那就是「創意」、「觀點」與「熱情」。在這之中，相對於「創意」只能使用一次，而「觀點」和「熱情」則可以成為作家的利器。

所謂的「創意」，其實就是指奇思妙想。當你腦海中閃過「這個想法很有趣，很想把它寫成小說」想法，可這個構想只能使用一次。在這場講座開始之前，我曾經請各位先寫來應徵的作品，其中有一篇名為〈家中的遊民〉的作品，故事講述母親不做家事，在家中用紙箱做出一個小屋，之後把自己關在裡面不肯出來。這個創意真是令人拍案叫絕。儘管如此，這創意不能重複套用，下次不能再寫自己的父親淪為家裡的遊民，你每次必須出奇制勝才行。

相對的，「觀點」就是自己所處的立場，以及從什麼角度看待世界。此外，這不只限於對整體社會，還包括工作或異性的看法。也就是說，這個人有自己觀察事物和特殊的見解，只要你找到切入的「觀點」，就能由此為基準寫出小說來。清水義範先生曾寫過《國語試題大補帖》這篇小說。它以生動詼諧的筆法在探討各個國文考試題目的解法，可說是趣味橫生的作品。換言之，只要你找到新穎的「觀點」，無論是英文、社會，還是數學的題材，你都能把它寫得生機活現呢。

說到觀點、對事物的看法或者重點的取捨，它就如同一把菜刀，換上不同的刀刃，切出來的東西形狀迥然不同。以此延伸譬喻的話，你拿起小說之刀切下相同材料（題材），有的用鋸齒狀刀切，有的用波狀刀切，也有用直線刀切的，切出來的形狀都不同。若有讀者較欣賞某個形態的作品，自然會暫時追隨這個作者的作品，這就將成為你的優勢。話說回來，你若常使用老梗的手法，讀者終究會厭煩的不可能長期追隨下去。

最後就是「熱情」的因素了。你最想創作什麼類型的小說？以我來說，我最喜愛硬漢派小說，無論如何都想要寫硬漢派小說，完全不想寫其他類型的小說。所以，現在我還在寫作硬漢派小說，至今已經過三十年，但當年的「熱情」依然不曾衰減。雜誌《小說 野性時代》的最後頁面，除了記載「橫溝正史推理小說大獎」的徵文辦法，也刊載評審委員馳星周所說的話：「我們不需要想成為小說家的人。只歡迎只懂得寫小說的人。」在我看來，這句話不是說你「想成為小說家」，而是「你的職業就是非寫作小說不可，持續筆耕不懈之後，（自然而然）就成為作家了」。總結地說，你想寫的題材多如山丘，但只有堅信自己不斷寫作，還想繼續寫下去的人，才能夠成為專業的作家存活下去。

描寫人物的訣竅

哈巴狗 幾天前我讀古井由吉先生的文章，文中提到「不需要描述人物」，因為你若開頭寫下就會沒完沒了，漸漸地無法自拔出來。這個看法正確嗎？

大澤 關於角色的描寫，我覺得像年齡、職業、長相和服裝這些是不需要描述的，這點我和古井先生的看法一致。但在此之外，要怎麼讓讀者了解登場人物的個性呢？由於古井先生寫的是純文學小說，小說中通常不會出現超級英雄或無厘頭的角色。古井小說裡的登場人物多半是市井中的平凡人，以這些人之間發生些不可思議的事，或是生活中小小的變化為題材。或許因為如此，他才會認為不需要對角色多作描寫。

另一方面，在高娛樂性的作品裡，可能會出現許多英雄、女英雄或很有特色的人物。例如：現在要寫以魔性之女做為題材的小說。當女主角出現的時候，如果只寫「那裡有一位女性」就過場的話，便沒辦法給讀者強烈的印象。不過，這也跟「富麗堂皇」的形容一樣，如果直接寫出「那裡有一位魔性之女」也是行不通的（笑）。你必須在最後讓讀者有如此震撼的感動才行。依我看來，你要寫出這樣具娛樂性質的小說，就必須竭盡所能地遣詞用字，在表現方法上苦下工夫才行。

儘量不要使用副詞？

哈巴狗 我曾讀過許多文章解析的讀物，書上似乎提及「儘量不要使用副詞」。我自己沒有嘗試過這樣的寫法，請問老師受邀評審新人文學獎的時候，是否會以此作為審查標準嗎？

大澤 沒有這回事吧！評審委員不可能只從副詞和形容詞或者連接詞等等來評析文章，多半是依這篇文章是否使他閱讀或感覺愉快。例如，像野坂昭如先生，他的文章幾乎沒有分段，風格非常獨特。高村薰小姐等作家則是文筆相當充實。對於喜歡這種風格的讀者來說，簡直是愛不釋手。或許這樣的文章在文法上稍有點問題，但在小說裡可以被接受的。正如之前我所說的，只要你能把小說裡的文章處理得宜，在邏輯上沒有矛盾之處就行了。

因此，與其說儘量使用副詞，或者完全棄之不用，不如說你要用通篇的觀點檢查它是否給讀者愉快的經驗。如果你覺得自己的文章差強人意，而感到不安的時候，請出聲把自己寫下的文章唸出來，這不失為是個好辦法。尤其文字越寫越長，你就擔心前後文章有否矛盾之處，這時候更需要大聲朗讀看看。

如果你全部只寫短句，大概就沒這層不安吧？其實，長文章的段落也是有其效果。你可以將訊息視為巨大的石塊投向讀者，也可把如小石頭般的資訊陸續丟給讀者，這輕石與重岩的投擲對讀者的感受是完全不同的。如果是大陣營投來的，讀者也許會順接下來，可小說的氛圍就完全不同了。若把它應用在故事轉折的場景，可達到最佳的效果。因此請各位記住，這是個難得的技巧之一。

場景轉換的時機為何？

老虎 我還抓不準轉換場景的時機，可否請老師傳授這方面的方法嗎？

大澤 我想每個作家都有自己的寫作方法。以我來說，故事裡的地點有很大變動，或是經過漫長的時間，我就會轉換場景。例如，從夜晚到白天，只要換行寫「天亮了」即可，但有時候則以變換章節，改寫「早晨來臨了」。這些都依當時的情節做判斷。

如果頻繁的轉換場景，或是動輒變更章節的話，這樣的小說令人無法卒讀。因為這種胡亂變換場景令人眼花撩亂的小說，會讓讀者誤以為在看故事大綱。這時候，你要下點工夫，儘量只隔一行，而不要換章節來表示場景轉換。你若能把某個場景，以精簡的文字傳達更多的內容，之後再適度地潤飾，若是重要的場景，就要格外精采的描述，然後再轉換場景。最簡單的方法就是依文章的篇章做調整。以長篇小說為例，四百字的稿紙寫滿五張到十張以後，就可以考慮換行或者更換章節了。設若寫了三張稿紙，就換上一個章節，很容易使人目不暇給不好閱讀。我建議不妨以十張稿紙左右作為場景的轉換和區隔。

如何提升文章的質量

水母 請老師傳授提升文章的技巧。例如，以幾百張稿紙長度的長篇小說為例，需要從頭到尾重讀幾次呢？是以五十張稿紙為一單位檢查，還是邊寫邊推敲呢？老師是用什麼方法來推敲潤色呢？您年輕時和現今在琢磨文章上是否有很大的改變呢？

大澤 首先，我推敲文章的方法從年輕到現在都沒有改變。不如說，我在完稿後即出版的作品與連載小說，在文字的推敲上稍有不同。基本上，我在當天開始寫作之前，必定會重讀上次寫成的文稿。不管有五頁還是三十頁，我會讀過幾遍並推敲修改，再開始寫今天的稿量。我不會立刻推敲當天寫畢的文稿，很可能是隔日或者下個星期。總之，我下次繼續寫作的時候，再修潤上次的稿子。因為隔了一段時間以後，更可以冷靜的琢磨和修改。

此外，在全部完稿進入校樣階段，我仍要重新校讀一次。我通常都要校改兩次。所謂的清樣，就是作家的作品付印前的印刷稿，編輯和校稿者會在上面用紅筆或鉛筆加注疑問與記號。作者就可以看著上面的指示，修正錯誤或修改詞彙。以我來說，通常清樣幾乎隻字未改就還給我了。我覺得到清樣階段還被改得滿江紅，真是很丟臉的事，而且若沒有很大的改動，我可以更快地把清樣交還出版社。不過，每個作家的想法和作風不同，有些作家初稿寫得比較隨興，認為到清樣階段再仔細修潤。我的做法是儘量寫出完美的稿子再交出去。

再說，真要推敲下去，會沒完沒了。曾經有作家把已經出版過的小說，再重新改寫過的事例。但這樣一來，那些買了最早版本的讀者可能會認為，「難道我讀的小說只是未完成品嗎？」我這樣說，好像自己多偉大似的，其實，我重新閱讀二十二歲所寫的隔年二十三歲時的出道作品，都覺得羞恥臉紅呢。但是，至今已經有數十萬人花錢購讀了我的小說。所以，現在我也沒辦法重新改寫了，另外，還有個因素，他們欣賞我二十二歲時的感性文章，不止將它出版成書，還閱讀了那本書，開始喜歡上大澤在昌這個作家的小說了。而且，奇妙的是，在我的讀者當中，有人從我還是青澀的年輕作家時期開始讀到現在，還熱情鼓勵說：「大澤這傢伙越寫越好啦！」正因為受到多方支持，我當然不能讓這些讀者失望呢。總之，就將錯就錯吧（笑）。我的早期作品以及出道之作幾乎都在角川文庫出版的，有興趣的人可以讀讀看。或許你會覺得「真是拙劣之作啊」，也可能會感到意外「（大澤）二十三歲就這麼認真在寫作小說啦？」……算了，我越說越心虛不安，各位還是不讀為妙（笑）。

LESSON 8
挑戰長篇小說

文章架構與分量配置

大澤　晚安。接下來，我能傳授給各位的技巧越來越少了。除了「挑戰長篇小說」及「作家正式出道須知」這兩個主題，需要各位思考之外，接著，便是各位要著手書寫了。今天，我要講述如何寫作長篇小說。

之前已經完成過十二萬字以上作品的人，請舉手一下。……有六位。在這六位當中，有幾位參加過什麼文學獎項嗎？嗯，總共有六位有過投稿的經驗。也就是說，剩下的六位還不曾寫過超過十二萬字的作品。其實，至今沒寫過長篇作品的人，也不必過於擔心。以我來說，出道之前寫過好幾本書，最長的一部作品頂多四萬八千字，而且這部長篇小說是在出道後完成。總而言之，出道之後總是有辦法寫出來。

我在寫第一部長篇小說時，最先考量的是文章架構與分量分配。現在基本上是完全不用考慮那些也可源源創作。不過，寫作新手剛開始的兩、三部作品，若不先擬定大綱就可能寫不出來。

假設我們要寫作一部十六萬字的長篇小說。我們可以把整個故事分為「序破急」[11]三個段落，或是分為「起承轉合」四個段落來推展情節。不過，各位不要會錯意，這並不是將序破急均分成三等份，每段落五千三百三十三個字；或是均分成四等份，每段四萬字就能寫出起承轉合的小說。

11　序破急原為日本傳統「舞樂」、「能樂」節奏不同的三個部分——「序」開始，緩慢、「破」中間，富於變化、「急」結尾，快。

在此之前，我已經提過好幾次，小說等同於在傳達某種訊息，不管使用序破急也好，使用起承轉合也好，重要的是在各自的段落中，要清楚傳達出重要的訊息。若能做到如此，像是「起」兩萬字、「承」八萬字、「轉」兩萬字、「合」四萬字的這種結構也無妨。重點在於，你要在各段落中置入什麼樣的訊息。這亦可說是小說的輪廓架構。

據說，有些作家以使用五張稿紙為一單位來詳細製定寫作內容。第一張到第五張是這樣的內容，第十五張到第二十張是這樣的情節，並不是說如此仔細的架構不好，而是太工於這樣的設計就越容易落入按表操課的窠臼。例如，你想多些情感性的描述，或者更想突顯場景，卻被「這個段落僅限十張稿紙以內」的限制而草率收尾。在我認為，當你要擴展故事的情節時，過於周密的情節架構，反而會帶來阻力。直白地說，當初你預計十張左右收尾的段落，下筆之後欲罷不能，出場人物紛紛湧現，對白也越來越精采，一時半會兒停不下來，你要想繼續推動這個情節也行。當然，參加新人文學獎比賽時，投稿的字數有所限制，你必須遵守這項規定，至於你擴增出來的情節部分，可以在推敲文字的時候，對於小說的篇幅做適當的調整。

開場情景必須精采

下筆之前，你若決定好「起、承、轉、合」每個段落的情節發展之後，接下來，就是開頭的場景描寫了。我建議你要不斷的重複修改，因為整部長篇小說的「靈魂」就在這開頭的八千字裡。

有些作品剛開始無趣乏味，可到後面越寫越精采。各位將來若想成為職業作家，就必須讓那些逛書店站著看書的人，隨手拿起你的書快速翻閱前幾頁，即感到：「啊！這本小說滿有趣的呢。」務必記住，你的小說能否給予讀者「欲罷不能」的印象，關鍵在於開頭那八千字的精采程度。當然，你參加新銳小說獎的徵文比賽，也要注意這個問題。對於初審的編輯們來說，即使開場情景寫得索然無味，他們也會把它讀完，但是引人入勝的作品，它在開頭部分必定是「精采出色」的。

我通常不怎麼修改自己的作品，但是《新宿鮫》的開場情景，足足修改了五次，因為我希望這部小說一開頭便能吸引讀者的目光。對我來說，這是第一部以現任刑警為主角的小說，不過，我不想從警察局刑事課的場景開始寫起，而是思量以什麼樣的劇情開頭較能夠引起讀者的注意，而修改了好幾次。我最苦惱的是，開頭那十行文字。雖然讀者都已知道，在此我仍要舉例說明一下。

主角形象的設定

故事的主角鮫島為了追捕木津這個兇嫌，埋伏在同性戀者群聚的位於新大久保的一家三溫暖內。鮫島為了截取到木津的消息，來到這個「同志大本營」的地方，他將會採取什麼行動呢？至今我仍記得，破題的幾個字就讓我快想破頭啦。

「鮫島正在折疊剛脫下的牛仔褲和休閒衫的時候，傳來了一陣慘叫聲。」

一名年輕男子淌著鼻血奔了過來。一個中年男人緊追在後，鮫島很自然地作勢欲保護那個年輕男子。中年男子對著鮫島叫囂道〈「喂！你要管閒事嗎？」〉在這當下，我完全沒有描寫鮫島是從事什麼行業的人。其實，這故事把鮫島和那位中年男子都設定為刑警。鮫島一見到那男子，從他的髮型、態度、皮膚的黝黑程度，就可判斷出對方的職業。不過，對方僅僅把鮫島當成「一般的年輕小伙子」一從置物櫃裡拿出警察證走過來，突然抬手要甩打鮫島的耳光，鮫島及時抓住他的手腕說：住手！你以為那玩意兒很稀奇嗎？」這下子，讀者才初步意識到「噢，原來這個鮫島也是刑警啊！」當然，這小說出版以後，在書腰或封面上明擺地寫著「鮫島是位刑警」，撇開這點不談，讀者心想「鮫島究竟為何方神聖？」、「那中年男子也是刑警嗎？不過，他可能是個壞傢伙。」相較於鮫島面對那個惡刑警所表現的英勇姿態，卻可以令讀者們從中得到些許快感。換言之，小說開頭的數頁篇幅，就能給讀者帶來這樣的效果。

例如，鮫島潛伏在三溫暖入口處那段，我可以利用像這樣的說明，「他在入口處付了錢走了進去。這裡是同志聚集的大本營。鮫島為了探聽線索而來……」，我則完全略而不提，因為開場若說明太多，往往會減損小說的韻味。當然，你設定的故事情節在於極端而特殊的環境中，就得從這個角度切入。倘若這是以現代社會為背景的普通小說，開場的情景只需精簡描述，反而較有可讀性。

確切地說，你要全神貫注思考，在開頭的八百字、起頭的十行以內，不需多加敘述、賦予主角豐富的形象、讓讀者覺得這主角很有特色。總而言之，你要想辦法把這個段落寫得生動有趣。當然，若只扣住開場情節修改，永遠也無法完成作品。總之，你先把它寫完，反覆閱讀全稿之後，在「氣勢薄弱」的段落上修飾和潤色。

創造數個厲害的角色

剛才，我提到開場情節「氣勢薄弱」這個說法。其實，「強大」和「薄弱」可說是很重要的關鍵詞。它可以用於故事情節，也可用於人物角色上，特別是關係到人物角色時，在任何一部小說中，主角、壞人或是女主角都不能太軟弱。不論是懸疑推理小說，或是描寫商場或愛情方面的小說，你在創造主角、女主角和反派人物這三個要角，必須突顯其形象。除此之外，其他兩個人物，你也得給予鮮明的特色。

在《新宿鮫》裡，我把故事設定為主角鮫島有著複雜的身世背景，女主角晶則是有「木蘭飛彈（巨胸）」之稱的搖滾歌手、木津這號反派人物是個同性戀和槍枝改造高手。這是基本的三個要角。除了這三個角色之外，還有鮫島的上司桃井。桃井在一場交通意外中失去了兒子、後來又和妻子離婚，警界裡稱他為「饅頭（死人）」，他是個了無生氣，總是無精打采的中年刑警。不過，他和鮫島在某些地方有著共通點，是個熱血的人物。這位桃井便是在這小說中排名第四的狠角色。此外，因新宿分局轄區內發生了連續射殺警察案件，總局增派出數名精銳的刑警支援，其中有個姓香田的刑警是鮫島的同期同學。在小說中，香田扮演與鮫島敵對的角色。

當鮫島發現槍枝改造高手木津和連續射殺警察的嫌犯可能有關連，和桃井在局內的飯堂討論該事件時，香田和部屬走了過來，狠狠的大罵鮫島一頓。桃井在一旁聽著香田和部屬的對話，他悄聲地向鮫島說：「別把嫌犯交給那些傢伙。」這時候，桃井這個始終被認為沒幹勁，身為中階主管的「死饅頭」的角色開始具體浮現了出來。這個描寫可以增強讀者的印象，「搞不好他也是個厲害的角色呢」。

當鮫島被木津囚禁，在性命岌岌可危，千鈞一髮之際，桃井及時前來救援，射殺了木津，將鮫島救了出來。一般來說，身為主角的鮫島若獨自打倒木津從被監禁的地方逃離出來，要顯得酷勁十足。但以刑警小說來說，這樣描寫太沒有真實性了。因為鮫島雙手被反綁在後又被手銬扣住的狀態下，根本無法輕易打倒持槍的對手脫逃出來的。雖然桃井只是（鮫島的）上司，但如果把這個角色描寫得太軟弱沒用，讀者會認為這樣未免太不符合情理了。不過，之前已出現鮫島和讀者都知道的「桃井並不是什麼死饅頭」情景，所以，當孤立無援的鮫島徹底感到「絕望」的時候，桃井前來救援的真實感便躍然而生。當讀者讀到射殺木津的桃井對鮫島說「你還活著嗎?」「我們刑事課裡,有我這個『饅頭』夠啦!」景時,讀者必定會覺得:桃井,真是個好傢伙!」(笑)

話說回來,一部小說不能只靠男主角的英勇帥氣獨撐大樑,還必須有狠絕的宿敵,刁蠻的女朋友,連配角都要強橫才行。不單單是桃井這個角色,在整部小說系列中,還需要香田這個菁英高階警官的助陣呢,而有了香田和桃井的連袂演出,使得《新宿鮫》這部小說更熱鬧非凡,也可以讓讀者享受閱讀的樂趣。我可不是在為《新宿鮫》做宣傳喔(笑)。只是希望各位能夠注意到,《新宿鮫》這部小說暢銷的原因之一,在於主角、女主角、宿敵以及其他二人,這五個形象鮮明的要角,都是從故事情節中被創造出來的。

突顯人物的對白

毋庸置疑,故事的主角必須形象鮮明,反派角色的形塑也是。那麼,情人的角色該如何設定呢?除了主要的三位主角之外,還需要強悍的雙性戀角色助陣嗎?首先,請各位發揮腦力試著塑造出形象生動的角色,你若能掌握到這個竅門,接下來,就可以在開場的八百字或起頭的十行之內,構想和突顯人物角色的形象了。

我們要怎麼做才能讓讀者對於小說中的角色印象深刻呢?正如我剛才說過的,小說的開場若太多敘述,很可能帶來反效果。例如,有個孤軍奮戰、單打獨鬥,叫做鮫島的刑警，他是個不遵守慣例和規矩的獨行俠，在新宿分局裡，沒有人願意和他同組共事；當你想著這樣描寫主角的時候，在第一行就寫上「鮫島是位不與任何人妥協的刑警」，讀者必定心想「這是〈刑警大搜索〉裡面的橋段嘛」。而失去興致。然而，突然從他在「同志大本營」保護被揍的年輕男子切入，讀者可能會感到驚訝，「咦？鮫島是個同性戀嗎？」接著，他面對看似強悍又陰險，奮鬥多年熬出頭的刑警對手，毫無畏懼的冷靜應答，朝著扔出警察證的對方說：「那玩意兒有什麼稀罕？」、「闖進別人的地盤，還敢拿出什麼警察證炫耀啊」。這些對白已經向讀者透露出訊息，鮫島是個刑警，而且新宿區就是他的轄區。在那之後，他們這樣對話著：「我說呢，我懷疑那個傢伙像是在幹小偷，所以就來洗底了⋯⋯」／「他光著身子進入三溫暖做牆板木工？」所謂的「做牆板木工」，是警察用語和業界的黑話，特指在公眾澡堂的更衣間偷竊財物的行為，這行話一出現在對白中，更加烘托出這兩個同為職業刑警的氛圍了。於是，鮫島這個深具魅力的刑警形象，自然烙印在讀者的心中。

我這樣分析，相信各位都能理解到小說開場的重要性了。也就是說，你要讓讀者翻開首頁就感到「興趣盎然」或者「很想往下讀呢」。若能達到這樣的效果，這部小說就算成功大半了。

結局要順其自然

任何作者對於小說結局的安排，恐怕都要費盡思量的，到底該如何精采的收尾呢？其實，所謂的結局，有時並不如作者想像的那般能帶給讀者衝擊。當然，如果能有個出乎意外的高潮場景，可以帶給讀者強烈的震撼。舉例來說，像這種「讓讀者看到最後一行掉淚了」的情況，多半不是作者原先精心計畫出來的，因為故事的情節起起伏伏，只要依起承轉合的節奏推展，順利寫到「合」的時候，作者自然能夠萌發出「必須在此結局」的神來之筆。

不好意思，恕我再以《新宿鮫》的故事為例。這小說的結局是鮫島向桃井完成了案件的報告，從警察局刑事課走出來這一幕。鮫島和等待著他的晶之間的對話：「你剛剛和誰在說話？」／「警察啊。」／「我當然知道，是哪個警察？」／「新宿分局裡，最棒的那位警察。」。然後，以這番豪氣干雲的對白結尾收場。這樣描寫或許有點做作，可是收尾這幕和開頭那段比起來，我幾乎沒做多想，順其自然地結束該段落，又順乎自然地起句寫起，最後自然就能找到「對話在此結束」的落點。在寫作故事的時候，往往會出現「思路阻塞」的困境。假如你無法順利降落（收尾），總感覺到「還不行結束、還沒有結尾」，那就是在「合」的部分出現了問題，表示你的故事情節寫得並不徹底。而等你全寫完了以後，故事已如耗空的電池失去作用了。

揭開謎團的時機

開頭和結尾的「起」和「合」部分，絕對關係著長篇小說的成敗。其實，「起」和「合」這兩部分倒不難處理。重點在於，要如何順利描寫「承」和「合」這占整體三分之二左右的段落，因為無論什麼類型的長篇小說，寫到「承」和「合」的段落，特別容易寫得拖拉冗長。

「起」是故事的開端，開始介紹登場人物的段落，不僅需要費盡心思的寫出令讀者印象深刻的劇情，還必須賦予某種程度的驚豔。在「合」的部分上，自是要寫得突出，「起」的部分同樣要寫得精采。不過，要將這驚奇的妙筆置入「承」與「轉」的段落並不容易。寫作長篇小說尤其寫到故事的中段，如何不讓讀者感到「乏味」「無聊」，依然劇力萬鈞，絕對是很重要的技巧。

簡單地說，這個要點就是「揭開謎團」。我之前已經提過，無論是懸疑推理小說，或一般的言情小說，都需要有其謎團支撐（L5 p.91）。以推理小說為例，它必須設定誰是兇嫌、使用什麼凶器、如何製造不在場證明等等，安伏各式各樣的謎團。一般的小說也不能馬虎，像是對情人藏著小秘密，或公司中暗藏的機密。那麼，假設有推理小說採用這樣的技法：在「起」這段落稍作提示，在「承」、「轉」的段落繼續描述過程，在「合」的末段揭開謎團讓真相大白，這到底有不有趣呢？我認為，這完全沒有趣味可言。因為讀者「只要翻閱開頭的五十頁和最後的五十頁不就知道了。」這叫做猜謎，不是小說。

那麼該如何安排呢？我建議可在「起」的段落設下謎團，在「承」到「轉」的段落先予部分揭曉。前者的謎團被解開，又有新的謎團浮現，然後再予解謎，每個謎團都環環相扣，最後適時有效地置入各種訊息的呈現，這樣便能勾起讀者的興味。

各位在思考故事的「起承轉合」時，應該多半已先想出謎團，然後把那謎團帶進「合」裡面。這種寫法就是故事主角解開起初遇到的謎團，最後以圓滿大結局結尾。然而，我希望各位從中再安排高潮的轉折，你可以把原本在「合」的段落欲解的謎團，在「承」到「轉」占整體三分之二的段落上，即先行部分揭謎。

解開謎團的技巧

各位或許會感到納悶：那麼快就解開謎底，剩下的故事如何進行呢？作者有此疑問，讀者必然也這樣認為，「這個故事在開場時就已經有所揭示謎團」，可故事讀到三分之二的時候，謎團被揭曉了。他們難免要詫異，「咦？就這麼結束啦？還剩下這麼多頁呢，這到底怎麼回事？」這時候，你可在這段落安排新的謎團。換句話說，你要為故事建構雙重的內涵，情節既要迂迴曲折，又有柳暗花明的新奇感。寫作長篇小說的時候，只安排一個高潮，情節將顯得無趣乏味，而且無法將故事延續到最後，若能在故事的中段先予揭開謎團，進入結局時再掀高潮的話，將可增強故事的可讀性。

我再次以《新宿鮫》為例：桃井把被木津逮住性命岌岌可危的鮫島營救出來的情景。若是一般小說，這就是最高潮的部分。問題是，此時還沒查出連續射殺警察重大案件的兇嫌。在那以後，鮫島前往兇嫌的住處探查，兇嫌下次襲擊的目標是晶，他察覺到當天是晶所屬樂團「Foods Honey」的現場演唱日。在那當下，不僅鮫島有「晶受到生命威脅」的危機感，讀者同樣感受到危機四伏。這就是第二個高潮的要點。

安排兩波高潮

在《新宿鮫》小說裡，第一段的高潮是，鮫島為了追查槍枝改造高手木津，但最後卻反被木津捆綁生命垂危之際，桃井及時把他救出的情景，我把它安排在「承」到「轉」之間。第二段的高潮在於連續射殺警察刑案中的嫌犯，欲奪取鮫島的女朋友晶的性命的畫面，使得這部作品自始至終都維持著某種程度的戲劇張力。

再次重申，如果你把開場時丟出的謎團安排在結尾解開的話，在故事情節進行到三分之二的時候，就得先予揭開謎團，而在揭曉之後，就得立即安排下個巧謎。這樣可以突顯故事的深度，也能繼續維持中間段落的張力。這時候，人物角色發揮著重要的作用。在《新宿鮫》中，若沒有賦予鮫島的女朋友晶鮮明的形象，便突顯不出那個企圖殺死晶以後再自殺與之同歸於盡的連續射殺警察罪犯的角色。如果晶只是個普通女孩，讀者則會疑惑：「兇嫌要如何找到鮫島的女朋友呢？」正因為我把晶設定成一名受到歌迷追捧的搖滾歌手，鮫島又為她填寫歌詞的情節，更能真實呈現行兇嫌犯的行為和心境。確切地說，在第二段的高潮中，晶這個角色起著很大的作用，推動故事情節的發展。由此，各位應當已經體認到，角色的設定是多麼重要。

研讀你喜愛的長篇小說

在創作長篇小說時，「開場情景寫得精采」、「創造三至五個形象鮮明的角色」「安排兩波高潮」，可說是三大要點。不過，要如何恰如其分地推動故事情節的進展，尤其對於不曾寫過長篇小說的新手而言，或許有點摸不著頭緒。

在此，我建議各位可以試著研讀你最喜愛的長篇小說——你有生以來最令你激昂奮的長篇小說，以我來說，我個人最喜愛艾利斯塔·麥克林的冒險小說《六壯士》。你可以將自己最感興趣的長篇小說的篇幅分成十等份。例如，三百五十頁的小說，可分成十等份，每三十五頁一份，然後試著解析每個段落內容的技巧。當然，這並非得把它均分成每等份三十五頁不可，而是大略分為十等份，檢視每個段落要傳達的訊息，這樣你就可知道作者在各部分的意圖和敘述焦點了。

我先前已經說過，「擬定故事大綱不宜太詳盡」，而且我在寫作小說的時候，向來沒有這種習慣，也不建議各位這樣做。話說回來，你若分析自己喜愛的長篇小說，研究其中的情節內容和結構，對於你將來要創作長篇小說幫助很大。以我看來，各位若能徹底做到這些功夫，它必定使你更有創作的勇氣。

就像我多次提到的，其實各位沒有必要照著那樣寫，過於詳細擬定小說的故事大綱，然後分毫不差地下筆，故事的情節同樣無法擴展開來。各位應該明白，一部小說若像製作模型般那樣，以精準的黏貼，不露出任何破綻，看不出膠水的痕跡，完美的上色；這未必就是有趣的作品。趣味橫生的小說，就是需要某種程度的隨意而為。你原本計畫寫四千字的段落，不小心寫成了四千八百字，而多出來的那八百個字，或許就是最能引起讀者共鳴的文字和場景。

讓自己盡情玩樂

既然各位都有志成為小說家，最喜愛的事情應該是投入小說創作，否則也不會出現在這裡。如果各位認為小說創作是個苦差事，最好趕快回頭是岸。當然，文思枯索的時候很感痛苦，但是進入寫作狀態應該是愉悅的。我覺得各位在這時候不妨盡情地放鬆自我。保持二分的冷靜之餘，八分讓自己盡情而愉快地寫作。在這種情景之下，迸寫出來的場景和文字，才是最佳狀態的作品。依我的經驗看來，就算這些不是最上乘的作品，至少有百分之六、七十的文字，都是精良合宜的，而剩下的百分之三、四十的部分，只要經過推敲和琢磨，就能修潤成出色的文章，或更令人感動的意境。那些卓越的文章和精采的對白，都是在自己最佳態度下創作出來的。

《新宿鮫》改拍成電影的時候，擔任電影編劇的荒井晴彥是知名的編劇家，我至今還記得我們初次見面的時候，他這樣對我說：「（人物）對白我可沒更動喔。」他的意思是說：「我可想不出這麼精采的（人物）對白啊。我真服了你！」在那當下，我心想：「啊，我成功了！」因為我讓登場的人物角色們，在任何的場景裡，都恰如其分和適切地說出他們之間的對白，使得電影編劇也沒有發揮的餘地，只能依照小說裡的對白。我之所以能夠寫出「絕妙的對白」，多半因為我以愉悅的心情在寫作。在快樂的寫作過程中，我不斷地揣摩對人物的語氣「這樣的對話不夠傳神。還得霸氣些，還要更強有力才行。」在這裡，我又以「強大」、「薄弱」來表現，這意味著在人物的對話中，你必須意識明確地將「強有力」的台詞運用在場景裡。

話說回來，如果通篇對話都強如劍拔弩張，這樣的小說可能令人生厭。我之前提過小說的描述和節奏，必須要有層次感，要有抑揚頓挫，不得忽快忽慢，不得過度偏向。此外，還要留意在重要的場景中，適時加入精采的對白，並且讓強有力的角色現身說話。

為了能更有效學習寫作技巧，分析和研讀你最喜愛的長篇具有很大的意義。當你在閱讀的時候，或許會發現你心目中最完美的小說，「這個場景似乎有點多餘」，甚至感覺「索然無味」的場景，其實是下段情節發展的前奏。以雲霄飛車為例，這部分如同喀喀作響爬坡上升的暖場階段。相信各位都明白，倘若只有向上爬升的場景，讀者和作者都很吃力，但正因為有前奏的鋪排，後續的故事情節才能精采地呼之欲出。

每個角色隨時都在活動著

到各位分析解讀的長篇小說的那些作家們，他們不盡然都依精密的故事情節而寫作的。以懸疑推理小說為例，在某種程度上，當然得先構思故事中的圈套和如何解開謎團，然後再下筆。但如果你要讓每個不同的人物，在「這個場景說什麼話，在此要這樣做」的話，你的思考就會被這些瑣碎的環節絆住，依我看來，各位不妨概略性的思考即可。

不過，各位必須記住，長篇小說越寫越長，每個登場人物都是活生生的個體。諸如在座的各位，現在聚在這裡，可離開了這裡，各自有各自的生活，各自的時間，依照自己所喜愛的方式過日子。小說裡的登場人物也一樣，他們有自己的生活和時間。在哪裡和誰見面、吃著什麼食物，每個角色隨時都在活動著。

當你在描寫重要的場景時，必定為如何刻繪人物們而煞費腦筋。在此，你可以暫緩下來仔細想想。例如，在你的場景中沒有出現的其他人物，這天是否在其他地方過著不同形式的生活呢？你若能這樣試想，或許就能如我剛才說的因此找到「新的謎團」的契機。換句話說，當你在通篇三分之二已先揭開謎團，正為想不出下個謎團而苦惱的時候，不妨參考這個想法。因為故事進行到三分之二的時候，其他人物若還在活動著，同樣也可能發生新的兇殺案來，帶來其他的問題。你若能朝這個方向思考，說不定就有源源不絕的靈感呢。

多留些時間沉澱校讀

當你完成作品之後，接下來最重要的是反覆錘鍊。你在推敲琢磨文字的時候，應當儘量擺上些時日，忘記這是自己的作品，才能冷靜的修飾潤色。如此一來，不只在遣詞用語方面，你還可以發現哪個段落過長或是過短。各位參加新銳小說獎的投稿徵文時，應當保留充分的時間寫完作品，留些時間沉澱校讀。在我看來，越是長篇的作品，需要多些時間仔細琢磨。以三萬二千字左右的短篇小說為例，擺上兩、三天再作推敲；十六萬字或二十萬字左右的長篇小說，若無法擺上個把月的時間，至少那個星期，要暫時忘記那部作品的存在。在這段期間，你可以創作其他作品，或是閱讀其他作者的小說，反正就是把那部作品完全拋諸腦後。

以我的經驗來說，前幾天，我剛在《小說新潮》的雜誌上結束了連載將近一年的小說。這部約莫二十八萬字的長篇小說，預計在二〇一三年一月出版單行本。該書的校樣約計八月底九月初之間送來，我卻必須在行程滿檔的十一月交還校樣。也就是說，我於一月完稿的連載小說，那本書的校樣八月底就會送來，那麼我找什麼時間閱讀校樣呢？至少十月之後，我才有時間過目。而且，即使校樣在我手上，我也不去翻動它。當然，我沒時間閱讀校樣，多半是因為其他事情忙碌，其實最大的原因在於，我希望給自己多些時間推敲，用別樣而全新的眼光重新檢視自己的作品。因為多些餘裕的時間，我就可以更客觀地反覆閱讀自己的作品，並從中發現文章中的故事情節，或是人物角色的缺點。各位若要參加今年的新銳小說獎徵文，寫完之後將作品擺上九個月，可能就逾過截稿期限，我建議你先把完成的作品忘諸腦後，因為越是長篇的作品越需要更多時間仔細斟酌。

描寫情景的祕訣

關於長篇小說的寫法，我大致講到這裡。本次課程結束之際，我要附贈傳授各位寫作的祕訣，那是我當年開始創作長篇小說之時，為了不讓自己的作品流於單調乏味和缺乏深度，苦思冥想得出來的五字訣：「天・地・人・動・植」。

「天」代表天候、氣候。在小說的場景中，當日的天氣是冷還是熱？有沒有日照、有沒有下雨？如果你只專注在人物描寫上，往往會忽略掉這方面的情境描寫，在高潮情節的階段，你當然會描寫颱風的情境，若是以東京為背景的普通故事情節，也該有春夏秋冬四季的變換，天氣也有冷有熱。只是描寫一週之內所發生的大小事情，季節的轉變並不明顯，可是會有下雨或是天晴的時候，也會有白天或黑夜，早上或傍晚，每個場景都給人不同的印象。換言之，你要把光線的強弱、風、空氣、聲音、味道等考慮在內。你只要在某個段落裡，加入天時和氣候的元素，整個場景就會煥然而生。

「地」代表地理、地形。例如，你的小說故事情節以東京作為背景舞台，自始至終都圍繞在時尚的鬧區原宿，這樣是好是壞，我不置可否。我的創作大多是以六本木或是新宿為背景，像是《新宿鮫》系列小說中，劇情的發展不可能都局限在新宿區，可能延伸到周邊的江東區、荒川區或是葛飾區。諸如這種地理區域的變化，你也必須斟酌考慮。此外，你還必須考慮到，該場景發生在大樓的頂端？抑或是日照不足，坡道下陰暗公寓中的某個房間內？大井町林立的小酒館旁是有條鐵路，在那條鐵路的對面，有個地方可以把整個東京的城南地區盡收眼底，我很喜歡那個地方。也就是說，你把自己喜愛的地方，放入某個鮮明的場景裡也未嘗不可。請各位記住，依照不同的地形，同樣可以突顯場景的特色。

「人」即是代表人物。人有各式各樣、男女老幼。所有以社會為背景的故事人物，不可能都是同個年齡。他們之中有二十幾歲的新鮮人，也有年屆退休，五十幾歲的人。

故事的主角有沒有家人？有朋友嗎？那個朋友有小孩嗎？你必須為此多加設定讓角色更富有變化。

「動」代表動物。有些故事會將登場人物設定為有飼養貓或狗的角色。也有這樣的寫法，故事主角情緒低落走在街上，他不經意看見有一隻蜷縮在路旁的貓兒，他不禁感嘆：「我就像那隻貓兒。」這裡不需特別寫明「主角多麼沮喪」，可以藉由對動物或是小生物的喻象，描寫主角的情境變化。

「植」代表植物。你加入花盆、行道樹、路邊盛開的蒲公英、雜草……等元素，亦可使場景增添變化。縱使它只為表達某個訊息，你能藉此機會把動物、植物、氣候或是地理條件描寫進去，將使場景更令人印象深刻。例如，冷冽的北風吹來，蒲公英從柏油路的裂縫中探了出來，它們被吹得快折斷似的，這如同現在的我嗎？但它們絕對不會折斷的，春天一來，就會開花，絨毛隨風而飛，我還能撐下去呢……。嗯，雖說這種描寫方式有點矯情俗套，但若能充分運用「天地人動植」這五個元素，小說裡的場景也能多所變化。

情境描寫的祕訣在於，如同你腦中有自己專屬的電影院，並在那裡播放自己的作品。在那兒有聲音、有光線、也有味道，人物在那裡，空氣在流動。我們要有意識地描寫那樣的氛圍。如此一來，自然能夠融入「天地人動植」這五個元素，創作出絕妙精采的場景。

讀者是M、作者是S

如果你寫的是一部情節有趣，謎團不斷湧現，旋又揭密而解的故事，那麼「天地人動植」的描寫方式，或許讀者會覺得累贅，甚至認為「真是囉嗦，故事快點進行啦！」不過，你就當作故意繞遠路吧，偶爾要捉弄讀者一下，讓他們為劇情忐忑不安，這樣他們反而會更揪住故事不放。這就是欲迎還拒、以苦為樂的寫作策略。我再次強調，作者絕不可善待故事的主角或讀者，甚至要依情況使壞作惡。你越變態似的折磨鞭打，讀者就越受虐為樂。所以說讀者是M，各位都是S（笑）。這個譬喻與現實生活沒有任何關聯。然而，只要你身為作者就得發揮S（施虐者）的功力。

話雖如此，我並不是教導各位在故事的最後，以令讀者感到厭惡的S的方式結尾。當然，有作者寫出那樣的小說，也有不少追隨者。不過，我不喜歡那種小說，因此，我在小說結局的安排上都希望讓讀者讀來舒坦釋然。

講座進行到這裡，各位或許為「作家竟然都得搜索枯腸似的創作啊」而大感驚訝，但對於多數作家而言，這如同呼吸吐氣、自然而然地運行無阻，而這才稱得上是職業作家。

如何構思精采的書名

接下來，我談談擬定書名的技巧。首先，長篇小說和短篇小說的書名取法不同。短篇小說的書名不宜太長，儘量以眾所周知的短語為尚，例如《○○的△△》或是《★的□□》的詞彙。長篇小說的書名則必須更有巧思。最近許多剛出道的年輕作家，其作品的書名經常讓讀者看到就覺得「好像很無聊」或「該不會是那種故事？果然是！」，所以各位必定要為書名多下功夫。你可以這樣做，為自己製作「書名精粹」的筆記，平時隨手寫下適合當書名的詞語或奇思妙句，在你作品完成的時候，從中找出最合適的書名。

在什麼時候開始思考書名呢？這的確是個惱人的問題。以我為例，目前我的寫作形態主要以連載小說為主，因此連載開始前就得先想好標題，但這樣急就章似的下個標題，往往等到要出書時，才發現「這個標題真弱」而更改書名的情況。在這裡，我也要以「強大」和「薄弱」表示，因為取個「強」勢的標題是何等重要。有些寫作新手似乎先決定標題，為此陶醉不已，還自我感覺良好地以此參加徵文比賽。這時候，你可先問問值得信任的朋友：「像這種書名的小說，你想看嗎？」如果對方說：「不喜歡，我才不買呢。」那麼你就要考慮更改書名了。

以《新宿鮫》的書名為例，我新創出這個不曾被使用的詞語本身就是莫大的賭注。

不過，這如同一帖猛藥，你必須覺悟到，它可能引起巨大的效果，也可能招來「異端」的罵名。我從這個角度思考，這就像你參加徵文比賽，與其初審被刷下埋沒，不如放膽取個奇怪或與眾不同的標題與之一博，總比起那些老套的標題來得強。說不定編輯會被這種「咦？這個要怎麼唸？」的奇怪標題所吸引呢。當然，如果順利出版，你的出道之作陳列在門市的時候，畢竟不能讓讀者和書店人員都唸不出書名啊……。

專業編輯如何看待長篇小說

大澤 講座接近尾聲，我這樣有點貿然，可否請各位編輯和我們談談「對於長篇小說的期待」。請總編輯說兩句。

總編輯 此刻，剛好正在進行新銳小說獎的徵文稿件評選，今天大澤先生的講課內容，我非常的認同，特別是指出很多作品將整個故事的收尾放進「合」的段落裡的解析。當然，已經想好以此作為結局，寫到故事中途卻想改弦易張，緊接著再想出第二個結尾的確不容易。不過，在我看來，畢竟是讀者以兩千日圓買下此書，花了幾個小時或者幾天時間來閱讀的長篇之作，身為作者必須讓讀者閱讀愉快，為讀者服務奉獻。也就是說，對於自己完成的作品不可自滿。必須更加努力，時時設想，能否讓小說更趣味盎然？要讓讀者更為之驚奇，故事還不能在此結束，還要再往下發展……。

A編輯 大澤先生提到過，「開頭的八千字就要讀者感動」。這讓我想起數年前與某作家商量長篇小說事宜的情景，我說：「請您務必在兩萬字以內吸引讀者的目光。」但是現在我卻認為「假如不能在四千字以內打動讀者，這部長篇小說就是失敗之作。」這反映出現今出版界的嚴峻狀況以及讀者的標準提高，所以。希望各位在創作時能夠更重視開場的描寫。

大澤 你說的好像自己是個多麼優秀的編輯似的。（笑）有請B先生。

B編輯 這是兒童文學作家角野榮子女士告訴我的，她在創作《魔女宅急便》的時候，完全沒考慮過繼續寫續集或是發展成系列的故事。總之，她投注在琪琪這個角色上，幾乎花了所有的氣力，所以作品完成之時，整個人好像被抽空了似的，當讀者和編輯希望她寫第二部時，她表示，已經寫不出來了。這表示正因為她全神貫注於眼前的作品，其結果才有希望她寫成系列作的呼聲。也就是說，一開始她沒有過多的旁騖和企圖，而是全心全力要寫好眼前的作品。所以，各位不要捨不得付出努力。

大澤 剛才的發言，我真是感同身受。作家時常遇到這樣的情況：這好比你待在房間裡，已經徹底找遍屋裡的每個角落，以為再也找不出東西，或無處可去的時候，若去開啟另一道門，隨著故事人物角色的增多，你就會越發現有些地方還沒寫出來呢。因此，當下把你腦海裡的東西全寫下來，全心全力去創作，比什麼都來得重要。

不能讓讀者冷眼旁觀

大澤 接下來有請C小姐。

C編輯 寫長篇小說，本質上和寫一本短篇小說完全不同，在出版單行本的大前提之下，你務必思考此書的內容如何吸引讀者，如何使它成為「暢銷作品」。為此，故事開場就必須引人入勝。以短篇小說為例，你運用點創意或精采的描寫，便可以吸引讀者往下閱讀。但是長篇小說，角色的塑造和登場人物的特性至關重要。當你在起承轉合的「承」或「轉」的階段，正為「這個角色應如何表現？」、「或許可以給這個人意外的發展」停滯不前的時候，只要你創造的人物很成功，它就能幫助作者推動故事的發展。所以，你要盡力創造出精采的角色來。

大澤 在創作故事的時候，作者如同潛入水中深處一般，摒住呼吸努力向前游去。而在「承」或「轉」裡陷入停滯不前時，就像是快浮出水面的狀態。這時候，其實不可讓讀者察覺到這個岌岌可危的狀態，不能讓讀者冷眼旁觀，更不能讓讀者從故事裡逃出來，必須將他們緊緊扣住，這時作者若把頭露出水面，讀者便失去緊張感了。他們若有「去上個廁所吧。」或是「今天就讀到這裡，剩下的明天再繼續。」的想法，就跟「今晚就去喝兩杯吧。」沒有兩樣（笑）。也就是說，當你從「承」到「轉」的階段上，遇到困難的時候，你就要意識到作者和讀者已經快浮出水面，你必須思考如何再次把他們拉入水中深處。最好能寫出這樣的作品：在故事謎團揭曉的瞬間，又有新的謎團冒出，高潮之後還有高潮，緊緊抓住每個讀者的脈動，讓他們「愛不釋卷」很想熬夜把它讀完。

D編輯 我也正在審閱新銳小說獎的稿件，我發現許多作品到了故事中段便出現後繼無力的現象。我了解這些作者都想按照最初的構想和結尾來寫作，但就是不夠連貫，讀來令人乏味。我猜想這些稿子可能剛剛寫成就參加徵文比賽，來不及在細節上多作斟酌。以《小說 野性時代》為例，作家要在這雜誌上連載，每次的劇情都得有起伏變化，而且每次連載的結尾，都要讓讀者「下個月還想再讀」的衝動，還必須在將來出版單行本時，讓故事劇情層次分明和充滿張力。所以，當你一口氣要完成長篇小說的時候，記得留意每個章節的結尾是否劇力萬鈞，這樣你才能吸引每個讀者的目光。

大澤 剛剛你說的是指（作家的）「吸引力」，這個技巧很重要，卻不容易掌握。以報紙上的連載小說為例，每回的字數約莫一千字左右，有的編輯不合理的要求，「每回的情節都要有高潮」，沒那麼過分的就說，「希望每三天出現高潮」；在週刊發表，每回大約六千五百字以內，那些編輯更要求說，「請每週都得想出高潮來」要不就是「高潮結束以後，不要鬆懈下來，最後八百字請以『一波未平一波又起，後續如何是好？』的形式吸引讀者閱讀。」（笑）以各位來說，基本上是寫「新發表的小說」，記得寫到某些章節裡安排些高潮，並適時製造劇情的「吸引力」。

那麼要如何製造出「吸引力」呢？這個未必是登場人物自身發生了什麼。以科幻小說為例，情節的設定即是個謎團；而上班族小說，通常作為故事背景的公司就是謎團所在。比如，公司創辦人二十年前已經死去，沒有人知道公司成立之時，創辦人是從哪裡募得創業基金的，或是有傳聞指出，目前公司的負責人並不是創辦人和元配的婚生之子，而是和小妾所生的兒子……，總而言之，你可以在「承」到「轉」的段落裡，把這些看似偏離主題和設定的謎團予以解開，就能勾起讀者的興趣。換言之，你要隨時布下小小的謎團，然後逐個解開，拉著讀者看下去。這就是「吸引力」的效應。

捕捉時代的氛圍

E編輯 我擔任新銳小說獎的評審已經好幾年，讀完後最讓我不予支持的小說，多半是人物刻繪過於單薄。你若要讓故事角色躍然紙上，就必須把小說裡的時代背景和氛圍細緻地描寫出來，使讀者感到「真有這樣的人物啊」。特別是長篇小說更需要寫得鉅細靡遺。當然，這並不是絮絮叨叨扯個沒完，文章力求精簡與流暢，細部的描寫更不可馬虎以對。

大澤 剛剛E編輯談到了一個重點。所謂的娛樂性，還包括營造時代的氛圍或引領時代的部分。事實上，使人感動的故事本身就是普遍的原理，不論是百年前的作品，或是現代寫下的，所有讓人緊張萬分、感動和帶來歡笑的作品，它們都沒有很大的差異。因為在那樣的故事裡仍洋溢著現今年代的氣息和氛圍，如果有時代小說寫著，故事中的每個人物都浪費成性花錢不手軟，現代的讀者恐怕很難接受，若是以多次遭逢天災，民眾飽受飢餓之苦，被經濟困窘壓得喘不過氣來的時代為背景，比較能夠引起讀者的共鳴。如果以現代為背景的話，在人物的描寫上要儘量避免「哪有這麼無憂無慮的公司職員啊。這什麼年代的事啦？」。乍看新宿的街景，十年前和現在就已截然不同，你或多或少要把這種時代氛圍以及街道上的氣息寫入故事中。

我之前已說過，你要預估自己的讀者群的年紀都比各位的稍大些，他們多半是已經退休，或者不在公司任職的人。說到那些人最想閱讀什麼樣的小說，我認為，他們大概不想看描寫悠閒的田園生活或者出現高齡者的小說，他們多半想知道現代社會的各種事情，並且藉由小說體驗別人的經歷。在小說故事中，你不只要呈顯新的訊息和風俗習慣，還必須讓他們呼吸與共同喜同悲才行，否則便無法得到現代讀者的共鳴。在我看來，你的作品若被評為「雖然很有趣，但就是美中不足」，即表示不夠出色，請各位記住，即使是參加新銳小說獎的徵文，若被評審認為「美中不足」就表示你的作品是平庸之作了。

池井戶潤的《下町火箭》這部小說是在日本震災之前完成的，不是根據震災後的日本現狀所寫的，這部作品獲得直木獎之後，日本發生了大地震，在日本人就快失去勇氣之時，這個以鎮上的小工廠和大企業對抗的故事，喚起了多數日本人的共鳴，成為熱門的暢銷書。從這個事實來看，我們不得不承認這作品本身帶有幾分的運氣。實際上，

《下町火箭》中所描述的小鎮工廠的故事[12]，發生在十幾年前，不過，這部作品描繪的氛圍和經歷大地震後的時下氣息，得到完美的契合，正是這奇特的力量在感動讀者。有些作品寫作之初就想求名得利，反而因這要小聰明告吹，而某些作品完成的同時，似乎就注定由他獨得幸運的大獎。這正是充分掌握了時代的精神，造就出「洛陽紙貴」的作品呢。

善用所有的訊息

F編輯 接下來我要談的和剛才提及的時代氛圍有點關聯。我覺得閱讀長篇小說有個好處，可以從中獲得新知識和各種訊息。當你看見書末列出許多參考文獻，即可感受到作者是如何努力運用那些資料融入娛樂性的筆觸寫出的，讀者彷彿也能進入那個世界，徜徉其中學習到各種知識，這就是長篇小說的迷人之處，我最想閱讀這樣的作品。

大澤 說到興味盎然的小說，意味著作者必須善用所有的訊息。設若只是把新的訊息直接丟入作品裡，依舊呈現不出作品的氛圍。你必須先吸收消化，咀嚼再三，若描寫工程師，你就得徹底扮成工程師，描寫刑警，就要徹底化身刑警，描寫粉領族，就得完全變成粉領族。你從那角度進入故事的話，同樣能營造該作品的氛圍。例如，將東日本大地震的故事寫入一百年後的小說裡，如果只是寫下「二〇一一年三月十一日，日本東部地區遭

---

12 《下町火箭》一書的創作原型為植松努《挑戰不可能！比NASA更接近太空的小鎮工廠》野人文化2012.03出版。

受了巨大地震的襲擊，死者和失蹤人數攀升至〇〇人。」一百年後的讀者看過可能感觸不深。你不妨可以把我們經歷過的悲慘回憶，看了電視報導不自覺流下眼淚的心情，呈現給一百年後的讀者，讓他們體驗我們當時的處境。你不只要把災難的數字、資料和狀況描寫出來，還必須寫出震撼人心的文字。例如，那種和至親骨肉的生離死別，人生的所有瞬間化為泡影的絕望感，寫出任何時代的人都能夠感同身受的故事。而你能否有意識的從這個角度切入，跟你能否善用所有訊息把它們化為自己的血肉有很大的關聯。

最後一點，或許我不該說出來，不論是以天災或某個事件，以實際發生的事件作為小說的題材時，絕不能忘記那些因為該事件而蒙受煎熬和苦難者的心情。儘管作家以虛構的方式描寫實際的事件，當然不可能只寫光明面，但卻可能與當事人或被害人的看法出現很大的落差。所以，作者的寫法必須儘量讓他們理解到「其實這才是作者的本意」。與此同理，在以兇殺案為題材的時候，如果不是反社會人格者半好玩似的殺人為樂，而是被認為「因為這種事情而殺人？」或「這竟是其殺人的動機？」，作者就必須慎重思考再下筆了。

讀者在閱讀小說，就是想了解故事的情節。而讀者能否認同登場人物的行為模式，關係到作者能否帶領讀者進入小說的世界裡。換言之，故事主角、敵對角色、情人，所有人的行為，都要讓讀者理解到「這個人這樣做是不得已的」。我並不是說要讀者完全認同所有登場人物的行為，其實那也做不到，如果小說中全是百分之百可受理解的人物，讀來也不可能有趣。不過，你設定的人物若能達到某種程度的真實，你便可以站在登場人物的立場上，在被問及為何採取那樣的行動時，能夠理直氣壯的回答，有此堅定的立論，你才能越寫越有自信。

短篇小說和長篇小說的主題是否不同？

鱷魚 短篇小說和長篇小說的主題如何設定？此外，已經寫成的短篇或中篇小說可能擴充為長篇小說嗎？

大澤 短篇小說和長篇小說的主題確實各有不同。你剛才提問能否把已寫成的短篇小說擴充為長篇小說的問題，對我來說是不可能的。我在寫作短篇的時候，牢牢地將世界關上，「寫到這裡故事即告結束」。不過，這短篇小說裡的某個角色，若適合分拆到長篇小說裡，我有幾篇作品的確是這樣運用的。

全拿我的作品為例，真是不好意思，《惡女的酒窩》這系列作品正符合此類型。這部描寫水原這個女性擁有「看透所有男人真面目」的特異功能，她要找出連續殺人犯並予以殺掉的故事，我原本打算把它寫成短篇小說。這樣我可能要說溜嘴啦，這個水原當過妓女，她有著奇特的能力，只憑聞到精液的味道，就可辨識男人的來歷。所以她能夠識破兇犯，是個有點噁心的故事，這篇小說刊登在《ALL讀物》雜誌上時，由於水原這個角色形象鮮明，因此被要求再多寫一些，於是我就這麼多寫了好幾個短篇，還推出了《惡女的盟約》長篇小說。所以在短篇小說裡角色若描寫得成功，仍是有機會發展成系列作品，或是寫成長篇小說。

不過，如果這角色不夠生機勃然，則不足以撐起長篇小說的場面，只憑一個角色終究很難把長篇小說寫好，還必須另外創造焦點人物，在其他登場人物的設定上多下功夫。可以說，配置在故事主角周圍的人物像是「反射鏡板」一般，他們若都是同個角度和面向，豈不是索然無趣嗎？所以在人物設定上，必須有不同的角度、有凸型、凹型，這樣方能反射出不同的影像，創造出各式各樣的角色。

以前，總編輯對新進作家賦予期待地說，「我想閱讀立意新穎的作品」時，我已經跟各位提過（L7 p.153），依我看來，所謂的創新是指創意或是切入點。創意只能使用一次，在短篇裡使用的創意要移入長篇小說裡，不僅要捨棄那部短篇小說，還必須努力擴充篇幅。若只是切入點的借用，應當可以運用在長篇小說上。

必須將突來的靈感全寫入作品中嗎？

企鵝 我寫作長篇小說的時候，與主題不合或是過度渲染令人厭煩的地方姑且不談，我感到苦惱的是，當我設想到的橋段、場景、對白、角色等，必須全部寫入作品之中嗎？還有，參加新銳小說獎徵文的時候，又或當上職業作家之後，應該根據不同的出版社使用不同的寫作手法，依據作品來斟酌寫作的力度嗎？

大澤 有關作家出道之後的寫作策略，我在講座的最後會提出來討論。說到依據作品或是不同的出版社來增減所費的功夫，這幾乎是不可行的。你應當全力專注於眼前的作品上。千萬別抱著「這裡偷懶一下，下次再拚真功夫吧。」的投機心態，現在的出版界可沒那麼好混呢！包括你的出道之作，就算你已經寫出三部作品，今後你能不能以職業作家餬口還是個未知數呢。首先，你若寫不出精采的作品，就無法順利登上文壇，下一部作品，更需要超越前作才行。各位務必記住，這是很艱難刻苦的挑戰。

說起參加新銳小說獎徵文比賽，作者在被通知入選之前，還有很充裕的時間。有些作者心想，今年獲獎？明年獲獎？或者五年後也行，不如在此之前將所有精力投注在這部可能得獎的作品上。也就是說，你投稿了十部作品，九部落選，即使第十部作品才獲獎，這部作品同樣傾注著你所有的心血。但還有個問題，當你確定出道之後，出版社要求你「請寫出得獎後的第一部作品」時，各位的時間就被限縮了。最長的期限至多一年，也就是說，你必須在一年之內，寫出超越你花費十年苦心創造出的作品。做不到這點的話，便不能以作家的身分存活下去。以前的小說講座曾指導學員說：「你先寫出你最好的作品，以次好的作品出道。」可現在情況不能這麼悠哉了。立志成為職業作家，就必須不斷地寫出最出色的作品，永不停轉地自我超越才行。

接下來，關於什麼雜七雜八的全寫入作品裡這個問題，其實，不適合的題材就沒必要放進去。例如，突然你想到兩個題材時，你不妨把它寫成最佳的作品，另一個則可以留用給日後出道的第一部作品。或是，你也可以這樣安排，有九部作品都失敗了，第十部的時候成功出道，就從過去失敗的九部作品中擷取幾個部分，增補添色之後創造出另部全新的有趣作品來。我希望各位別會錯意的是，我不是指將寫糟的九部作品儲存起來，等出道之後拿出來利用。你真這樣做的話，庫存一旦用完，各位也就什麼都不剩了，這會是很嚴重的事情呢。可以的話，你應該盡可能拋棄舊作，不斷地寫出卓越的新作來。倘若真正遇到了困難，可以打開抽屜拿出舊作看看。直白地說，身為職業作家不容許發生「真是糟糕」的事態呢，你必須像是打開新抽屜般地閱讀書籍、觀賞電影等，隨時給自己補充燃料。你一旦登上了文壇，便沒有退路可言。而沒有退路可言，是指身為職業作家只能寫到至死方休！

創造人物角色時務必配合故事情節嗎？

驢子 寫作長篇小說時，在創造人物角色上，應當如何安排配合故事情節呢？是先「設定謎團，隨即展開，以此結束」約略擬定劇情需要之後，再創造出合適的角色呢？抑或於故事開始之前先創造幾個人物，隨之再思考故事情節呢？請老師給予指導。

大澤 依我看來，在完全沒有故事背景的支撐下，要創造出角色人物反倒困難。當你在思考如何設定謎團、事件或是故事核心的時候，當然，有可能正因為是該角色人物的關係，引發了事件的產生。例如，我無法理解沒有突顯出兇嫌是以何種動機就犯下兇殺案的故事情節。即使是令人同情的兇手或惡魔般的變態罪犯，故事的內容都會依「行兇動機」而迥然不同，以復仇為主題的故事，殺人兇手多半是過去遭受過殘酷的虐待，所以才展開報復行動，由此可看，故事情節和人物角色理應是緊密相連的。也就是說，在創造人物和構想故事的時候，無關乎先後之分，它們永遠是互補相援的關係。

然而，我必須提醒各位，千萬不能把這故事寫成「這角色順其自然的犯下罪行，但它卻是乏味無趣的小說。」假設這名兇手處境堪憐，以前曾遭逢親人被撞死亡，對方卻肇事逃逸了。而你在開頭便以復仇的形式登場，把他設定成至今仍孤獨落寞地住在公寓裡，這樣描寫過於平實沒有半點驚奇，往往使讀者僅止於「我可以體會受害者的痛苦啦」，便告結束，這樣的故事沒有趣味可言。相反地，如果你把這個兇手設定成在周遭的人看來是個看似開朗幽默風趣的男子，在無意之間，突然露出了陰沉的表情。這時，其他人察覺到「這麼說來，他可從來不提起過自己的家人呢。」在此期間，發生了兇殺案件，他也在涉嫌者的名單之中。實際上，這個外表開朗的男子，飽受著失去親人的痛苦和悲傷，卻強顏歡笑地過日子，當他遇見奪走自己親人性命的傢伙時，終於得以復仇雪恨了。這樣的故事情節絕對來得令人印象深刻。進而言之，在創造人物角色上，不能過於平凡簡單到底，寧可多予些曲折離奇、命運多舛的遭遇，這樣的故事更加引人入勝。但話說回來，也不可太過於曲折離奇，否則會招來讀者「真搞不懂這傢伙在幹什麼啊。」的反感和混亂……。總而言之，人物角色和故事情節要互補添色，所以你必須在這兩方面多花點巧思。如果你已先想到絕佳的角色，就得更努力安排讓它在故事情節中有出色的表現。

如何描寫未知的世界？

貘獸 我有個疑問，在寫長篇小說時，必須相當具體詳盡地把筆下的題材和作品的世界表達出來，但這麼一來，故事豈不是就受限於自己的真實生活，和所見所聞的範圍內嗎？至少我自己是這種情況。因為對於未知的世界，你沒辦法從頭到尾調查妥當之後再下筆，而且也無法深入。參加新銳小說獎的徵文時，要如何看待這個問題呢？

大澤 這個問題和推敲琢磨手法相同，有著「用旁觀者看待自己作品」的客觀性要求。以貘獸先生的情況而言，由於你從事法律相關的行業，在小說題材上，確實有很大的優勢，有著一般人不知道的有趣事情，只有同業者才能獲知的訊息；或是把在這行業的常識見解，在常人看來卻「咦？原來還有這樣的事？」的驚奇作為寫作的題材。這時候，你作為專業律師視為理所當然的用語，對於非此專業的人來說，也許不明白意思，這時你應當在作品中稍加說明。相反地，眾所皆知的事情則不需要精心描寫。

重要的是，你必須從作為法律人和普通人的立場來看待自己的作品，這兩個著眼點是必要的。具有專業知識的寫手最容易陷入這樣的套路，他以其專業領域裡的竅門，一般人卻覺得新奇的事情，作為故事的謎團或是核心內容，未必就能被讀者接受。例如，以優秀的外科醫師為主角的小說，若這樣描寫「這是非常罕見的疾病，但主角就這樣痊癒了。故事就此結束啦」是完全沒有看頭的。讀過手塚治虫的《怪醫黑傑克》就能明白，那部漫畫不是在展現天才外科醫生黑傑克進行艱鉅手術時的情景，由此衍生出的人性糾結才是重點所在。

我必須提醒貘獸先生，將法律界發生的趣事全寫了出來，未必就能為這部小說加分。事實上，寫作題材的運用，有許多方法途徑。但是，為了使讀者感到有趣或深受感動，你必須在這素材的背景下，加入反映人類普遍情感的成就感或復仇心態及其戲劇性，生動確實地傳達給非此專業領域的讀者知道。換言之，你若只是想表達「在法律專業裡有許多趣事呢」，不妨把它寫成報導文學。小說不能「理所當然的陳述事實」就結束了。貘獸先生應當從讀者的角度來看，把「耐人尋味」的事情寫入故事裡。而你能否巧妙運用這兩個切入點，你的作品內涵也將有所不同。

必須從開場依序寫下去嗎？

白米　寫長篇的時候，我以為按照起承轉合的流程從頭到尾寫下去較好，但往往寫到「承」和「轉」這部分的時候，因為構想不出發展的情節，便停滯了下來。這時候，我只好暫且先將想寫的結局寫下，卻又發現「角色不夠了」或是「還需要更多情節」而感到苦惱，於是，又試著回到「承」的部分。所以，我仍必須留意依序寫下去嗎？

大澤　我知道有的作家採取這樣的寫法，先將想寫的場景快速寫下，然後再補入各個場景裡。然而，在我看來，一部成功出色的小說，必定是依井然有序的架構寫成的。當然，像白米小姐這樣，寫到半途便無力為繼，分明已來到「合」的階段，卻不知要如何運「轉」下去，因而停筆下來。職業作家也不例外。那該怎麼辦呢？

以我自身的經驗來說，總之就是寫下去。不停地振筆直書，讓登場人物活絡起來，你自然就會有奇異的構想，讓筆下人物出現不可預期的行動。這就是「推動故事」的訣竅。例如，你可以設定讓某個事件發生，或者意外的事件、糾紛、對立、出現敵人等元素都可放入作品裡。若因此「合」（結尾）部分發生變化，可能越扯越遠，你也不必慌張，因為你當初設想的「合」的安排，未必就是最完美的結局。因為隨著故事情節的推動，很可能與當初設定的相去甚遠，但它卻能因此擴展故事的內容。依我看來，你即使中途停筆，也不必急著寫下「合」（結局），不如回到「承」或「轉」的階段，再費點功夫往設定新的事件轉折發展。

偏離主題時，需要從頭改寫嗎？

哈巴狗 寫短篇的時候，我可以一口氣完成，可是撰寫長篇小說，我在寫作中途卻因為查找資料、或受到耽擱或被日常生活瑣事絆住，使得當初設定的故事情節或人物角色往不同的方向發展。我重讀之後，覺得那個段落扞格不入，便重新改寫，但卻與當初的構想相去甚遠，一發不可收拾，像這樣的情況，我必須從頭開始改寫嗎？

大澤 這的確是個難題呢。直白地說，那篇作品還是重新改寫的好，所謂專業小說家，必須隨時讓自己維持最佳的寫作狀態。我除了自家寓所之外，另外還有個工作室，現在，我幾乎都住在工作室裡，我剛結婚的時候，往返於住家和工作室之間，那時我對太太說：「我外出工作（寫作）的時候，千萬不要讓我動怒或者開心喔。」也就是說，我希望隨時保持穩定的情緒狀態。人類是情感的動物，一遇到極端厭惡或是高興萬分的事情時，自然而然就會影響到情緒，使你無法進入眼前的虛構世界裡。說得極端些，當我在寫小說寫到最專注的時候，霍然電話聲響起，對方只說了句：「我是《野性時代》的某某……」我的情緒便跌到谷底，就是這麼回事（笑）。

我寫作小說的時候，如同屏著氣息潛入海底深處似的，突然地一通電話，迫使我得立刻緊急上升探出海平面上來，可想到待會兒「又得往下潛去呢！」就覺得手腳乏力啊！所以，作者要維持穩定的情緒狀態並不容易。特別是寫作長篇小說的時候，快則兩個星期，最慢也得花上好幾個月方能完成，在這段期間裡，你要如何維持穩定情緒寫作都是艱困的挑戰。

有許多作家很重視所謂的「寫作儀式」。例如，愛好音樂的作家，就把這首曲子作為這部小說的主軸，務必聽著這首曲子才開始動筆；有的是把鋼筆清洗乾淨填充墨水之後才開始；有的將鉛筆全部削好後排放整齊等等；這些儀式無非都是在找尋某種寫作的契機，努力使自己的情緒或是感知維持在穩定的狀態中。以我為例，我除了寫稿以外，一律不進書房。在工作室裡，有客廳和寢室，還有書桌和擺放著各種資料的書房。當我坐在書房的書桌前，就是「下筆」的時候了。我絕不會在那房間裡閱讀文學獎的入圍作品，或是用筆記型電腦查找資料。我一旦坐在書桌前，擺放在眼前的只有稿紙和文具而已。為了使自己進入「自發性的寫作」的狀態，在平時即要整頓好寫作環境。而且，在重新校讀上次文稿的同時，還得回到自己的小說世界裡。週刊的連載小說，每回大概是六千字，約莫一天時間可以寫成。不過，一口氣讀完上次寫出的六千字，以及寫到今天所需篇幅的前一千兩百字時，最不希望受到打擾了。此時，如果有包裹快遞送來或是電話響起，辛苦構想出來的創意便瞬間告吹了。這是我最感到困擾的事情。在那時候，或許我在電話裡的聲音非常可怕，連編輯都嚇得半死呢（笑）。坦白說，我在那種情境中，不想受到干擾，也不想離開書桌前，因此遇到中元節或歲末的季節，快遞包裹頻繁送至的時期，有時候我並不搭理。

對於哈巴狗小姐來說，或許妳也應當學習有效的情緒管理，因為這對於寫作長篇小說幫助很大。因為妳若覺得自己的作品空乏無味，再續寫下去，只是徒增痛苦而已，也寫不出佳作來，不如先從那部作品中抽離開來。這段期間，妳可以撰寫其他的作品。當妳寫完其他的作品，再回頭閱讀前作，倘若妳仍覺得不夠好，就把它扔掉吧。而妳若覺得「慢著，也許換個方式可以使這小說更有趣呢。」屆時續寫下去無妨。我總覺得以從容的態度寫作效果更佳呢。

LESSON 9
如何呈現豐沛的情感

寫作創意是無法傳授的

大澤 各位晚安，本講座的課程即將結束了。在此，我只能向各位說，「今後請各自努力，開創自己的寫作之路」，倘若無法開啟，也就到此為止啦。

這一年來，各位的「寫作技巧」確實精進不少。不過，在我印象所及，對於各位在「創造故事」的層面上，卻沒辦法給予合格的分數。因為那些新奇出新的故事、你想像不到的故事，或是過去有過類似的故事，你將這些加入新的元素，把它寫成「前所未有」的故事，像這樣的創意或巧思妙想，是任何人都無法傳授於你的。你只能藉由閱讀書籍、觀賞電影，不斷地累積精神養分和經驗等，方可內化成自己的東西。

更直白地說，沒有創意的人，永遠無法成為職業作家，就算他僥倖躋身為職業作家，也無法持久。只會寫些似曾相識的平庸作品的作者，出版社根本不會來邀稿的。你若沒有「非得寫出創新性和獨特的作品不可」這種明確的自覺，便無法寫出佳作來，今後也難以持續下去。

引人入勝的小說，其人物角色和故事必須是有機的結合。所以，你在創造人物或故事的構想上，都得具有原創性。縱然這是你設想出來的故事，但若令人感到似曾相識就是失敗之作了。

從這個意義上來說，我今天的談話會更加嚴峻。因為這個講座結束之後，各位只能自食其力，在矢志成為職業作家的路上，只能孤軍奮戰下去，沒有人向你提點教示。你必須對於自己的創意、創造的人物角色和故事等等，自我評判和修整，例如「這樣描寫可能稍顯不足啊！」、「是否可以更擴展情節呢？」、「應當還有更好的創意吧！」確切地說，你必須具有「不斷質疑自己的作品」的勇氣。

「成為作家」的終生夢想

我們先假設在不久的將來都沒有同學順利登上文壇。儘管如此，這並不是各位「成為作家」的夢想就此結束，除此之外，你仍可以持續寫作，參加新銳小說獎的徵文。這時候，各位最需要的是，傾其全力的「學習」。總而言之，你必須大量的閱讀才行。就我在此之前和各位談過話，讀過各位的作品的經驗來看，我覺得各位的閱讀量嚴重不足，內在的精神累積太貧乏了。當你們知道職業作家看過多少書籍，肯定要大吃一驚。他們的閱讀非常廣泛，現在還持續不懈。如果你闖入他們之中想打出自己的名號，沒有比他們更海量地閱讀，沒有比他們更有源源創意，你絕對要吃敗仗的。

或許有人不需要閱讀也能想出創意來，在各位交出的習作之中，我曾經稱讚過幾個同學的作品「創意極佳」。可是，真的有人能夠創意頻出嗎？有的同學曾在某習作中創意極佳，但下次的習作中未必如此走運了。當然，如果你的創意庫存足夠豐富的話，每次自然就能夠推陳出新。但實際上，有時候做得到，有時候做不到。也就是說，這只不過是靈光閃現罷了。

身為職業作家沒有「湊巧」的餘地。如果有此「湊巧想到而寫出佳作，湊巧困頓而寫出劣作來」，這樣都稱不上是職業作家。在任何的領域裡，所謂的專家就是要拿得出高水準的作品來。無論是廚師、工匠或是作家，都要受到同樣的要求。我從各位說「我沒有源源不斷的創意」，即表示各位還沒有達到職業作家的水準。我再次強調，請各位要多審視自己，找出自己的強項，發揮自己的所長，改善自己的弱點，讓自己的腦力發揮到極致。

假設各位成了職業作家，只寫出兩三本小說來，還不足以成氣候的，你必須寫出幾十本才行，而且每本作品都是殊死決戰。每個職業作家，同樣都被要求要超越自己的前作。請各位捫心自問，你能夠做到那個地步嗎？沒有毅力的作家無法倖存下來。如同我在剛開始的堂課上提到的，作家這個行業只能勇往直前。

多姿多彩的作家人生

今年（二〇一二年）直木獎的得獎者葉室麟先生，五十五歲出道，六十歲時獲得了直木獎。他的出道之作[13]贏得松本清張文學獎的桂冠，當時我也是評審委員之一。換

—13《銀漢の賦》

言之，有的作家是以此方式登上文壇的。五十五歲出道，六十歲榮獲直木獎，這亦是作家的人生經歷。

想成為作家的人，總會希望早日出道成為職業作家，我是個過來人，可以理解那樣的心情。然而，你若覺得自己實力不足，還急需迎頭趕上，就不必慌張著急。你要慢慢的充實自我，勤加閱讀，累積更多的創見。每個作者都在尋求突破，有的突然來個大轉變，寫出精采有趣的作品來；另外，關於缺乏構想的問題，不管你怎麼努力，都不是短期或近年內可實現的。你要有源源不斷的構想，就更需要時間累積和內化。

我二十三歲時出道，比在座的任何人都還年輕，但出道前閱讀過的書籍數量，絕對遙遙領先各位。正因為我二十三歲就出道，才能成為職業作家拚搏到現在。各位至今沒有養成閱讀的習慣，我覺得很惋惜，但在往後的人生中，開始博覽群書也為時不晚，無需過於焦慮。如果你真的想成為作家，理應是喜歡閱讀的，若是有「我討厭看書，但是我想寫作」的心態，還是別當什麼作家為好。相反地，也不能因為太耽溺於閱讀，急著想把它轉化成寫作題材，缺乏這種自覺的人，無法成為稱職的作家，更無法持續下去。有些職業作家仍持續閱讀，是因為他們想探索新知、閱讀新進作家的作品。請各位務必記住，只有透過大量的閱讀，才能轉化出豐富的構想和創意。

別怕繞道而行

其實，有很多職業作家因為自己的創作構想有限而苦惱不已。這些作家的小說，儘管入圍了文學獎，一旦被評為「果然美中不足啊！」，不僅是一種屈辱，更是被完全否定。評審委員這樣說也很難受啊。或許你不禁要問，若閱讀得不夠，精神儲糧太少，沒什麼奇思妙想，在成為職業作家之後才開始學習來得及嗎？以往的經驗是，你一旦正式出道，文思的「消耗」比「補充」來得迅猛，而且你的閱讀量只會有減無增。另外，在這當下，又有一群如同各位的文學青年正在拚命閱讀呢。與寫作時間比較起來，他們有更多時間大量閱讀，透過不斷地閱讀，累積豐富的創意和構想。這樣看來，較早出道的作家並不占優勢，在當上職業作家之後才察覺自己學養不足而追悔莫及。每個作家在出道之後，都可能面對這種嚴峻的狀況。這是很值得自我警惕的事情。這樣的作家只能等著被淘汰，而在現實中，如此黯然消失的作家不勝枚舉。我在最初的講座中提到，這十年來，以作家身分出道的應該有數百人之多，但最終能夠倖存下來的寥寥無幾。

也就是說，各位當上職業作家以後，仍必須持續閱讀，因為文思的磨損很快地就消耗殆盡，為了避免這樣的後果，有個方法可循，你從現在開始大量閱讀，以五年後或是十年後出道為目標。在這期間，哪怕稍為繞了遠路，若能確實地閱讀學習，就可避免在成為職業作家之後還得被批評的屈辱了。儘管這樣的作家的名聲很快地就火紅起來。各位要審慎思考，不要貿然急於出道。

如何自我充實

關於小說寫作技法的課程，今天是最後一次，我也想對各位說「你們（的寫作技巧）精進不少啊！」其實，正因為你們在技巧上漸入佳境，才更明白自己的不足之處。從本質上來說，你能否察覺到自己的局限和缺點，也反證出你將來能否成為稱職的職業作家。特別是在今天的講評中，被我批評「缺乏創意」、「考量不周」、「落於俗套」的學員，更應當認真思考這個問題。這樣下去，你絕對無法躋身職業作家的行列。在職業作家的世界裡，每個都比你技藝高超百倍，要更上層樓就得使出更多看家本領不可。希望各位明白，想要超越他們的成就是多麼不容易啊，而且還需要卓絕的才能。

其實各位都明白，「沒有寫作的才華，無法成為職業作家」。所以，今天我不得不下結論說，這行業果真「需要寫作才華啊！」在本講座剛開始之際，各位可能還不大理解「寫作才華」的真正涵意，一直跟著我上課至今，交出這麼多篇的習作之後，終於看出了自己的局限與缺點，以及與職業作家的差距有多大。這如同只會九九乘法的小學生解不開因數分解是同樣道理，沒有才華的作者，絞盡腦汁也擠不出奇思妙想。依我看來，各位要如何自我充實，是值得終生探索的課題。

技巧可教稟賦天成

所謂的「才華（稟賦）」，即你突然閃現出某個想法來，而要把那個想法以最佳形式寫成小說，就需要「技巧」輔助了。我在這個講座中，已經傳授各位寫作「技巧」了。然而，唯獨源生創意的「稟賦」，我是無法傳授的。這意味著你拿不出創意，表示你沒有才華成為作家。當然，我不能單方面斷定「你沒有寫作才華」，但希望各位冷靜的自我審視，沒有創意不就等同於自己沒有寫作才華嗎？如果你這麼認為，「不，我不可能做不到，我非得成為作家不可！」那麼你就得想方設法寫出新奇創新的作品來！關於這方面的寫作技巧，我已經傳授給各位了。接下來，各位必做的課題就是竭盡全力構想自己的作品了。

在此，我可以很自信地說，這一年來傳授給各位的寫作技法，經過十年或是二十年，絕對派得上用場。因為你充分學習到的技巧和技能，是不會輕易忘記的，就算真的一時忘記，只要重閱溫習講義的筆記應該就能回想起來。話說回來，如果你想不出奇思妙想來，再怎麼努力也是白搭。對於不動筆寫作的人而言，你有再多的技巧，也寫不出小說來。所以，各位必須不斷地自我充盈，並且活用所學到的寫作技巧。如果溫習本講座的授課筆記，有助於各位寫作小說的話，你們不妨多看個幾遍，不管經歷多少波折，你們將來都可能成為大作家，甚至出道後很快地擠進頂尖的作家之中。

下次，即最後一次授課內容，我要談談「成為作家後的守則」，並針對各位學員呈交的習作給予點評，還要親自給每個學員提出建議。今天的話題有點嚴肅，但我希望各位不要因此沮喪呢。

可以運用倒敘寫法先從結局寫起嗎？

企鵝 我突然想到「結婚禮服燒了起來」這樣的結局，然後以倒敘方式完成該作品，但我覺得這是失敗之作。請問像這樣倒敘的方式可行嗎？有什麼風險性和弊病嗎？

大澤 的確有許多作家都運用此方式寫作正統派推理小說，但必須注意的是，把人當成旗子擺布有其風險性。例如，為了引發「把結婚禮服給燒了」這個狀況，在一般的考量下，是無法輕易點火的，所以寫成把酒給打翻，可是在把酒打翻的同時，顯然就事跡敗露了。假設是這種狀況，「（我）才不怕被發現呢，我就是不允許這個人過得幸福，所以放火燒了！」亦可潑灑汽油把火點燃。但那個場景設定終究是疑似偶發的事件，為此作者就得引發多個非偶然的突發事件。也就是說，作者為了製造某種狀況，而勉強設定動機。這樣一來，就會讓讀者覺得，「這個人根本不必這樣做嘛！」而且情景必定不夠逼真。你有辦法巧妙地使它搭橋過場嗎？以正統派推理小說為例，高明的作者直到最後都不讓讀者察覺，技拙的作者則被批評：「這麼做簡直有違常理呀！」這等於你被看破手腳啦。在我看來，倒敘的寫法本身並沒有問題，但為了不讓讀者看出其中的破綻，你必須經常思考如何給人物角色適切地安排動機和理由。

可以將短篇小說擴寫為長篇小說參加其他徵文比賽嗎？

貓咪　把參加過短篇小說獎的作品擴大篇幅寫成長篇小說，在故事梗概相同的前提下，會被視為相同的作品嗎？

大澤　我覺得，將短篇小說寫成長篇之後，故事梗概就有所不同了，所以，你的疑問是能不能把短篇小說寫成長篇小說去參加不同的徵文比賽嗎？首先，我希望妳明白，任何類別的文學獎，都不會只看故事梗概來判斷優劣。為什麼投稿須知上要注記附上故事簡介或梗概呢？這是因為編輯需要閱讀幾百部的應徵稿件，從中選出十篇或二十篇作品的階段時，針對每部作品個別討論，是否達到能夠進入決選的水準。這時候，為了便宜編輯們回想起入選的作品而翻閱故事概要。

不過，在懸疑推理類小說的大型新銳小說獎之中，多半是由專業的評論家先行審稿，有時他們只看概要就知道「這作者在其他的徵文比賽也投過同樣的作品」，這確實會造成負面印象。依照規定，一稿兩投的話，就失去參賽資格。要不就是被視為「這個人只能寫出平庸之作」，所以，各位絕對不可一稿兩投。貓咪小姐提出的疑問，把短篇小說擴大為長篇小說不成問題。因為短篇的新銳小說獎的應徵稿件，通常是由出版社的編輯們預讀篩選，和長篇小說的評審不同。我再次強調，絕對不可以一稿數投！而且這必定會被發現，一旦屬實的話，你拿到獎項也會被取消，這點務必特別注意。

貓咪　其實，我有部作品投稿至某出版社已經一年半左右，至今尚未有結果，我實在很困擾，在這種情況下，我可以把那部作品取回嗎？同樣的作品投稿不同的文學獎，算是一稿兩投嗎？

大澤　那應當是出版社「歡迎您隨時賜稿」的徵稿廣告吧。我想可能是編輯部門人手不足沒有適時給予回應。如妳所說，妳若把那部作品拿去參加其他文學獎，就是一稿兩投了，目前的確是有點棘手。不過，我認識貓咪小姐投稿的那家出版社的編輯，我會以個人身分，請他給妳明確的回覆。

LESSON10

出道後如何生存下去

專業作家的守則

大澤　在本講座中，不只在座的十二位學員，還包括將來想成為作家的讀者們，我能夠教導給各位的已經全部傳授了。今天的主題是：「成為作家出道以後，在嚴峻的出版界裡如何求存下去？」，如果沒有學員在這次講座結束後成為作家出道的話，這些授課內容或許就毫無用處，但為了「多虧拜閱這些寫作祕訣成為作家」的讀者，我仍要跟各位談談。當然，我衷心希望今天這堂課的內容，在將來對各位有所幫助。

我在Lesson1的講座（L1 p.10）提過，基本上，作家出道有兩個方式。首先，用自己的代表作獲取新銳小說獎出道，其次是毛遂自薦出道，我建議各位盡可能以拿下「高知名度」的新銳小說獎登上文壇。

當各位出道之後，就要直面兩個問題：專業寫作或兼職文差。也就是說，你要持續現有的工作，又以作家的身分寫作呢？還是辭掉工作，靠搖筆桿維生呢？出版社的編輯必定建議「你做兼職的吧」，因為你出道之後，未必有多少出版社向你邀稿；縱然受邀寫稿，你能否應付得宜，也是未知數呢。再則就是你依約寫成，出版了幾本書，也可能銷售狀況不佳。等到那時候，你可能很難回到原先的職場上，旋即啃光所有的積蓄。你真落到那樣的田地，出版社也不可能照料落魄的作家，所以編輯向你提議：「先從兼職開始吧。」也不無道理。

然而，這話只說中了一半，另一半未必如此。目前，在職業作家之中，有兼職的和專職的，還有作家最後從兼職轉向專職寫作。據我所知，兼職的作家多半很難寫出卓然有成的作品。終究是專職作家才能幹出一番作為呢。理由不說自明，因為專職作家較有寫作的拚勁，他現在所寫的作品若不被接受，明年就沒有立足之處了。直白地說，這次的稿費付得起下個月的房租，但是不能保證下次房租就可順利付清，在這種沒有退路的狀態下，專職作家就得全神貫注寫出佳作來。相反地，兼職的作家可能認為「這次稿子沒能過關，下個月的薪水也夠養活家人。」在此，相信各位已能看得清楚，在退無可退的工作，以及尚留餘地的工作，其成效差異有多麼巨大。

雖說如此，有些作家出道後突然說：「我今後就以寫作維生呢。」便辭去工作，這是貿然的行為。我再三強調，在寫作的行業裡，每年都有將近兩百名作家出道，但能夠屹立不搖的作家少之又少，在此，我向各位建議，你不妨為自己勾畫從兼職到專職寫作的計畫表。首先，就是訂定期限，再則以兼職三年或五年為限試試。在這期間，你若覺得讀者已漸漸增多起來，又拿下某個文學獎，作家地位得到鞏固的話，雖然短時間收入不穩定，你就可向專職寫作之路前進。其次，你需要擬定明確的目標。例如，出版十本書，或是獲得某個文學獎等等；若能按此目標順利克服，你就能投入專職寫作了。

如何與編輯打交道

作家出道之後，最重要的是建立良好的人際關係。其一，如何與編輯交往，其二，與其他同行作家的相處之道。

在本講座中，每次都有許多編輯來這裡。每個編輯的資歷和立場各有不同，但大部分的編輯同時負責十五至三十名左右的作家。

通常每家出版社都會為剛出道的作家安排專任的責任編輯。對方若是資深的作家，即使同一家出版社，其單行本部門、文庫本部門、雜誌編輯部門等，都會配派責任編輯與作者接洽。為處理每個作家的文稿，每家出版社都配備三名責任編輯，所以與你合作的出版社越多，責任編輯自然相對增多。目前，我與之合作的出版社有十家左右，責任編輯就有三十人，小說改編成漫畫之後，責任編輯也相對增加。隨著責任編輯增多，就曾發生出版社的會計部門竟然在同天內收到五個編輯部送來的署名在六本木某俱樂部「招待大澤老師」的賬單，而讓會計追問「哪一張收據是真的？」的著名「事件」呢（笑）。

那麼，每個作家的責任編輯是如何分配的呢？例如，假設犰狳先生得到了某新銳小說獎後出道，主辦該新銳小說獎的出版社就會主動決定責任編輯，之後，可能有其他出版社的編輯讀過你的大作之後慕名而來，覺得你深具潛力，就會向你毛遂自薦，「我想擔任犰狳先生的編輯」。而這位責任編輯，可說是最先挖掘你的寫作才華的伯樂。

不過，編輯和作家都是凡人，需要彼此投緣。在這其中，既有你可把酒言歡、吃飯，脾性相合的編輯，也有苟難相處的編輯。不過我必須提醒各位，縱使彼此很投緣，對方未定就是稱職的責任編輯。進言之，與脾性不合的編輯共事不全然都是負向，而與相談甚歡如同值得交往的朋友的編輯共事就保證春風得意。但可以確定的是，所有的編輯都希望自己提攜的作家能夠飛黃騰達。所以，當其作家獲獎的時候，編輯都非常高興，甚至盛大的給予慶祝。然而，這樣的舉措也可能使作家誤解成「編輯的工作就是來拿稿件嘛。為此他應當為我效勞吧。」不過，這個想法大錯特錯呢！作家只是個承包商，當出版社決定「那個作家可換掉啦」的時候，就會快然地斬斷關係。從那時刻起，你就丟了飯碗沒得混啦。所以，請各位務必牢記作家的立場。

那麼，該如何與編輯相處呢？最妥善的方式是「適切地尋求支援」。雖然作家只是個承包商，但也不必為此諂媚奉承，當然，你若抱持「這編輯的工作，只是來拿我的稿子嘛」的心態，任誰都會厭惡地拂袖而去。現在，各位或許很難想像作家對編輯耍大牌的態度，可在出道之後若擠入作家的行列中，編輯們就會聚集而來。因為當你看到在派對場合上許多編輯拿著名片擠著在你面前邀稿的光景，任何人都可能為此得意忘形。請記住，這是個致命的盲點！即使你被編輯寵愛有加，也不可志得意滿，應當尊重與人的相處之道。也就是說，不去拍馬逢迎，亦不擺架子，而是彼此尊重，在編輯和作家的關係中經營良好的人際關係來。

編輯也是普通人，有些可能酒後醜態百出、滿嘴近乎於性騷擾的言論，遇到這種人你要毫不留情地拒絕，因為既有愚蠢的作家，就有傻笨的編輯。所以，有搞不清楚狀況的編輯也在所難免。最不得已的情況是，你可以向其上司告狀要求撤換編輯。然而，這方面你得妥善處理，否則招來怨恨麻煩上身也得不償失。不過，現在不像以前已沒有行為怪異和豪邁萬丈的編輯了，這點倒不必過度擔心。

與同行作家的交誼

所謂的作家，是份異常孤獨的職業。每到半夜的兩、三點，我獨自在書桌前或面對著電腦工作，便不得感嘆「看來在這三更半夜幹活的，只剩下我和正在建築工地的工人了。」所有的作家都必須面臨搜索枯腸、筆觸困頓的漫長難捱的時刻。在此，我給各位建議，找個競爭對手。不管那個作家你認不認識都無所謂，或與自己世代相仿、出道時期相近、又或是寫作方向類似的作家也行；盡可能找一個比你稍為領先的作家當競爭對手。這是為了激發你的寫作動機，逼得你非超越競爭對手不可。或許你很輕易就能超越前者，到時候，你再另尋新的競爭對手即可。

各家小說雜誌的截稿日期大抵相同，例如，以每個月十日截稿的話，一到八日、九日左右，每個作家幾乎都火燒眉毛似的被迫趕稿。這時你若這樣設想：「那個我看不順眼的傢伙、那個其書暢銷熱賣的傢伙，這時候都在咬緊牙關地拚命寫稿，我也不能認輸啊。」便會迅速打起精神來；這就是競爭對手帶來的激勵作用。很奇妙的是，同為作家的競爭對手，其實也是最容易成為朋友知己。換言之，最了解你身為作家的苦楚困境的不是編輯，而是二、三十年來與你交手競爭的同行作家。當編輯只問你：「稿子的進度如何啊？」他不可能替你代筆寫作。實際上，不管你寫得油汗直流、痛苦打滾，最後還是作家本人得咬牙把它寫完。這麼艱苦完成的作品，沒能入圍文學獎姑且不說，被批評得一文不值，還遭毒舌的前輩作家奚落說：「你的作品根本就是爛貨嘛。」這種屈辱你都得吞下呢。編輯感受不到這種痛苦，也不想了解吧。在這時候，競爭對手最能發揮激勵作用了。

當我還是單身的時候，有次半夜三點鐘電話鈴聲響起，經常出現這樣的對話，「喂，我是北山謙三。你現在在幹嘛？」、「這種時間我待在家裡，當然是在幹活啊。」、「你剩下幾張？」、「還剩四十張左右吧。」、「我一個星期之內要交出兩百張呢。」、「你瘋啦？工作量那麼大！」因此，我快撐不住的時候，就很想聽聽某個人的聲音，而對方當然是同行作家了。我掛斷電話之後，便不由得燃起「那傢伙正在拚寫著呢，我也得繼續寫下去啊。」的鬥志。因此，（當你寫作面臨低潮的時候，）記得找個頂尖的競爭對手吧。

參加聚會派對

你若想建立良好的人際關係，就去參加派對吧。這不僅能推銷自己，也是認識同行作家和編輯的機遇。不過，你想參加派對，必須有邀請函方能出席。在此，特別是寫懸疑推理小說的人，推薦你們加入「日本推理作家協會」的作家團體。目前，現任（二〇一二年）的理事長為東野圭吾先生，其他的理事也大多是當今著名的暢銷書作家。一年之中有很多派對活動，新春聚會、日本推理作家協會獎頒獎典禮、夏季聯誼會、江戶川亂步獎頒獎典禮等，現役作家、歷屆得獎者、評選委員、各出版社的懸疑推理小說的責任編輯等，全部齊聚一堂，不失為認識作家或編輯的好機會。只要付了會費就能加入協會，還會收到寄給會員的邀請函。附帶一提，要成為「日本推理作家協會」的會員，必須由各一名理事和會員推薦，並附上自己的著作。不過，若獲得懸疑推理小說類的新銳小說獎者則無需推薦人。

加入「日本推理作家協會」還有其他好處，亦可以加入「文藝美術國民健康保險」。職業作家若是參加國民健康保險，保費將按照收入所得上下調整，則會變得比較高；參加文美的保險，達到某個階段之後，保費比國保便宜，有的作家是為了參加文美的保險而加入「日本推理作家協會」。

總而言之，出席各式各樣的派對活動，結識作家或編輯以拓展人脈是有利無害的。

即使初期只有一家出版社與你往來，但責任編輯很可能向其他出版社的編輯引薦介紹，「這位是從我們這裡出道的○○先生（小姐）呢」。話說回來，與前輩作家交好，未定就能得到什麼好處。比如，就算你多麼受到前輩作家的賞識，你的作品入圍文學獎時，他絕不可能替你袒護說項。我之前就曾多次刷掉過與我熟識的作家的入圍作品呢。文學獎終究要選出最佳的作品，不能因為朋友私情而影響評選結果。

在聚會場合上與你認識的編輯通常客套地說：「那麼，我先拜讀您的大作。」然後向你遞出名片。在此，我要談談名片的重要性。作家應當有自己的名片嗎？我認為有名片來得好。因為當你與某編輯見面時，你只要遞上名片，對方就可能對你較有印象。因為在派對會場上，你和很多人碰面，僅只是點頭之交即轉身離去，約莫兩三天過後就忘乎所以了。不過，對方若有你的名片，屆時可回想你的臉孔和名片資料，較能留下深刻的印象。這編輯若興起「我來讀讀這個人的作品吧。」的想法，感覺「寫得還不錯嘛。」的話，他就會依循名片與你聯絡。你的寫作機會就是這樣產生出來的。

那麼，名片應該印上什麼資訊呢？我在作品的講評中（PC p.338）曾提到，故事主角拿著印有「作家」頭銜的名片的作法並不得體。我自己的名片上只印有姓名、住址和電話號碼。在作家之中，有的印上「日本推理作家協會會員」、「日本文藝家協會會員」或是「代表作○○○」等等。我認為不必這樣做，因為編輯收到這種名片反而認為「這有什麼好炫耀的嗎？」因此，名片上只要印上最基本的資料，姓名、聯絡方式和郵件帳號就足夠了。

不要拒絕邀稿

如果你終於等到編輯打電話向你邀稿了，你必須注意的是，「絕對不可拒絕邀稿」。編輯委託初次合作的作家寫稿時，以雜誌來說，多半希望你寫寫散文或是短篇小說。若是即期的篇幅，需要新進作家寫出一萬六千字左右，然而，最近許多年輕作家拒絕這種邀稿。甚至還說：「這種限定截稿日期的文章，我可寫不來呢！」

作家為雜誌撰文寫稿，必然就有截稿日期，編輯部門不可能為此開天窗，作家既然答應寫稿就得使命必達。當然，出於慎重起見，雜誌社都有「備用稿」的替代方案，但是雜誌社向你邀稿，當然希望收到你的文稿。所以，類似這樣的稿約，你絕對不可拒絕，更要拚寫如期交稿。

最重要的是，你要嚴守截稿日期。有的作家趕在截稿日迫在眼前時才會交稿，但他們多半是當紅的暢銷作家，正如我先前說的，小說雜誌的截稿日多所重疊，為三、四本雜誌寫稿的作家，就得在截稿日逼近時，全神貫注按照先後順序交稿。當然，截稿日較晚的雜誌，相對的收稿也較遲。這是莫可奈何的事，編輯也能理解只好等待。然而，新進作家必須注意，如果你總是趕在截稿日前才交稿，或是因此拖稿的話，出版社很可能從此「不向你邀稿了」。

如果有新手作家和我同樣為某雜誌寫稿，我的截稿日應該比前者多個十餘天。新手作家必須更早交稿，因為雜誌社尚不清楚新手作家能否如期完稿，而且交出的稿子或許需要潤改，編輯部自然得預留充裕的時間因應。

一本書是如何完成的

接下來，一本書到底是如何完成的？我們來了解成書的過程。以出版長篇小說為例，約略分為新寫的作品和連載的兩種方式。所謂新寫的作品就是作家寫完全稿之後，沒有發表直接交給編輯出書，連載小說則是配合截稿日，在報紙、週刊或月刊上等等，勤奮刻苦地寫著，累積到足以出書的篇幅再予出版。

以雜誌為例，每期刊登幾篇小說多少頁數都已預先規劃，由於刊登的稿子以每張四百字的稿紙計之，雜誌社按每張稿紙多少錢來支付稿費，所以都是特定對象的撰稿者。假設《小說 野性時代》最便宜的稿費是一張三千日圓，一本書的分量約需要四百張稿紙，連載結束的當下，雜誌社就需向作者支付一百二十萬日圓稿費。也就是說，在集結出版之前，角川書店已經支付了一百二十萬日圓的費用。因而無法幫出版社撈回成本的作家，絕對不可能受邀撰寫連載小說。

這樣一來，出版社委託新手作家寫書，當然希望以書稿完成後再予出版。這樣就不必先支付稿費，還說交稿後即可出書，卻沒有嚴格規定交稿時間，當然，你不可能拖拖拉拉寫個五年十載，這樣編輯早就把你忘在腦後了，而且要他們等候你這樣的拖稿大王，你說什麼也得不到第二次機會，因此，無論你寫作速度再慢，一年之內就得完成一本書稿。

其實，這種委託寫作的做法很不負責任。編輯可以向在座十二名學員邀稿寫書，如果你無法完成，當然到此為止；交出的稿子勘用的話，可找人改寫潤色。另外，他們允諾你寫出傑作來就予出版，但未必真的能夠出書。因為你若寫不出精采之作，只能被扔入垃圾桶，這完成看不出委託寫作的誠意。正因為如此，雜誌社才屢試不爽呢！

因此，當你們出道之後，受到雜誌社的邀稿，無論隨筆或短篇小說，都不要拒絕，務必如期交稿。若接到委託寫作的邀約，你都得在期限內寫出卓絕的作品。各位若能如此信守勵行，將來必能成為撰寫連載小說的作家。

在網路上連載

最近，在網路雜誌上連載的小說有增多的趨勢。的確，與紙本雜誌相比，其製作費便宜很多，這是很大的利基點。而且支付的稿費，也比紙本媒體的來得少。。所以，這種範圍廣泛多角化的經營，輕易獲得新手作家或輕小說寫手等，以及沒有機會在紙本雜誌上連載的寫手或各類型的稿子，在其網站上登台展秀。然而，對於暢銷書作家或者備受期待的作家來說，今後多半仍希望為紙本雜誌寫稿。實際上，我曾在「HOBO日刊ITOI新聞」[14]這個網站上連載《新宿鮫》的最新系列小說《愛的羈絆》。順帶一提，連載這部小說，該網站完全沒有付給我任何稿費。不過，考慮該網站是個有數百萬名讀者的電子媒體，最後仍達成協議，可是我不可能免費寫稿，因此稿費由出版單行本的光文社支付，我接受了此連載的邀約。

至於我為何在「HOBO日」網站上連載《新宿鮫》系列的最新作品呢？對熱愛推理小說的書迷而言，他們都知道《新宿鮫》的系列作品，正因為如此，很多讀者決定「不讀」這本小說，許多人有此未讀先厭的偏見，「《新宿鮫》？知道啊；我雖然沒有看過，可我不喜歡硬漢派小說。」抑或是，對於大澤在昌這位作家有某些印象，卻硬是認為「我不想讀它」、「無趣」等等。然而，隨著作家或小說系列的名聲越加響亮，都可能遇到這種情形。縱使被票選為年度最佳前十名的推理小說，也改拍成電影或連續劇，他們照樣堅決地拒讀。不過，我相信他們試讀之後，必定會覺得引人入勝，甚至自嘆應當更早些閱讀呢。我再三思考要如何方能引領他們進入我的小說世界，於是，採取了「在網路上連載，供免費閱讀」的策略。

14 「ほぼ（HOBO）日刊イトイ（ITOI）新聞」，簡稱「ほぼ（HOBO）日」，由系井重理於1998創立，內容豐富多樣，經常刊登名人專訪或連載文章，還自行開發商品販售。

網站「HOBO日」的讀者群，以三十歲的女性居多，這個階層多半很少閱讀硬漢派小說。該小說開始連載之後，我收到了一封讀者的電子郵件，「我喜歡看警察小說，一直以為《新宿鮫》是描寫黑道流氓的小說，原來它是警察故事的小說啊」。我驚訝地想，「咦？原來你不知道啊！」不過，那讀者又說「這小說非常有趣，我會讀下去」。像這樣的讀者每週有兩三萬人，他們必定閱讀我的小說。這些讀者多半是初次閱讀《新宿鮫》的作品，其中，某讀者還傳送電子郵件說，「我不知道《愛的羈絆》是《新宿鮫》的系列作品，最後我還找來《新宿鮫》的作品閱讀呢。」這意謂在將近一年的連載期間，該讀者已經讀完九本已出版的《新宿鮫》的系列作品了。我心想，當初我若不在網站上免費連載小說，就不可能開拓出這樣的讀者。

話說回來，諸如《新宿鮫》這般長壽又受好評的系列小說，不全然就是大發利市，如何扭轉不利的部分才是艱鉅的工程。以受歡迎又暢銷的作家為例，其讀者支持度可分為「持續增加」和「相對穩定」及「次第減少」的時期。《新宿鮫》的第一集是以新書型開本的方式發行的平裝本小說，初版印量三萬本，最後增刷到五十六萬本；至今，文庫本也銷路熱絡，已經超過五十萬本。整個系列（十集）作品的總發行量已超過了六百萬本。每集平均銷量約有六十萬本，這部系列作品堪稱是暢銷之作。實際上，能寫出銷量六十萬或百萬本的暢銷書作家屈指可數，但以日本的人口一億兩千萬人來看，應該還有更多潛在的讀者。

那麼，為何那些人不讀呢？或許各位也有好惡的作家，例如「我知道某某作家，但就是不讀他的作品」。說不定各位參加這個講座之前，「大澤在昌」也被你們列為拒讀的作家之一呢。總而言之，讀者若沒有遇到某個契機，就不可能去翻閱被其列入拒讀的作家的作品。毋寧說，剛出道的新手作家來得有機會，喜歡言情小說的人，看見書腰上標明「言情小說界的新星」，即使出自新手作家的作品，也想拿來翻看；喜歡推理小說的人，看到此作榮獲推理小說新銳小說獎保證「熱淚盈眶」的聳動性的文宣即大受吸引，很可能衝動地買下這本書。然而，決定「不看大澤在昌的小說」的人，書腰的文宣寫得精采萬分，絕對是不為所動的。

這就是資深和高知名度的作家必然遇到的難題，而要挽回這些「拒讀」的讀者的心意，若沒有如《推理要在晚餐後》那樣，具有強烈而震撼的社會議題，恐怕只能望眼興嘆了。這就是我在「HOBO日」網站上連載小說的用意。

讀者是重要的客户

你若能持續寫作，不久後，書稿就可印製成書。它不是自費出版，而是有規模的出版社為你印製的擺在書店販售的第一本書。這實在令人高興，它是你人生中的珍寶。

在此，各位必須牢記，正因為有許多人的辛勞付出，才有這本書的誕生。當然，作家寫得很辛苦，編輯為了書籍出版也勞心費神。但是，還不止於此，出版社製作部門的承辦員，還得考慮印書的紙張和封面設計和顏色，經過各種考量後，推算成本價格，定出每本書的訂價，計算銷售額的盈虧。換句話說，除了編輯以外，出版社還有很多人員為製作書本奔忙。例如，印刷廠、裝訂廠相關作業人員，還有把裝訂後的書籍配送到全國的經銷商。「東販」和「日販」是兩家著名的書籍總經銷，正因為有它們高效率的配送，《少年 JUMP》才得以從北到南，從北海道到沖繩，統合於星期一上架販售。

接下來，各位的作品終於可以在書店亮相了。書店發揮著重要的功能，沒有書店的平台，作家就沒飯可吃了。正因有書店為新書展示，那些與你素昧平生的人們，才有機會願意花錢購買各位的作品。

如果可以在書店舉辦簽書會，那真是再好不過了，出版社為你登刊報紙廣告「〇月 X 日紀伊國屋書店舉行□□老師的簽書會」，到時候讀者們拿著你的作品排隊等候。這是值得感恩的事情。當初我和北方謙三、內藤陳三個人在仙台舉辦簽書會的情景，至今我仍歷歷在目。那是我尚未寫出《新宿鮫》之前，北方先生剛嶄露頭角，連續入圍直木獎卻無緣上榜，內藤陳先生主持冒險小說協會，剛出版《不讀捨得死嗎？》（冒險小說）導覽手冊的時期。我們三個男人排坐在面對著仙台車站前的大馬路的書店前等候讀者賞光。不過，眼前的商店街裡人潮絡繹不絕，就是沒有人走來。最後，只好請穿制服的書店店員先來暖場，然後換上便服再來一次，同樣的班底輪流排了三趟，終於各自簽名了十本左右，過一會兒，店員拿起擴音器開始招攬客人，「入圍直木獎的作家北方謙三先生，現在正蒞臨新書簽名會的現場」（他不是落榜了嗎？）「還有硬漢派小說的旗手大澤在昌先生，」（北方先生悄聲地說：「你什麼時候變成旗手了！」）「昨天上過電視的內藤陳先生」……就在這時，一位大嬸駐足而立，接著往我快步走來，我心想，機會終於來了，便立刻做妥簽名的準備，大嬸卻劈頭問道：「不好意思，請問○○路怎麼走？」（笑）這是真實的趣聞呢。剛開始場面就是這麼冷清。

許多讀者會來參加簽書會。那些未曾謀面的讀者把你簽名過的書抱在胸前，向你朗聲地說「謝謝您」，這種真切感受到讀者群就在自己面前的踏實感，對於作家絕對是莫大的欣慰。換句話說，那些陌生的讀者願意花上一、兩千日圓，購買你的作品，還向你說「加油，我會繼續看你的書呢」，這帶給作家很大的勇氣和鼓舞。當然，也有作家擺出高姿態面對前來要求簽名的讀者。因此，我格外地留心注意，每次必定態度謙恭地因應。不只簽上我的署名，還題上對方的姓名，注視著對方的眼睛，問候幾句再予握手。若要求與我合照，我便立刻起身，與讀者並肩合照。若有一百個讀者要求，我就全部依示回應。若是之前來過簽書會的讀者，我旋即向他打聲招呼：「感謝您再次的捧場，謝謝您！」對初次參加的讀者則說：「我們好像在哪兒碰過面？真是讓您久等了！」這樣一來，至少讀者會覺得：「嗯，這個作家滿不錯的，下次可以看看他的小說。」這樣做絕不是討好讀者，而是對顧客的竭誠服務。能做到這個地步，才稱得上職業作家。

書籍即是商品。在編輯和作家之間稱為作品，只要擺上書店架台上，它便成為商品了。所以，花錢購買書籍的讀者，就是作家的顧客。正因為有這些客群的支持，我們作家才得以支付房屋貸款和子女的教育費。從這個角度來看，我們親切謙恭地服務讀者自是理所當然。相反地。被年輕讀者捧成「老師」的作家、其趾高氣揚的態度，絕對是最糟糕的示範。

在簽書會排隊的讀者當中，有些人容易手心冒汗，濕濕黏黏的。這是因為該讀者若是這作家的書迷，就會越覺得「啊！就快輪到我啦！」而緊張得冒汗。當我與這樣的讀者握手，便可感到「哇，緊張成這樣子啊！」但是我絕對不會露出厭惡的神情，抑或在對方的面前擦手，倘若對方感到惶恐，歉然地說：「對不起！」我則說：「沒關係的。」還是與他握手。在我看來，這是待客應有的禮儀。我走在路上的時候，也曾被索取簽名或要求握手。當時，我心想「快沒時間呢」，但是仍妥善的因應不讓對方失望。依我之見，這才是不折不扣的職業作家呢！

出版業的嚴峻現況

與本講座開始之時相比，目前出版業的情勢更加慘淡了。現在，出版尚無實績的新手作家的單行本，初版印刷四千本左右，每本定價一千八百日圓。以10%的版稅來算，作家可拿到七十二萬日圓。簡言之，費時一年寫成的作品，只換得七十二萬日圓。若運氣不佳無法再版，就僅止這樣的收入，這就是嚴酷的事實。

每家出版社對於印製成本和利潤所得的計算各有不同。例如，該書定價的65%為出版社的利潤所得，餘下的35%則由經銷商和書店分得。也就是說，出版社印製了一本一千八百日圓，首刷四千本的書之中，只拿到該書定價的65%的四百六十八萬日圓，其中還包括支付給作家的版稅七十二萬日圓，此外還有製作費、宣傳費、員工薪資、紙張費用、印刷費用、裝訂費用等等。所以，四千本全部銷售一空，出版社幾乎沒什麼賺頭。首刷銷售得火紅，要想多賺點利潤，至少得增印到四萬本之多。在現今的日本，單行本首刷四萬本的作家有幾人呢？頂多只有二十人左右吧。其他作家的初版印量多半從四千本開始，然後根據實績，以六千本、八千本、一萬本依序累加。許多直木獎的得獎作家，首刷印量也不過一萬本而已。這個業界就是如此慘烈。

各位既然想要成為作家，我期待各位的作品首刷印量就從兩萬本、三萬本、五萬本、十萬本印起。否則一年寫出一部長篇小說，只得版稅七十二萬日圓，根本養不活自己，這還是硬漢派小說的行情，現在正值時代小說之類，完稿後即出版文庫版的全盛時期，你面臨的情況更為嚴峻。以文庫版一本六百日圓算之，首刷一萬本換算版稅為六十萬日圓。我剛才提及的單行本版稅七十二萬日圓，若受到好評，兩、三年後出版文庫本，尚可收到文庫本的版稅，但完稿後即出版文庫本，所得只有六十萬日圓，而且僅此一次，沒有下回分曉。由此看來，現今以此寫作方式的作家何其之多啊，因為他們都沒能接到出版社委託寫書和在雜誌上連載的稿約。

那些讓出版社支付了稿費卻收不回成本的作家，幾乎得不到在雜誌上撰寫連載小說的稿約。出版社的立場是：「若是新寫成的作品，我們可以考慮幫你出書，只出版文庫本，而且版稅只有六十萬日圓，你若同意的話，請拿稿子過來吧！」從完稿後即出版文庫本起家現今最熱銷賺錢的作家，就屬時代小說家佐伯英泰先生了。他的小說首刷大約有二十萬本，一年寫上十冊左右，粗略估算下來，光是首刷和增印的版稅所得，一年將近兩億四千萬日圓左右。在日本，確實有如此收入豐渥的作家，不過，那僅適用於東野圭吾和佐伯英泰身上而已。各位看到這些數字，應該更明白以作家營生是何等艱辛啊！

印製書籍為先行投資

印製一本書需要很多費用。出版社發行一本一千八百日圓、首刷四千本的書，所得為四百六十八萬日圓，其中支付版稅或製作費用已經所剩無幾；而且四千本之中，有時候只賣出了八百本，可說是虧損慘重。既然如此，出版社為什麼要出書呢？因為若有暢銷作家崛起，他們便能收回成本。換言之，那名作家若能在首刷四千本單行本至出版文庫本的三年內獲得直木獎，屆時文庫版要賣個五萬本、十萬本，應該不成問題，這樣就可反虧為盈了。

出版書籍可說是成本難收的先行投資。因此，出版社採取這樣的方針，他們委託五十名新進作家寫書，只要其中一人雀屏中選，其他四十九人全軍覆沒也無從計較。所以，編輯說得多麼天花亂墜你都不能相信啊！編輯編製出版的書，縱使銷路糟糕透頂，亦不必擔負責任。有些情況是，編輯認為「這是本好書，卻很難銷售」，但還是出版發行，因為編輯是出版社的員工；他們重複這樣的事情，書籍滯銷，薪水照領，仍向作家邀稿和出書，出版後又賣不出去。作家可沒這麼好命，你的書甫一出版，答案立刻分曉，不暢銷就被斷絕往來。所以我說「作家是承包商」便是此意。

不過，若是做事認真的編輯，哪怕作家的作品初嘗敗績，他亦會讓你再「試寫三本看看」。如此鼓勵作家的編輯，他必須向出版社負責，各位務必全力配合這樣的編輯。話說回來，如果已出版了數本書，卻仍賣況低迷的話，編輯再有熱忱也使不上力，最後不得不向作家保持距離了。你們在聚會場合上碰面，他頂多隨便與你閒聊幾句便匆忙離去；作家淪落到這田地時是多麼淒慘啊！之前我已經說過：「比起作家尋求出道的機會，要持續筆耕不輟來得困難百倍。」我希望各位出道以後，仍努力不懈更加精進。

如何與媒體互動

假設各位出版的作品很幸運地博得好評，很可能就有來自媒體方面的邀約：「請接受女性偶像雜誌的訪問」、「請幫我們撰寫『作家近況』的隨筆。」或是「請上電視節目專訪」。

作家上電視受訪是個很難拿捏的問題。依我之見，新進作家當然要廣為亮相，偶爾上電視當特別來賓無妨，但當你成為暢銷書作家之後，盡可能別在電視上露臉為好。尤其不可當常態性的特別來賓。因為作家在電視上露臉以後，讀者似乎就不需閱讀其作品，很少有「我想看看那個上過電視的作家的書呢。」的想法。相反地，觀眾還認為：「看過他在節目上的談話，大概知道他的文化水準了，沒必要讀他的作品吧。」而且作家過度亮相，只會失去神秘感。更嚴重的是，讀者看到作家在節目中被藝人耍弄，很可能就此「（我）以為他是個傑出的小說家，真是令人失望啊」而遭來反效果。直白地說，那些經常在電視裡出現的作家，幾乎很少認真地投入在小說創作上。他們之所以上電視亮相，是因為自己的作品銷路不佳，只能靠電視通告餬口飯吃。各位必須了解，小說家就是以寫作小說維生。也就是說，無論你在電視上多麼出名，都得不到小說界的肯定。

不過，自己的作品被改拍成連續劇或電影，有時候也得給予某種程度的支援。儘管如此，在這種情況下，東野圭吾先生和宮部美幸小姐都堅決不現身。你若晉升到像他們那樣的地位，不現身才是明智之舉呢。我現在還是半紅不紫的作家，所以作品被改拍成電影，偶爾還是會若無其事地出現在記者會上。

如果你以作家的身分出道了，總覺得沒有亮眼的成績，覺得「我沒才華只能當藝人過活」的話，或者擔任電視名嘴也行。只是，你必須有心理準備，你若被電視圈拋棄，再也接不到小說的邀稿了。小說家孜孜不倦地工作，可以持續一輩子。不管到了幾歲，只要身體狀況尚可，作家沒有退休年齡的限制，只要稿約不斷，照樣可以持續做到八、九十歲高齡呢。反過來說，無論你多麼年輕充滿幹勁，沒有讀者購買你的書，就跟被開除沒有兩樣。作家是否遭到開除，全繫於眾多的讀者決定。進言之，只有「前」聯盟選手」或「前職業棒球選手」的頭銜，卻沒有「前作家」這個稱謂。因為只有現役作家，才能享有「作家」的封號。當你以寫作為業的時候被稱為作家，一旦輟筆離開這個行業，就不是「前作家」，只是「普通人」而已，等同於就此從社會上消失了。

不可好為「老師」

作家必須在某種程度上保有神祕感，這點至關重要。這是要讓讀者猜想：那名女作家是絕世美女嗎？那個男作家是否英俊瀟灑呢？然而，作家在電視上亮相的同時，讀者對他們的想像便隨之幻滅了。很可能引起是否「文如其人」的連鎖效應。因為在讀者看來，作家的作品及其風采必須相符得宜。若是「文如其人」，登上媒體亮相亦可獲得好評，反之若不符合期待，讀者就會離你遠去。

北方謙三先生是個硬漢派小說的名作家，備受推崇愛戴，因此不得不隨時維持「北方謙三」的好形象。他走入酒吧，說不出：「我口渴了，可以給一杯茶嗎？」，反而說著「給我純的波本酒」，然後一飲而盡，接著又得強說：「再來一杯！」他無論走到任何地方，都得掛好這塊「不愧是北方謙三」的作家招牌，真是辛苦啊！換言之，作家一旦「人如其文（公開露臉）」以後，就必須誠惶誠恐地維護這個形象，可是過於曝光又會帶來這樣的困擾。尤其現在第二頻道[15]和部落格等網站如此發達，你穿著運動服逛街的模樣，很快地即會被上傳披露，務必要提高警覺。在這之前，我完全不在意自己的裝束，穿著T恤和短褲在六本木附近走逛，當地的理髮店老闆說，「這街坊上的人，全認識老師您呢」，在那以後，我若不穿著正式點好像渾身不自在呢。

順帶一提，我絕對不要讓編輯稱我為「老師」。每次我總要再三提醒，「我不是大澤老師，請叫我大澤先生」。在我看來，被稱為「○○老師」而沾沾自喜的人，絕不是個好貨色，自我感覺良好而已。不過，在酒館或某店裡被稱為「老師」，你也無可奈何，它終於只是客氣的尊稱罷了。

15 日文為2ちゃんねる，是一個大型的日本網路論壇，多刊載八卦消息或攻擊性的貼文。

輕鬆看待網路評語

各位應該經常使用網際網路，因此有很多機會點閱與書籍相關的網站或第二頻道的貼文。不過，當你走上作家之路，最好不要瀏覽那樣的網站。因為在那些網站的貼文者，多半是以惡言攻訐、抹煞對方的成果，反襯自己多麼優異，或者自認為是小說專家的人。所以，新進作家不必在意網路上的任何評語，否則你可能因此煩悶寫不出東西。我偶爾也到第二頻道的版面逛逛，看看有關我的貼文，就被這樣批評：「大澤不行了」、「你真是蠢蛋，那傢伙原本就沒什麼才華嘛」、「只會對著○○○○拍馬屁才出名的吧。」諸如這類惡意攻擊的言論不勝枚舉，也不需負起文責。因此，各位少跟這樣的網站打交道。

當你成為職業作家出道以後，敢於當面向你嚴格建言的人會越來越少。編輯頂多只敢說「這部分好像有些微不足。」要不就說：「您的大作非常精采，請務必為敝社賜稿！」不過，你可別會錯意喔，你要經常謙卑地提醒自己，「自己尚需更上層樓」，還得更加努力才行，就算成為暢銷書作家，亦不可忘卻這個初衷。至今，連宮部美幸小姐都謙虛地說：「這次出版的小說要滯銷囉。」有此自我惕厲，她才能更發奮圖強使正在撰寫的作品更勝前作。對於作家而言，當自以為已經地位穩固，只要寫個幾本書，這輩子就能安穩度日的同時，正表示他自甘墮落了。各位必須抱持這樣的決心，每本作品都是自己畢生的最後力作，持之以恆地寫下去。

出道後的五本書決定勝負

在出道以後，你寫出的前五本著作至關重要。如果這五部作品沒能引起熱烈的矚目，這輩子要聲名鵲起就微乎其微了。以我為例，我連續出版了二十八本書，都只到初版沒有再刷，多虧那個年代的條件比較寬裕。換成現在的話，老早就被拋棄當不成作家了。確切地說，最初的五本著作，若是得到新銳小說獎之後出道，特別是得獎後完成的首部作品，將影響著作者的命運。

所謂的新銳小說獎得獎作品，是從幾百部投稿作品中選出來的佼佼者，編輯們知道它具有某種程度上的水準。而且作者以最佳故事為題材，費日耗時完成的作品，當然是完美之作。不過，得獎後的首部作品，是在時間受限和材料有限的情況下完成的，能否寫出多精采的內容備受大家矚目。倘若得獎後的首部作品失敗了，正表示這個作家沒有真本領。相反地，在有限的時間內、有限的材料下，寫出奇拔的作品，才稱得上是職業作家。「截稿日太緊迫，沒辦法好好創作」這樣的藉口，在職業作家裡是行不通。有截稿日和制約自是理所當然，在這過程中，作家還被要求發揮看家本領寫出卓越的作品來。

排放在書店裡的書籍不分資深作家與新銳作家。在這之中，有剛出道的新進作家得獎後的首部作品，還有五十年資歷的大師的新作，它們全部擺在書店裡販售，沒有所謂的高下之分。當然，書籍擺放在平台或是書櫃上，的確可能依擺放方式不同而產生差別，不過，就讀者拿在手中的書來說是完全平等的。例如：「那位作家經歷豐富而且筆力高超，我這樣的新進作家贏不了他呀。」像這樣的藉口是行不通的。毋寧說，小說界倒出現過這般見解：「這些年輕作家才華洋溢，當然能寫出與大師並駕齊驅的作品。」因此，你必須做好心理準備，最初的五本書將決定自己的命運，各位應當更埋頭苦幹。

各類文學獎的榮光

作家是份孤獨的職業。你會越來越不清楚自己的位階，不清楚在作家中排行第幾名。只有第一名最被看重，若問起：「現在日本文壇中，最暢銷的作家是誰？」，大家都知道「是東野圭吾先生」，卻不知道大澤在昌排名第幾。對於作家來說，不只書籍的銷路被拿來與之相較，其實作家的評價或地位無法簡單做比較。浪遊畫家山下清習慣套用軍隊的官階來思考事情，而作家就沒有如此便利的方針可循了。不過，這個行業自然而然就會講求論資排輩的位階，雖然各位尚未面臨這些話題，但仍可將此視為目標。在此，我稍微說明一下。

首先，你可以參加新銳小說獎。比如，日本恐怖小說大獎、橫溝正史獎或江戶川亂步獎等等，主辦徵文的出版社或團體都有各自不同的新銳小說獎。編輯或初審委員從公開投稿的參賽作品中，初閱後決定入圍名單，而後由評審委員選出當年度的最佳作品。

接著，假設你們很幸運地成為作家出道了，而且又有新作品誕生，之後還有其他的獎項等著。它們不是公開徵文，而是從已經出版的書籍中由編輯選出入圍作品。也就是說，在各位不知道的情況下，編輯們正在閱讀你們的作品，然後把它選入自家主辦的文學獎項中。很多作家都弄不清楚其中的運作機制。在前幾天，一個酒吧的老闆娘，看了芥川獎得主田中慎彌先生的記者會，劈頭便說：「自己去參加徵文比賽，好像很了不起似的。」其實，這是天大的誤會。芥川獎並非公開徵文，而是由對方逕自推甄作品。直木獎也是如此，包括為職業作家的作品設立的獎項。換言之，他們若不主動推甄你的作品，你永遠都得不到這個獎項。

依我之見，你若勤奮地持續寫作，必定有機會可獲得那些獎項。例如，有推理小說類、一般小說的獎項，包含其他小說類別的獎項等。在此，我簡要說明一下。

首先，在你出道後五年之內，有機會遇到由德間書店主辦的大藪春彥獎。它堪稱是推理小說類，尤以硬漢派小說、冒險小說類中最高水準的獎項，獎金高達五百萬日圓是所有頒給職業作家的文學獎中的最高金額。你若能獲得大藪獎，身為推理小說家，就是登上半邊天了。順帶一提，二〇一二年的得獎作品是沼田真帆香留的《百合心》。

在推理小說類獎項之後，還有日本推理作家協會獎。日本推理作家協會主辦的大獎，不是該協會的會員亦可能獲獎。這個獎項很特別，沒有來自出版社的奧援，獎金也不多，然而，對於推理小說家來說，獲得這個「推協獎」，絕對是個意義非凡的殊榮。以正統派推理小說為例，它們很難獲頒這樣的獎項，因為從追求文學性和刻劃人性的角度來看，對於這種重視謎團和巧局的推理小說向來評價很低。不過，日本推理作家協會獎做法不同，只要你的推理小說寫得足夠精采，就可能獲得這個殊榮。因此，它可是推理小說家們引領期盼的大獎呢。

與日本推理作家協會獎幾乎相同等級的，還有講談社主辦的吉川英治文學新銳小說獎。其收件不設限，包括推理小說、科幻小說或言情小說，各種類別的小說都可以入圍，若能得到這樣的獎項，作為作家才終於有「揚眉吐氣」的感覺。而我是以《新宿鮫》這部作品，同時獲得了日本推理作家協會獎和吉川英治文學新銳小說獎。這是二十一年前的舊事，我之前從未入圍文學獎，初次入圍得獎的即是吉川英治文學新銳小說獎。至今我仍清楚記得，這部作品獲得日本推理作家協會獎時，「大澤在昌這個作家開始走紅囉！」的切身感觸呢。

接下來，還有新潮社主辦的山本周五郎獎與角川書店主辦的山田風太郎獎，之後，下個目標就是直木獎了，這時候你可能時而入圍或時而落榜，而這就是直木獎的特色，眾所周知，該獎是由文藝春秋主辦的盛會。我剛才舉列全是娛樂小說類的獎項，其他還有純文學類的獎項——芥川獎、三島由紀夫獎、野間文藝新銳小說獎等等。我只知道娛樂小說類的情況，其他的獎項在此略過不談。

直木獎設有評審委員會，每年舉行兩次，分別於一月與七月公布得獎名單。其他的獎項每年一次，因此直木獎可說是（作家）最有機會獲得的獎項，也是最能引起社會關注的獎項，由此看見芥川獎和直木獎的特殊性。但對於作家而言，獲獎與否都有不同的意義和利弊。雖說獲得文學獎的作家並非特別卓越，但如果你出道以後尚能筆耕不輟，我仍希望各位保有「我終會拿下這個文學獎」的高昂鬥志。

其實，直木獎還不是最後的獎項。在直木獎之後，還有兩個娛樂小說類的獎項：分別是集英社的柴田鍊三郎獎和講談社的吉川英治文學獎。此外，還有泉鏡花獎、島清戀愛文學獎和新田次郎獎等等，地方政府團體主辦的獎項，其徵文辦法和評選偶有變動，我就說明到這裡。

直木獎之外的高峰

我談到這裡，相信各位已經明白，能戴上直木獎桂冠的作家並不多。雖說得到直木獎，可提升作家的知名度，但你必須知道它並非文學獎的最高峰。試想拿下直木獎即滿足，人生豈不是很無趣嗎？我三十七歲的時候，獲得直木獎，如果之後我失去人生目標，我大概也寫不下去了。相反地，你若認為將來尚有許多挑戰，要拿下某個獎項，就能更奮發圖強。請各位不要誤會，這並非是為了得獎而寫作，而是以拿下文學獎為自惕努力的目標，這兩者是截然不同的想法。

特別是直木獎，有些作家經歷數次入圍和落榜之後，便開始改變寫作策略，「這種寫法應當可博得評審的青睞吧」。在我看來，抱持這種心態絕對寫不出精采的小說。更糟糕的是，你還可能陷入為了獲得直木獎而耗盡精力卻不可自拔的泥淖中。於是想方設法，這次撰寫時代小說啦、溫情小說啦，或是推理小說等等，可當你終於得到該獎的時候，卻什麼都寫不出來了；從此失去何謂你應該執筆或真正想寫的初衷了。

最近這種情形已很少見，但約莫二十年前這種作家還滿多的呢。這算是直木獎功過利弊中的「弊」吧。試想（出版社）逕自推甄你的作品入圍，造成不小的騷動，還被評審諸多批評，最後卻榜上無名，任何作家都要生氣的。就算你得獎了，還得應付電視報導或報紙的採訪，讓你疲於奔命，所以，有些作家主動聲明「不接受提名」。我知道作家數次入圍為此忐忑不安而想作罷的心情，但我仍覺得應當接受入圍，以尋求得獎為目標。東野圭吾先生在各大某某獎多次鎩羽而歸，直木獎也五次落選，第六次才終於獲獎。因此，你必須有越挫越勇的精神，儘管評審說「我不想再看到你的名字了」，你照樣送上作品突圍而出。

順帶一提，有的作家還曾多達十次攻取直木獎未果呢。雖然那是十幾年前的事情，對於作家仍是痛苦難捱啊。現在，如果入圍五次都落榜，作家多半意興闌珊，出版社也不便再次推薦入圍。東野圭吾先生和宮部美幸小姐都是五次落榜，於第六次得獎，道尾秀介先生連續五次入圍，於第五次時得獎。儘管如此，他才三十多歲，正證明他年輕又才華橫溢。

話說回來，縱使沒有獲得文學獎，還是有很多傑出卓越的作家。但不可否認的是，確實有因是否獲得文學獎而形成作家等級的事實。不過，以前那種文藝界和政治性的因習已逐漸減少，只要你精實自己的作品，哪怕你是新進作家，出道才二、三年，同樣可以很快入圍直木獎。總而言之，各位已見識到何謂作家的本領，正處在只要寫出精采的作品即可得到迴響的年代，相反地，身為作家也必須自省，為什麼自己的作品多次沒能入圍文學獎，其中必有不足之處。

現在，或許各位還未能充分體會到這些話題的實在性。不過，當你出道後持續認真的寫作，必定會遇到這樣的問題。在我看來，新進作家若能獲得吉川英治文學新銳小說獎，他的寫作生涯從此大為改觀，因為拿下這個獎項，各方就開始注意你這個「深具潛力的作家」。編輯便考量著，「先留住這個作家，說不定我們出版社可以出版直木獎的得獎作品。」而你在出版社的待遇也將越受禮遇，編輯甚至還說「您為我們出版社寫書，我們一起攻取直木獎吧」。不過，我真想說各位可別「被那種話給騙倒呢！」（笑）但話說回來，編輯能夠出版獲獎的作品，如同拿到了獎杯，正證明他的眼光獨到。因為每個編輯幾乎都此抱負，他想跟才華橫溢的作家合作催生出獲得文學獎的精采之作。為你如此設想的編輯，如同把生命交付予你，你務必盡最大努力回報。

拿下直木獎之後，尚有高峰等待你的挑戰。我意思的是，「沒獲得直木獎也不必嘮叨」、「拿下直木獎也不許張狂」。也就是說，你若為此自傲就等同於止步不前了。你為此獎項悔恨和高興值得重視，但不可忘卻將來還有諸多難關，更重要的是，要持之以恆地寫下去。

今天的講座到此為止。接下來，我來解答各位的疑問，最後給個別學員提供寫作建言。

親自洽談投稿可能成功出書嗎？

貓咪 親自到出版社洽談投稿出書，應該具體注意那些事項？

大澤 關於作者親自洽談投稿，有的出版社接受有的並不受理。例如，講談社的「靡非斯托獎」[16]，編輯審閱被送過來的稿件，基本上以該獎項的形式予以出版。角川書店目前似乎都不受理親自投稿吧？接受這種方式的出版社已經不多，如果你的文稿尚佳，他們頂多這樣說，「這裡稍微潤改一下，請參加我們的〇〇新銳小說獎。」不過，貓咪小姐現在與其考慮這個問題，不如思考如何用此畢業作以單行本方式出道來得重要。

一般的娛樂小說類別中「高知名度」的新銳小說獎為何？

企鵝 老師之前曾提到「（新進作家）應以拿下高知名度的新銳小說獎出道」，推理小說就屬「江戶川亂步獎」，時代小說首推「松本清張獎」，請問其他還有「高知度」的一般娛樂小說的新銳小說獎嗎？

大澤 現在，還有小說昴新銳小說獎吧。這個獎項人才輩出，朝井遼的《聽說桐島退社了》，和不久前三崎亞記的《鄰鎮戰爭》都拿過這個獎項。最近，小說現代新銳小說獎或ALL讀物新銳小說獎等小說雜誌，也開始徵求不限類型的長篇作品，妳可以深入

16 靡非斯托斐勒斯（MEPHISTOPHELSES），簡稱靡非斯托（MEPHISTO）。這個來源於希伯來的名字原本含有撒謊者、作惡者、善的否定者和破壞者等意義。歌德的詩劇《浮士德》中的魔鬼。

了解一下。但是投稿這類的獎項，妳最大的競爭對手就屬時代小說了。因為那些出生於戰後嬰兒潮世代的寫手們，現在已快到退休年齡，知識和時間都相當充裕，寫出為數不少的時代小說，絕對是不易對付的強敵呢。從這個角度來看，以挖掘年輕世代的作品或青春小說而大受歡迎的小說昴新銳小說獎，可以說是「高知名度」的獎項了。

如何寫出「大眾喜愛」的作品？

貘獸 我苦惱著包括這次的畢業作在內以及出道前該寫些什麼樣的作品呢。作為文字工作者，應當如何看待和拿捏「暢銷書」、「容易吸引讀者」、「大眾化作品」的分寸呢？

大澤 所謂的「大眾喜愛」的作品是以大眾都可接受為目的而寫的，果真可以寫出這樣的作品，這個人不僅是天才，他必定還有奇思妙想吸引更多的讀者，有此高超的寫作技巧，不管寫什麼作品都能暢銷吧。據我看來，憨厚耿直自信地寫出你擅長的題材就是最好的作品。當然，有些作家的小說較為質樸，不易獲得讀者的青睞，但作家的價值不全然以最佳銷量來決定，有的是因為其文學獎作品受到好評，有的是從此贏得忠實書迷的支持；畢竟，違反自己的意志而寫，不可能寫出精采的作品來。唯有寫出自己擅長的和契合的東西，辛勤地持續寫作，才能奠定作家的地位。你必須寫出「只有這個作家方能寫出如此精采的小說」！相反地，你絕不能寫出「這種水準的作品滿街都是呢」，或者打如意算盤，「這個題材會暢銷些」、「這樣寫可增加讀者」就能奏效，但那些小說迷可沒這麼好騙呢。因此，小說的類型與暢銷與否沒有直接關係，貘獸先生應當努力寫出深具自己特色的作品來。

現在，正興起警察小說的熱潮，有些編輯會要求不賣座的作家寫警察小說，我反對如此作法，一直以來，各式各樣的小說類型都曾蔚為潮流。例如，科幻小說熱潮、硬漢派小說熱潮、正統派推理小說熱潮、警察小說熱潮……。不過，這並不是小說類型所掀起的熱潮。設若小說類型都能引領風騷，寫作此類型的小說家們，豈不是每本都暢銷嗎？事實並不是如此，而是碰巧有幾位特別傑出的作家寫出該類型的小說，由於高超的寫作技巧，才使得出現「警察小說又登上暢銷書排行榜啦」的這種現象。我必須提醒各位，並非凡是警察小說，就能暢銷長紅，而是只有深具實力的作家方能寫出精采的暢銷書。

作者需要主動寄送贈書嗎？

哈巴狗 自己的作品出版以後，必須贈書給報紙或雜誌等書評家嗎？

大澤 出版社會幫作者寄贈書籍，但即便寄送出去，未必就能得到評介。由於報紙副刊或週刊雜誌的書評專欄，都收到大量的來自各方的贈書，而且又嚴格規定一年之內不得連續報導同個作者的作品，因此新書被評介出來的機率很低。那些評論家或專業的書評家多半已決定欲評介的作品，因此你直接贈書給執筆者最具成效。出版社為增加新書的曝光率，都會主動寄書給各媒體，因此作者無需自行贈書。事實上，我每個月都收到許多各出版社寄來的、書內夾著寫上「敬請斧正」書籤的新書，作者寄來的贈書也不少。講談社則是將剛出版的平裝本小說全寄給我，但我真的騰不出時間閱讀。當然，哈巴狗小姐將來若成為職業作家出書了，應當本著良心贈我一本吧（笑）。

如何考量寫作路線的改變？

驢子 以推理小說出道的作家，寫了幾本推理小說之後，想轉而寫作其他類別的作品時，忠實的讀者很可能就此背離而去。作者應該如何衡量這個問題呢？

大澤 這是沒有辦法的事啊。你改變寫作路線，長久以來的讀者可能離你而去，出版社也可能婉拒，「敝社不出版那類型的書，請您到其他出版社洽談吧。」不過，有些作家因為堅持自己的信念而轉換寫作路線。北方謙三先生向來只寫作硬漢派小說，有時候寫時代小說，現在則投入與中國相關題材的寫作，試圖開拓各個類型的讀者群。在我看來，作家改變寫作路線，就是莫大的賭注，但自己若想做此改變，試做看看也無妨。接著，就是作家如何與編輯維繫良好的人際關係了。正如我前述的那樣，幾乎所有的編輯都希望自己合作的作家能夠飛黃騰達，問題在於，你是否有足夠的幸運遇上值得信靠又全力支持你寫作信念的編輯。

挑戰新銳小說獎的次數？

海豚 現今活躍在最前線的作家們，多半拿下過某些新銳小說獎而出道，他們大概在第幾次挑戰後才獲獎出道呢？

大澤 三次到五次左右吧。若需要挑戰五次才能獲得新銳小說獎次數未免有些偏高呢。我二十一歲的時候，生平第一次參加的徵文比賽是ALL讀物新銳小說獎，那次我挺進了決選。之後，又參加了小說現代新銳小說獎，但那次沒能進入複選，第三次參加了小說推理新銳小說獎，我是得到此獎之後出道的。所以大約三次吧。特別是對各位而言，我已傳授許多寫作技巧，你們參加三次都叩關失敗的話，即表示是沒指望了。我只能說各位根本沒有寫作的才華。正如我多次所說，得獎之後才是真正的試煉，在寫作這個行業裡，不論資深作家或新手，所有的作家都是競爭對手，許多老牌作家都沒凋零新銳作家卻不斷地湧現出來，而且得獎之後的挑戰要更加慘烈和嚴峻呢。因此，如果你挑戰了三次都沒成功，多半是你的作品有什麼問題，要不你也是眾多平庸的寫手之一。當然，如果從現在開始大量閱讀，磨練自己的筆力，三十年後出道也為時不遲……。

臨別贈言

最後，我想給每個學員提供寫作建言。

給**犰狳**　我覺得你是個意志堅定的人，你一直想寫出精采而溫暖人心的故事。在現今的時代，正需要這樣的作品。正因為如此，這樣的題材往往過於氾濫，而你不想落入俗套，因此才構想出如同〈三封信〉（PB p.299）裡，出現死者留信的題材。這篇小說很有話題性，但以小說技巧來說，過於平淡無奇。你應當更意識到小說的「特色」部分，思考既是好故事又有特色的作品。換句話說，這篇作品不是推理小說，而是尋常的故事，有如此的創意是很難得的，但它卻沒能給讀者帶來很大的震撼。所以你可考量調整部分的情節。我衷心期待犰狳先生將來創作出深具自己風格特色的小說，讓讀者稱讚「這個作家的小說，還蠻溫馨感人啊」。

給**白米**　我覺得妳的構思很有特色，近乎科幻小說，妳可以朝這方面尋找題材。例如，幻冬舍最近出版的《潛海》這部作品，它不全然是嚴格意義上的科幻小說，主角為深海探測船的女性研究員，該部作品談及女性的專業領域，同時也洋溢著科幻的色彩，妳可以參考這個類別的小說。

另外，我發現白米小姐在故事情節的架構上有點雜亂無章。我建議妳應當明確地規範自己，要多加意識到內文的起承轉合，妳的小說想向讀者傳達什麼，想帶給讀者什麼樣的感動和激昂的情感等等。這可以說是提升妳寫作技巧的最佳捷徑。

給**貓咪**　妳的問題在於，凡事「想要說明」，有時像是日本的說書先生般拿著摺扇猛敲桌面說「緊張緊張緊張，刺激刺激刺激」的激情演出。不過，這顯示出妳熱情四溢，有如此熱忱的人最適合當小說家了。

另外，妳必須練就到，更克制自己讓讀者焦灼萬分。換句話說，作者必須自我意識到如S（施虐者）那樣折磨讀者，不斷地拉攏引誘，等到讀者痛苦得無法忍受向妳求饒的時候，妳才終於揭曉答案（鬆手）；妳原本就想描寫壞女人興風作浪等方面的題材，若能充分運用這個技法，必定能寫出精采的作品來。

給**水母**　妳喜歡推理小說是吧。妳呈交的課題習作以懸疑推理的筆觸居多。然而，我覺得你在閱讀推理類小說方面嚴重不足，應當徹底地探究包括過去及其現代的推理小說的架構與布局，還希望妳至少能閱讀壹百本出色的推理小說。

當妳掌握推理小說的奧妙之後，就能運用自己的優勢構想故事了。雖說專寫公司女職員的題材未必對妳有利，但我相信妳可以把現代社會的職業婦女形象生動而逼真地表現出來。這就是妳的強項，希望妳好好發揮。此外，妳還必須注意，儘量別讓故事情節落入連續劇般的庸俗套路。

給**老虎**　我覺得妳的觀點很獨特，有著別人無法比擬的感性，或許妳自己沒有察覺出來，所以希望妳能充分發揮，看得出你現在還沒有找到寫作的方向。但妳不必過度在意。接下來，妳持續寫下幾部作品，就會漸漸找到方向，寫出在科幻或推理等類型之外深具自己特色的作品來。因為寫出深具自我特色的作品，比什麼都來得重要！現在最重要的是，妳要寫出更多的作品。說不定在妳投入畢業作的期間便能找到方向和目標，寫過幾部作品以後，便能更清楚自己的寫作特質了。屆時，就是老虎小姐正式迎戰的時候了。在面對正式挑戰時，希望妳充分發揮自己與眾不同的特質，豐富和深化妳的作品。

給**哈巴狗** 妳是這次講座的學員當中，最具寫作才華的學員，將來大有可為，不過，我發現妳似乎還有許多迷惘。剛開始，妳全寫些時代小說的內容，到了後半卻變成了現代故事。採取何種寫作風格，想表達什麼的內容都無所謂，但妳的問題在於，太拘泥於「好人」這個角色了。妳曾說過，正因為太了解「壞人」，所以更強烈地不予描寫。其實，沒必要把每個壞蛋都寫得罪大惡極。希望妳能夠了解，人性中原本就存在善與惡，而且人性是非常複雜的，不能只從表相上分辨其人的善惡，而正因為人性的複雜多變，才衍生出如此多糾結的故事來。而且，從來沒有哪部小說裡的人物性格都是一成不變的。閱讀小說的樂趣在於，妳從那個角度看到的是白色，但從其他角度看則是黑色，有的人物看似行事詭異，卻有善良的本性。這種說法很抽象，但我相信妳應當能夠理解。所以，妳絕不能把小說寫得單調而貧乏。當寫出更多的長篇小說，妳的技巧就會越來越熟練。

給波斯菊 妳似乎太拘泥於描寫家庭間的紛爭，妳若想寫作這樣的題材，就需要寫得深入才行，否則在描述各種事件的動機和構想故事的情節時，很容易淪為庸俗類型的套路。妳有能力挖掘出有趣的題材，可將那些素材先予留存，然後徹底地學習推理小說的技法，不要重複其他作家的題材，充分發揮自己的知識與經驗，創作出獨具魅力的作品。在我看來，妳不擅長寫作風格簡練的短篇小說，但推理小說就是以長篇見長，今後期待妳以長篇小說正式迎戰。當然，寫作長篇小說艱辛難熬，也得事先備妥資料，還得去蕪存菁咀嚼消化，但這不失為學習的機會。

給企鵝 我覺得妳太過於舉棋不定了。太在意要寫出結構完整的小說，可反而弄得失去了章法。其實，在招收這期講座的學員時，各位提出的作品當中，以妳的《家中的遊民》評價最高。我原以為在所有的學員之中，將來妳最有可能成為職業作家，可是隨著課程的進行，卻發現妳很容易裹足不前。因為妳的迷惘在小說中顯露了出來，太過在意別人的評價和眼光了。的確，在這個講座上，只有我和編輯以及妳自己讀過妳的作品，將來若以小說家出道之後，根本不必顧忌陌生人對妳的評語。就算妳寫了多麼丟人現眼的故事情節，任何人都不認為妳「真是糟糕的女人啊」。因為小說原本就是虛構出來的。要堅定地告訴自己：小說就是構想出來的。這樣才能自信地擴展故事內容，跳脫出原有的框架，不必為此感到羞恥。妳有信心吧？

給海豚　我覺得你也是可能成為職業作家的學員。然而，你有點聰明反被聰明誤，你沒有特地想耍些花招，但呈現出來的卻是那樣的效果，這可是個警訊。換言之，你沒有很嚴肅地看待小說寫作，寫作順利時還不成問題，一旦遭遇失敗卻可能無法挽回，你始終抱持這模稜兩可的心理。所以，今天我在講座上每次措辭嚴厲，看到你露出嚴肅的神情時，便在心裡「暗自叫好！」（笑）。像你這種性格的人，更需要態度嚴謹地寫作小說。越是嚴肅之對，越把自己逼到絕境，就越能寫出精采的作品。你要對自己成竹在胸！我再重複一次，你絕對是最可能脫穎而出的學員。不過，你也明白不管你比誰都早出道，並不代表當上職業作家之後，從此就能一帆風順。依我看來，當你出道已經數年，作家地位若得到穩固的話，偶爾趁機撒野倒無妨，但目前這個階段，你還是應該安分不可造次，毋忘你是個苦悶的投稿青年，孜孜不倦地寫下去吧。

給驢子　你很有書寫溫馨故事的才華，但就我看來，你交出的作品和喜歡的小說類型有點偏向於輕小說，若以此投稿至以成年讀者為主的小說獎項時，似乎很難發揮什麼積極的作用。當然，我不是說輕小說的暢銷作家，就不懂創作一般小說，也有作家從輕小說跨向一般小說的寫作，其作品亦很暢銷。換句話說，不是「輕小說＝不好」，而你想往哪個方向發展？選擇輕小說抑或一般小說？你必明確地做出抉擇。事實上，輕小說絕不是唾手可得的領域，今後的競爭將會更為激烈，大概很難出現像以前那樣的明星作家了。況且你能否在那領域存活下來，都是未知數呢。此外，隨著你的年齡漸長，你還得面臨能否繼續待在輕小說領域裡的挑戰。各種小說有各自的體例，如果你決定寫作一般小說，就必須從頭自我評估。至於往哪個方向，全由你自己決定。希望你慎審的考慮。

給**鱷魚** 我覺得你有很多不自覺的偏見想法，或許是因為你還年輕的緣故，在你的作品中，有好幾個地方看得出你無法調和自我幻想與現實世界的衝突與隔閡。今後，你要大量地閱讀，累積更多生活經驗，就越能更符合實際狀況地看待事情，儘管如此，你亦不可被現實生活荼毒而失去了豐富的想像力。總之，你必須保有純真和與人在濁世的態度。你還是個社會新鮮人吧？當你開始工作以後，很多看法就會跟隨改變。然後不斷地把它內化為自己的養分。對你來說，現在最重要的是，你必須隨時冷靜看待目前的你和以作家身分審視自己的你，而不有所偏頗。你在工作的期間，自然會發現有趣的素材或精采的橋段，將來依然可以成為前途看好的作家。你正青春煥發，在座的十二個人當中，就屬你時間最充裕的了。我已經說過好多遍，太早出道可要吃足苦頭呢，所以你不必焦急，務必從容而踏實地鍛鍊自己。

給**貘獸** 對於你來說，律師這個職業就是你最佳的利器。與鱷魚先生的情況相反，你的社會閱歷相當豐富，而這正是小說素材的寶庫。不過，我看完你的作品發現，我不得不說你似乎沒有充分發揮這樣的利器。換言之，不管食材多好，若調理方式不佳，絕不可能烹飪出美味的料理。我知道律師的工作很辛苦，要同時兼職寫作小說很難兩全其美。雖說律師的差事繁重，但小說家寫稿同樣不輕鬆，相信各位都明白，抱持姑且試之，總有辦法度過的態度，絕對無法成事的。你若決定從事小說創作，就必須更嚴格地自我要求，如同對律師面對「這樣下去，恐怕無法勝訴啊」的嚴峻態度投入小說寫作。將來你若寫出更多長篇作品，必定能充分發揮你的優勢，並驚訝地發現原來深具自己特色的題材就在自己的跟前呢。

課程的尾聲

在最後的堂課上，我要向各位傳達的是，要成為職業作家並不容易，你當上職業作家以後，還有很多艱辛的挑戰等待著。你要刻苦自求、把自己逼入絕境，朝更大的難關勇敢進發，並且相信前方還有更大的挑戰，卻依然能夠持續創作。當你使出百分百的力氣寫作，下次就能寫出120%的作品，只有拚到極限邊緣都想寫作的人，下一扇門才可能為他開啟。只有超越這個境界的作家，才得以在專業寫作的世界打出活血通道來。我說得有點豪言壯語似的，但正因為這是我親身經歷過的險難，所以我敢在此斷言。

各位想成為職業作家而參加這次的講座，並且接受了為期一年的課程，我已竭盡所能的傳授自己的看家本領，因此我有絕對的自信，所有精采的寫作技巧全部傳授給各位了，今後如果有類似的講座邀約，我也沒有打算接受。這次的講座內容將發行單行本，如果讀了這本書，等同於學到和課堂上的相同內容。

看書的讀者和各位最大的不同在於，各位全部的作品皆經由我審閱過，例如我做這樣的提點，「你這裡缺乏修辭；你的優點在這裡」這種評析性的事情，平常是很少見的，恐怕今後也沒機會了，我不是故意要說各位很幸運，只是希望別浪費了這次學習的經驗。當有人批評「你寫得真差呀」，絕對不要重蹈覆轍，而對你多所肯定的地方，你就更多加努力發揮出來。在此，我衷心期待你們要充分掌握住自己的特色（利器），發揮你最傑出的長處寫出精采的作品來。

這一年來，辛苦各位學員了，謝謝！大家繼續努力！

第二部

PART TWO

學員作品評析

Memo

Practice A

寫出結局「逆轉」的故事

四十張稿紙（一萬六千字）[17] 以內

17 日本寫作習慣以稿紙計算，一張稿紙為400字。四十張稿紙大約是一萬六千字內。以日文字數跟中文字數比例換算，這個練習大約是一萬兩千字左右的寫作練習。

何謂過度敘述與合理性

大澤　我來講評這次給各位的習作主題「逆轉」，希望透過這樣的解說，讓各位明白何謂寫作的「規則」。此外，它還包括是否讓讀者感到「合理性」的問題，換言之，它亦是一種規範。請各位牢記這個要點。

那麼，我先從貓咪小姐的〈雲海情歌　谷汲巡禮之觀音驚夢記〉開始講評。

《〈雲海情歌・谷汲巡禮之觀音驚夢記〉內容概要》

朽木為了拍攝美偶特輯，前往拜訪住在京都山寺上的比丘尼人偶工藝師春香和人偶那由他。春香一直以來都把來此造訪的男子殺害並製成人偶。但事實上，朽木也是以姦屍為樂的殺人魔。當天晚上，朽木正要侵襲春香之際，原本就是人偶的那由他卻無法動作。但最後的結局是，春香在飯裡摻毒殺死了朽木，並把他製成了人偶。

貓咪　數年前，我在於大阪舉辦的「人偶與松本三郎展」中看到了谷汲觀音像，我被它那令人毛骨悚然卻又妖艷動人，且無法分辨是男是女的魔力吸引，因而立即寫了幾篇小說。所以這次就以觀音像為題材，寫了關於姐弟戀的故事。這也是我喜歡的類型。

大澤　貓咪小姐的作品正提供給我們許多材料來思考「寫作的規則」以及「人物對話」的問題。首先，妳描寫攝影師朽木因拍攝美偶專輯而拜訪了人偶工藝師同時也是比丘尼的春香的場景，在小說開篇的地方，朽木問道：「咦，寺院的廚房深處好像有一個大型冰箱。其他弟子是否暫住在這裡呢？」。這就是所謂的「說明性的對話」。其實，妳只需要寫「好大的冰箱呀！」即可。另外，初次造訪的外客不會講到「廚房深處」這麼深入的話題。隨後又寫到「這邊種著相當罕見的花草呀！」，這也是非常說明性的措辭，因為一般人不大可能乍看下即分辨出庭院的花草是否罕見。

這裡的「冰箱」與「花草」，其實是結局逆轉的伏筆，但這兩個伏筆太顯而易見了。特別是「花草」這部分，隨後比丘尼春香緊接著回答「在這裡都是野生的藥草呢」，讀到這裡，我就看出故事的結局了。

妳有過多說明的習慣，希望讓故事很快發展下去，所以在讀者尚未知道小說的情節之前，妳就先行預告了。這好比看電影的時候，看過該片的人不停在你耳邊說「誒誒，壞人馬上就要出現了！」一樣，讀者會有受到「叨擾」的反感。要學會如何寫得「恰到好處」。特別像是「聽說她不只年輕貌美有社會地位，而且好像很有財力」以及「呵呵。我啊，其實根本不姓朽木呢。只是假借攝影師之名自印名片罷了。本名叫做鈴木太郎。信不信由你就是啦，呵呵。」，這根本就是妳的文字調性呢（笑）。故事發展至此，讀者已經知道男子是來殺這比丘尼的，但妳之後又複述寫道：「朽木是危險的騙子。」，「對鈴木來說，春香只是拿來玩樂隨之丟棄的人偶。」「鈴木的臉上寫著『我當外科醫生就是為了割開人體哪』。」「鈴木是個殘暴的精神變態者。」等，最後甚至還自言自語「我是一個慈悲為懷的人。所以並不會活活割你。……」。妳不覺得越是這樣描寫，那男子的恐怖程度就越弱嗎?寫到這裡,比起恐怖,男子的形象更接近滑稽吧。要多加留意過度說明和言多必失的問題。如此一來,不但可以精簡篇幅,讓故事更加緊湊,恐怖感和驚奇詫異亦會更體現出來。

此外,妳的作品還有違反常理性敘述的弊病。故事的主敘者——那由他,其實是個人偶。嚴格來說,人偶不會說話和行動,但在春香與人偶的對話場面中,你可以安排或解釋成他們彼此在對話,抑或談完後為此擔憂等等。但你自認為人偶可以自行走動,豈不是違反常理嗎?例如,一開始攝影家來訪的場面:

從我(亦即男偶)的角度看不到朽木。於是,我歪著頭試圖窺視他。

以及(朽木)要侵襲春香之際,

我往前踏出的右腳突然僵住了,半步也跨不出去。左腳彷彿被釘在地板上似的,全身像是捆綁住似的無法動彈了。這是怎麼回事啊!

由人偶來敘述現場的狀況很突兀吧?

貓咪 我把它設定成這人偶「忘記」自己的身分了……!

大澤 就算一時忘記,在那之後它與春香調情愛撫的情景站得住腳嗎?假如敘述者(人偶)自認為可以如同真人那樣自由行動,讀者也會這樣覺得,但之後妳再向讀者說,其實是人偶「忘記自己的身分了」,這樣等於在弄耍讀者!在作品的世界裡,妳可以讓人偶思考或是對話，但到處自由行動就犯規了！那麼，「人偶忘記自己的身分」這件事呢？我覺得這也是犯規。如果把它改寫成：主角深知自己是人偶，「很想搭救春香，卻無能為力，為此而深感自責」的話，就不算踩線犯規了。

這篇作品的結局是，敘述者原來是個人偶，以及試圖行兇的朽木（鈴木）最後反而被殺害，這勉強算是情節的逆轉，但是春香下毒殺人，然後將屍體存入冰箱中的布局，一開始就已經露餡了。在這次的習作中，你充分發揮出擅長的內心獨白，筆下的春香的形象寫得很生動，後半的情欲描寫也很精采。今後必須注意，行文不可過度敘述，人物角色要符合常理的規範。

大澤講師評析

故事△人物◯文筆╳對話╳創意．技巧△

為平凡的素材注入活力

大澤　接下來是驢子先生的作品〈好想你〉，請你說明作品的梗概。

《〈好想你〉的內容概要》

初美拜訪了寄賀年卡給丈夫的寄件人，賀年卡上只寫著「好想你」。寄件人是一位五十歲左右的女性，名叫「小雪」。二十年前，小雪與年僅十三歲的優斗發生了肉體關係，甚至還論及婚嫁，強迫初美與優斗分手，初美因而激動地衝出了小雪的家裡，但（初美收到賀年卡的時候）其實優斗已經過世了。這時候，初美不自覺地呢喃「好想你」。

驢子 這件事情是我聽來的：一名妻子無意間發現了一張寄給丈夫的賀年卡，上面寫著「好想你」，還標示前往自家的路線等等，我覺得這個題材很好，於是把它寫成了小說，但就是想不出精采的結局，上次請教老師之後，我才終於決定把「（初美的）丈夫其實早已死亡」作為結局。

大澤 的確，這結局也只能這樣安排，坦白說，讀到最後我沒有任何的感動。這故事本身很不錯，但是情節平淡無奇。妻子偷讀了寄給丈夫，並且寫著「好想你」的賀年卡。丈夫已經不在人世，但妻子仍然深深愛著丈夫，因而懷疑自己丈夫「該不會在外面有女人」，於是前去探訪該寄件人。結果發現對方是一位名叫相澤雪的女人，丈夫十三歲的時候，她就住在附近，當時是個家庭主婦……。我覺得你若能更細膩地描寫小雪的瘋狂行徑，這作品應該會更有張力。現在這種寫法，讀來像是一名住在凌亂家中的獨居老太婆的故事。例如，你可以描寫主角離開之際，小雪卻喃喃自語著什麼，這讓主角原以為小雪說的全是與青少年時期的丈夫之間的情感糾葛，但這讓主角不得不起疑，說不定不久前他們還在偷情？抑或，設定主角的丈夫並非是病亡，而是死於交通事故中，甚至懷疑或暗示丈夫可能是偷情之後，返回住家途中發生車禍的？小說的情節需要轉折起伏，我希望你把這種不寒而慄或恐怖的氛圍表現出來。

在這篇作品中，只出現兩個人物，一個遺孀和一位老婦，故事題材也極其平凡，描寫妻子懷疑丈夫外遇和獨居老人的故事。如果要以如此平凡的題材創作小說，你必須放入些獨特的元素，否則作品格局無法擴展開來。事件起因於丈夫在少年時期因為給小狗餵食巧克力不慎造成小狗的死亡，但這罪惡感卻讓丈夫與飼主小雪之間的互動更密切了；這是個令人辛酸不捨的故事，但是也僅只如此。你上次的作品描寫某個老師的變態行徑，我覺得你這次的作品更應當加入那種荒謬、惡意、恐怖和瘋狂的成份。正因為出場人物全是尋常百姓，那些使壞作惡和恐怖的氣氛才能更震撼每個讀者。這次，我沒有給你×，看似給予很高的評價，但你的缺點在於，故事太過於平板規矩，下次務必要克服這些缺點，構想出全新的作品來。

大澤講師評析

故事△人物△文筆○對話△創意．技巧△

如何突顯人物角色的特質

大澤 接下來，請老虎小姐簡略說明〈飢餓的兄弟和吹笛男子〉的作品。

《〈飢餓的兄弟和吹笛男子〉內容概要》

就讀小學的兩兄弟「遙人」和「拓」每天都到朋友家打擾，並在朋友家用餐。這是因為他們生長在單親家庭，母親工作繁忙收入少的關係。而且他們也很害怕母親的前男友——有暴力傾向的「碓井」。有一天，在朋友家接受款待時，突然發現有一名男子等著他們。遙人張皇萬分以為是碓井，原來是擔心他們兄弟倆安危的兒福中心職員。

老虎 老師授課時曾提及「壞人其實是好人」的比喻，我心想人物本身的變化，是否也使情節「逆轉」，便寫了這樣的故事。

大澤 這篇作品把他們兄弟倆的形象描寫得非常生動。哥哥遙人和弟弟拓兩人，明明沒被邀請卻謊稱「受到邀請」，大搖大擺地去朋友和同學家做客，想方設法騙飽一餐。這實在是令人鼻酸和同情。這篇作品成功描寫了小孩們為了活下去，無奈耍弄心機的心理狀態。這讓讀者看了之後認為「如果真有這種小孩，真是太可憐了」，甚至想斥罵「他們父母到底在做什麼呀，根本不負責任嘛！」的衝動。你的選材和驢子先生相同，都是日常生活中的題材，但可以把這對「挨餓的兄弟」描繪地如此唯妙唯肖，對你來說是個很大的進步。

不過，結尾的部分稍顯薄弱些。「壞人其實是好人」，也就是乍看下如壞人的男子，其實是兒福中心的職員，他來調查家長是否疏於照顧小孩。你是這樣設定結局的，你親自到過兒福中心了解狀況過嗎？

老虎 有稍微查了一下。

大澤 兒福中心的職員可能平時會調查學校的狀況，但現今社會中，個人資訊是很敏感的問題，該職員應該不致於到小孩的朋友家或是鄰居家打聽狀況。因為萬一沒查到疏於照顧小孩的確證，反而有可能被家長提告「散播謠言」。所以我的感覺是，「去朋友家找尋兩兄弟的面惡的吹笛男子，其實是兒福中心派來的白馬王子！」這種大翻盤的結局太過牽強了。你的優點在於將兄弟倆描寫得形象具體，缺點是結尾不夠精采。你沒能在故事中把角色發揮得淋漓盡致，實在令人惋惜。

大澤講師評析

故事△人物◯文筆△對話△創意．技巧×

情節設定不可自相矛盾

大澤 接下來是〈蘿蔔計程車〉。海豚先生，麻煩你。

《〈蘿蔔計程車〉的內容概要》

小栗純是個放棄演員夢想的計程車司機。因為工作太無趣而以「單側輪胎滑行特技」來嚇唬乘客發洩情緒。一天，一個看似有錢的女性上車了。阿純一如往常說明了之後，該女性反而回答他「你就那樣開吧」。阿純拒絕之後，卻被該女臭罵一頓。其實那位女性是阿純的女友「由佳」的姊姊。因為擔心妹妹而想給阿純一點教訓。

海豚　大澤老師說，有些情況不必「顛倒過來」，而是「逆轉」，所以我就自行判斷不在最後一行公布精巧的騙局，反而希望可以在文中穿插些小驚奇，讓讀者驚訝到：「原來這裡是個伏筆呀！」

大澤　簡單來說，就是「以嚇人為樂的主角最後反被嚇」的劇情啊。寫得真好！主角小栗純是位計程車司機，為了打發時間以捉弄客人為樂。儘管從日常生活中取材，但這個創意非常有趣。你將這位名叫純的駕駛描繪得很傳神，不論是他令人啼笑皆非的行為，或是那種天真呆傻卻又無法控制自尊心的個性，都描寫得唯妙唯肖。不過，他沒有認出「由佳」的姊姊喬裝上車是有點違反常理的。因為她姊姊是女演員，又是公眾人物，很容易就會受到注目的吧。而且雖然她姊姊要求他「以單側輪胎行駛」而讓他倉皇失措，但一般乘客或許也有人覺得新奇而這樣要求吧。從這個角度來看，你應該想出更刺激的特技才行。不過，或許單輪行駛就已經是極限了吧（笑）。

另外，由佳和她姊姊應該不知道阿純的玩笑吧。開頭這樣寫：「如果由佳知道阿純對客人做這種無聊的事，應該會憤怒地瞪著他說：『居然以捉弄客人為樂，你到底在想什麼！』吧。」，所以由佳應該不知道這件事。果真這樣的話，那最後結局講到「姊妹知道阿純對乘客做這種捉弄行為，反而聯合起來對阿純設下圈套」，這個設定就有點矛盾了。這次情景設定和結局有待加強。

話雖如此，前面是這樣描寫的：

他雙手托在方向盤上撐著下巴。

好無聊呀—

坐在駕駛坐上的小栗純呆望著停在前方的計程車。

在方向盤下方的煞車踏板附近，他脫下右腳的橡皮鞋，用右腳腳趾用力地戳揉左腳腳底。他最近因為感覺快得香港腳了，所以沒有穿襪子。

（中略）

等待攬客的計程車大排長龍，但上車的客人卻寥寥無幾。阿純已經空等了將近一小時。玩魔物獵人之類的遊戲時，時間過得如此之快，但為何現在時間又像慢郎中似地遲遲不肯走呢。時間這種東西，根本就是生物吧。而且是壞心眼的生物，以捉弄人們為生存意義的生物。如果是這樣的話，

說不定我可以理解時間的心情呢—

這個段落的文字很有張力，足以把讀者們拉進該小說的世界裡。這篇作品把阿純傻笨的模樣描寫得很出色，缺點是結尾的力道不夠，以及阿純認不出女友姊姊違反常理。

大澤講師評析

故事△人物○文筆○對話○創意．技巧△

符合常理的描述

大澤 接下來是〈不為人知的復仇〉。水母小姐，麻煩妳。

《〈不為人知的復仇〉內容概要》

真弓是辦公室資訊設備製造公司的業務員，其業績向來領先群雄，但眼看第一名寶座就要被自己的後進純子和前男友柴田超越，心中非常焦急。這時候，突然有大筆訂單進來，但卻被柴田的現任女友，同時也是行政助理的小綾搶走。然而，其實這一切都是真弓及其妹妹純子所策畫的。由於洽商對象是個詐欺犯，後來柴田也被警方視為共犯。

水母 我任職的公司都會將「員工解雇通知書」刊載在公司的網站首頁上，我看到之後，就有了這次作品的靈感。

大澤 我在剛開始的講評中，已經說明過何謂寫作的「規則」。這次，妳的作品與第二項規則，也就是合理性有很大關聯。

首先，妳作品中的敘述觀點過於混亂。這是妳特意為之的，但通篇可見其他人物的視點混入其中，抑或是中途改變，敘述的觀點混淆不清。這樣非常糟糕。若不克服這弊病將來很難成為職業作家，請仔細聽取我的講評。

第一節以辦公室資訊設備公司的業務員真弓的視點開始，第二節視點則轉為真弓的後進純子，緊接著第三節寫道「『真弓前輩，昨天我等妳很久呀！』／吃完午餐後，小綾被數位男性員工包圍著走了回來。她看見剛跑業務回來的真弓，發出了撒嬌的聲音。」這是以誰的視點寫的呢？

水母　我當時是想用真弓的視點來寫。

大澤　如果是那樣的話，應該要寫成「真弓跑業務回來之後，小綾剛好吃完午餐回來，在多名男性員工的簇擁下，發出撒嬌的聲音問道。」。不然讀者會以為這是小綾的視點。此外，第三節末段這樣寫道：

真弓的嘴角露出一抹微笑，語畢便不回座直接離開了辦公室。小綾則是全程目送著真弓的背影。

這裡頗奇怪的。如果是真弓的視點，真弓是絕對無法察覺小綾從後注視著自己的。這種寫法是說不通的。

之後第四節的部分，妳是以「下午兩點一到，真弓便離開去做簡報。」開頭的，所以這裡是小綾的視點對吧？然後接下來第五節的開頭：「幾個小時之後，小綾所擔心的事情真的發生了。」這又是誰的視點呢？

水母　真弓的視點。

大澤　如果是這樣，那「小綾所擔心的事情真的發生了。」就顯得相當奇怪，而且之後「純子不知如何是好，開始失去了鎮定。」這種論斷也不太妙。設若是以真弓的視點來寫的話，應該寫成「純子臉上露出不安的神情，看似不知如何是好」之類的，必須是以真弓眼中看到的純子進行論述。此外，進入回憶過去的場面時，「純子勉強擠出了幾句話……」和「被這麼一說，純子想起了三週前發生的事。」所呈現出來的視點完全從真弓轉移到了純子身上。這裡視點相當地混亂。

而且這個場景的描寫有很嚴重的問題。這裡主要是敘述純子搶奪真弓老客戶的來龍去脈，其中談及真弓與純子其實為同夥的，一切都是為了要報復舊情人兼業務競爭對手的柴田以及小綾所設下的圈套。因此真弓與純子搶客戶的橋段其實都是演出來的。但如果就單純以文字敘述成「真弓不停發動攻勢，而惱怒的純子狠狠地瞪了回去。」的話，只會讓讀者覺得兩人的爭吵是真有其事。這就是不尊重讀者的感受，等同於欺騙行為。如果想將兩人的爭吵以演戲的方式呈現，就不該用說明性的方式，而應當完全透過對話來呈現。如此一來，就算讀者後來發現兩人的爭吵純屬套招，也不會認為被餬弄了。到頭來，視點的混亂也關涉到讀者感受的問題。簡言之，不尊重「讀者的感受」的作品，是不可能得到好評的，切記絕不可犯下這種錯誤。

這篇作品還有一個缺點。那就是故事的後半段——真弓與純子已經準備要設局陷害柴田和小綾的場面，第九節的最後如此寫著：

一開始覺得事有蹊蹺的倉橋和石井，也因柴田對人的親和力，不自覺地陷入其巧妙的推銷話術中。回程時柴田已經成了 A 貿易公司的承辦員了。

這裡描寫柴田成功籠絡原本是真弓客戶的倉橋和石井，然後從真弓手中搶走 A 貿易公司合約的始末。對讀者來說，這應該是最高潮迭起的場面。小說的核心就在於此，但妳卻只用了幾行就交代過去。其重要性若用雲霄飛車來比喻，就像車廂緩緩爬升至最高處的過程，沒有比這樣草草結束更令人感到可惜的了。

另外，倉橋與石井其實是詐財騙子，而且是真弓的朋友。但這裡完全沒有交代他們的背景，而在結局處突然揭開謎底「他們其實是詐欺犯！」這樣讀者只會認為「這作者太隨興了吧」。只有將他們描寫成正派的生意人，並細緻地描述柴田如何逢迎他們，讀者才會覺得柴田是個壞傢伙，進而支持真弓，若沒有讓讀者產生這種情感，最後的結局逆轉就完全沒有作用了。

不過妳沒有這樣做，而是從第十節開始到最後的三頁中，一口氣將所有的謎底揭開，然後總結性地和盤托出：其實，當時柴田與小綾交往中；其實，真弓與純子是親姊妹；其實，倉橋與石井是詐騙份子；其實這一切都是為了報復柴田與小綾的陷阱……等等。這樣一來，我們不禁要問：「之前的九頁到底是做何用處呢？」儘管重讀一遍可以理解故事始末，但這篇小說第九節之前的內容中，幾乎找不到有意義的線索。反而將小說中必須呈現給讀者看的場面，僅以三頁的篇幅就交代過去。這是一個很嚴重的問題。以後寫作的時候，要注意哪些場面不須寫，而哪些場面該寫。若不知道哪些場面該寫，寫完之後再斟酌刪除也行。

在故事結尾所說明的詐騙錢財的情狀，也讓人頓時像衝到了斷崖旁。假設非得在小說的最後冗長地向讀者揭開所有謎底，這篇小說就是失敗之作了。這篇作品第十二節最後是以『「你還好嗎？喂！你振作點呀！」／小綾拚命搖著柴田的身體，而柴田則是眼神空洞地注視著地板。』結束的。我認為其實在前面就該設下伏筆，讓讀者了解真弓和純子是姊妹，以及最後的合約亦是詐欺手段。這篇作品的優點在於試圖逆轉結局的構想，缺點是人物視點紊亂和情節缺乏合理性。

我說得嚴厲些，這已經是妳第三次的作品了，請注意這些我指出的缺點和行文習慣，下次寫作時不可再犯同樣的錯誤。

大澤講師評析

故事△人物×文筆×對話△創意．技巧×

如何從周遭汲取寫作素材

大澤　接下來是哈巴狗小姐的〈黃昏女王〉，麻煩妳。

《〈黃昏女王〉的內容概要》

一群愛狗人士總會在公園聚集，但他們養的其中一隻狗被毒死了。嫌犯是一位女性，過去在愛狗圈內很具領導性。新的女性會長為了保護自己的愛犬，而殺了嫌犯的愛犬。但此舉也讓她失去了自己愛犬及其他狗狗的信任。聽完這個故事，我也決定要坦承自己的罪行，因為太渴望父親的關愛，而將父親遺體封存在冰箱中。

哈巴狗　這是我第一次挑戰懸疑小說，也放入了一些令人反感的角色。很遺憾嫌犯寫得太好猜了，另外像是「報應不是從外部降臨，反而是從自己身邊開始」，這個出乎意料的結局沒把伏筆埋好也很可惜。

大澤　坦白說我有點意外，之前妳都寫時代小說，現在卻在寫現代小說，但我覺得這篇〈黃昏女王〉可說是前半部六件作品中最出色的。

首先，妳將愛狗人士圈內的生態描寫得相當成功。包括像是在公園遛狗的愛狗人士們所形成的小團體，以及裡頭有如老大般主宰一切大小事情的大嬸，還有彼此以愛犬名字加上媽媽——像是「Riu 媽媽」「Pu 媽媽」等來稱呼彼此的習慣，這些對於像我這種沒養狗的讀者來說都會有種驚奇感——「什麼！居然有這樣的族群生態。」

短篇小說往往都會從身邊就地取材，重要的是：如何挑選「讀者可能沒接觸過的」

題材。特別是「誰都聽過，但對於其秘辛及細節並不是那麼熟悉」的主題就是最有趣的素材，醫院就是最典型的例子。大家都去過醫院，但醫院外部的人很難有機會了解醫院裡會發生什麼事。愛狗人士的世界也正屬於這種範疇。大家常看到遛狗的人士，但除非本身是愛狗人士，不然不會知道他們的人際關係，也不會了解他們如何稱呼彼此。這樣來看，〈黃昏女王〉對於四十張稿紙篇幅限制下的短篇小說而言，我覺得題材選得恰到好處。

不過，我有兩點不解之處。首先，「馬龍媽媽」為了報復離開自己的同好而毒死其狗這點。就算是為了復仇，一個愛狗的人會接二連三殺死無辜的狗兒嗎？我覺得這裡有點寫太過頭了。

第二點是關於主角對自己父親的感情。就算父女間感情不好，我還是不懂為何要將父親的遺體冰在冰箱中。父親又不是女兒殺的，而且就算女兒違反父親的期望而感受不到父愛，將父親的遺體冰凍起來算是復仇嗎？

哈巴狗　也是有復仇的目的，但主要是想將父親的笑容永遠留在身邊。

大澤　若是那樣，你應該要將主角的心境刻繪得更細緻些。「雖然父親刻意疏遠我，但我最喜歡父親了。父親生前很少對我笑過，所以希望可以將父親臨終的溫柔笑容一直留在身邊。」要將主角這種複雜的心情描繪地更清楚，才能將視點人物的內心深處傳達出來。整體來看，這是前六位學員作品中最有獨創性的作品。

大澤講師評析

故事△人物◯文筆◯對話◯創意·技巧◯

充實短篇小說的內容

大澤　接下來是後六位學員截稿的作品。首先，請犰狳先生簡介你的〈剛佐與老師〉。

《〈佐與老師〉內容概要》

我和女兒在公園中遇到了一位牽著大狗的老人。問了名字後老人冷冷地回答「剛佐」。我女兒非常喜歡那隻狗，但後來聽說剛佐死於交通意外。不過，在那之後女兒說還看見過剛佐。我去確認後發現，牽著大狗的是老人的兒子，而剛佐其實是那名老人的名字。

犰狳　參加這個講座之後，我重新問了自己：「到底該寫什麼好？又應該寫些什麼？」得到的結論是：「回到原點吧！」原本我喜歡的小說就偏向《歐·亨利短篇集》這類的故事，所以也想寫這種「日常生活中不經意的認知差異所衍生出來的趣事」，並製造出故事的餘韻。這次我也嘗試運用了「意在言外」的技巧。

大澤　在你的作品當中，我認為這次的〈剛佐與老師〉寫的最好。故事是以父親的口吻描寫自己與女兒間相處的場景，在常去的公園中與遛狗老人相遇的過程，以及女兒一直以為剛佐是那隻大狗的名字，結果最後發現其實是失智老人的名字。我覺得情節布局很好，但有幾個地方有待商榷。

首先，雖然你將女兒的年紀設定為四，五歲左右，而將對話全寫成平假名：「因為我想做彎曲身體的練習嘛！」「要全力衝刺跑去池邊喔！」「把拔你真是欠缺運動。」等等。但事實上根本不需要這樣。因為父母聽小孩講話不是這樣認知的，而且如果都以平假名標示，反而可能讓讀者覺得你故意在玩弄小朋友。

另外，正如我一直告訴你的，第四頁結束前的這句：

沒想到後來會以這種方式得知事實。

以第一人稱敘述的時候，這種「對未來的假設」並不適合。

這篇的情節安排並不差。不過，前半部分應該將家人的日常生活和親子間的互動寫得更仔細些。例如，小孩因為不小心走岔路而嚎啕大哭的場面。透過增加這種「份外的場面描寫」，會讓最後「剛佐其實是老人的名字」這個意外結局更有力量。這個寫法就是故意將作品的主軸——誤解」的部分隱藏起來。在這種設定之下，讀者就會產生小小的疑問：公園中遇見的老人及其愛犬為何某天突然消失了？後半部主要是在解開這個謎團，但在「過世的不是狗而是老人」這個結局前的敘述太短促了。你要多描寫家人相處的場景，最好可以加入些與狗有關的小插曲，最後再寫從老奶奶口中得知真相，這樣才是形式圓滿的小說。由於後半部太急著完工，讀來反而像是在描寫小說的故事梗概。就算是短篇小說，都應當在解謎和結局部分多下功夫。

大澤講師評析

故事○人物△文筆○對話△創意．技巧○

明確區分出場人物的意圖

大澤 接下來是波斯菊學員的〈幸福真的會公平地降臨在每個人身上嗎？〉。

《〈幸福真能公平地降臨在每個人身上嗎？〉內容概要》

加耶的丈夫——雨宮是運輸公司的社長。有一次，他錄用了來歷不明的阿川當司機。加耶心生懷疑於是調查了阿川的背景，結果發現原來阿川是雨宮的父親與情婦生下的私生子。阿川為了報復雨宮決定綁架加耶。最後，雨宮接受了阿川開的條件而交出了所有財產。

波斯菊 為了克服視點混亂的問題，我這次又挑戰用第一人稱寫作。只是感覺塞入了太多內容而導致整個結構不夠完善。

大澤 大致說來，妳本身對於每個出場人物的行動和意圖也不是很清楚吧。這次的出場人物包括主角——同時也是視點人物的加耶，加耶的丈夫雨宮，丈夫的司機阿川，以及加耶的摯友紗枝。首先，這裡有個前提，加耶並不信任阿川。例如，文中寫道：「我為了保護丈夫，佯裝相信阿川的謊言。」但隨後又寫：當阿川告訴加耶其丈夫在外偷情，情婦就是自己的好友——紗枝，而且紗枝已經懷有丈夫的孩子時，加耶心想：「要不要找紗枝問個清楚呢？但她想到若果屬實，便沒勇氣追問了。」這樣描寫加耶為此倉皇不安是不合理的。另外，又寫到丈夫和阿川其實是小學同學，儘管請人調查了阿川的來歷，但沒查出任何有用的資訊。這裡也顯得有違常理。文中寫著「我決定徹底地調查阿川。……。但報告內容證實，他過去沒有惹事也沒有任何犯罪紀錄。阿川與丈夫間沒有任何交集。」但事實上，徵信社一開始最先調查的就是（對方的）成長背景和學歷。因此，這個故事在這時間點上就站不住腳了。還有，紗枝與加耶談過之後，她分明是外行人卻馬上就查出丈夫和阿川的母校，這也有些不自然。確切地說，這是因為妳深陷在自己想像的故事中而沒有察覺出來。

這篇作品最大的敗筆在於，本身也沒弄清楚每個出場人物心中有什麼盤算，又分別採取了什麼行動。妳為什麼沒辦法把女主角與可疑的員工阿川，以及好友紗枝之間的糾葛關係生動地寫出來呢？

我們考慮一下現實生活。現在這個時間點上，有十幾個人在這間教室裡。大家看似都專心聽課，但事實上每個人都想著完全不同的事情，理解和感受方式也不盡相同。但是身為小說家，就必須同時掌握住這些出場人物的想法。

不只波斯菊小姐而已，其實很多業餘作家在描寫主角的想法時，往往沒注意其他登場人物的動作。以電影為例，好像除了螢幕上的人物以外，其他人物都被定格住了。但現實上並非如此。若不意識到每個出場人物的意圖和動作，寫出來的故事只會令人讀得滿頭霧水而已。

妳自己可能沒意識到，妳的作品似乎傾向於描寫家庭問題。家人間的關係原本就比較親密，如果還刻意使之複雜化，那自己也有可能深陷其中。這點要特別留意。不過，從開頭（加耶）被綁架監禁到回憶的情節，以及最後試圖營造皆大歡喜的結局，妳表現得很好。

大澤講師評析

故事×人物△文筆△對話△創意．技巧○

長篇小說的最佳題材

大澤 接下來是鱷魚先生的〈某個世界〉，請到前面來。

《〈某個世界〉內容概要》

丹地居住的世界裡，人們都具備宇宙觀念和通訊能力。而將這些能力發揚光大的班貝格家族因此具有獨特地位。但丹地和羅莎就是無法成功與外界通訊。羅莎在圖書館遇見丹地後，慢慢地接觸了他的純真，於是對外聲明宇宙概念事實上並不存在。班貝格家族承認這點是事實並要求她不得張揚。

鱷魚　這次突然有個點子，想寫關於「大家公認的常識事實上只是誤會一場」的故事。在這個設定下我思考如何安排角色，以及建構整個世界觀。但寫著寫著就超過篇幅限制了，所以又開始刪掉多餘的場面，人物個性也交代不完全，最後有一種隨意安排情節的感覺。

大澤　這篇小說是本次作品中場面規模最大的故事。故事本身主題很大，也涵蓋了一些哲學思想。不過，我想你也注意到了，你的寫作技巧還無法駕馭這種規模的小說。因此讀起來令人非常吃力。雖說如此，你試圖建構一般人在日常生活中不予探討的未知世界，這種挑戰精神是很可貴的。這可說是你的長處，但由於你還年輕只能靠想像來寫故事，這點也會是你的短處。不過，同樣都是靠想像寫故事，就如同我剛剛跟波斯菊與企鵝說的那樣，比起只局限在腦中構思，不如寫出大格局的故事而失敗要好得多。不管是家庭故事也好，背叛的故事也罷，希望你可以寫出「觀點獨特」令人驚艷的作品，反正都要失敗，不如向更大的格局挑戰吧！

你的問題在於，文筆與修辭技巧都不夠純熟。例如，一開始描寫約翰・高德菲利特・龐別爾克時，你是這樣寫的：「另一方面，肌艷外表就如青年般年輕，眼睛附近的輪廓很深，也有著銳利的眼神。他既老練又勇猛，是一位極端複雜的人物。」但是「極端複雜」是用來形容人的內在心性和個性，只需要寫「他既老練又勇猛」就夠了。堆疊太多辭藻反而會讓人看不懂。另外，同一頁中也寫著：「授課的老師說了聲再見之後，就踏著輕快的步伐走出教室。他是位年輕的男老師。」對敘述者來說，一開始就知道他是年輕的男老師，應該不必再特別說明吧。出場人物中有位個性剛烈的女性叫羅莎，這種角色很常出現在輕小說當中，我覺得你把這個人物特色詮釋得很好。

這篇小說以「大家深信不疑的『宇宙觀念』事實上根本不存在，但正因為發現這個秘密的人裝做不知情，世界和平才得以維持。」的結論收尾。如果要將這個情節寫成小說的話，我想還是得花好幾百頁的篇幅才能交代清楚吧。我很欣賞你的挑戰精神，但這個故事要寫成四十張稿紙內的短篇小說，確實有很大的難度。

大澤講師評析

故事△人物◯文筆×對話△創意・技巧◯

如何巧妙地埋下伏筆

接下來我們來看最後一篇作品。這是海豚先生的第二篇作品〈平安！〉

《〈平安！〉內容概要》

就讀高中的奈菜來到了警察局。母親聰子身懷鉅款出門時碰上了飛車搶劫，死命抵抗的結果是身上受了傷。但奈菜來警局的目的是想看母親狼狽的模樣。她生長在單親家庭中，與守財奴似的母親的關係向來不睦。但其實母親聰子想保護的並不是錢，而是那一支手機——裡面有女兒唯一一張微笑的照片。

海豚 自從我聽到有兩次截稿時間，我就決定「要交好作品來」。這一次，我寫的時候特別留意上次老師傳授的人物刻劃與對話的技巧。

大澤 你應該很有信心吧。你這次的作品寫得相當出色。伏筆的運用也是這次作品當中最高明的。一開始的情節是：主角奈菜向來都認為與母親最快樂的回憶，就是以前母女在退潮時去海邊撿貝殼的時光。而好巧不巧，母親為了奪回留有當時那張照片的手機，誓死抵抗飛車強盜犯而受了傷。開頭的部分寫得很好。在警察局的走廊上，只有民生安防課的中年刑警與奈菜對話。在這種狀況下，藉由他們二人的對話，母女間的生活點滴便如實地浮現出來。你把這位高中女生奈菜的角色描繪得很傳神。

平常穿高中制服的時候，我也都穿著超短的裙子。腰間部分若摺太多次，整條百褶裙就會皺巴巴的，所以我都往內摺並繫上皮帶。反正，我總是想方設法要露出自己的腿部。

這部分你描寫得很生動，甚至讓我擔心你到底是從哪裡得到這些知識的。另外，你描寫松木刑警買給奈菜的罐裝「果粒柳橙汁」，以及運用小工具都很純熟，故事的節奏掌控得相當好。文中還寫道：奈菜儘管在心裡不斷咒罵松木刑警是個「狗娘養的條子」，但還是中了松木的計謀一直與之對話。另外，當另一位偵訊母親的刑警出現，並告訴奈菜其實她母親要從歹徒手上奪回的不是錢，而是那支存有女兒唯一一張微笑照片的手機時，她不經意地笑了出來。當松木帶著揶揄的口吻問她：「喂！妳這是難過的笑容，還是開心的笑容呀？」時，「其實她心中很想怒嗆，你煩不煩人啊！臭警察！這我怎麼會知道！但最後還是沒能說出來。」以此收尾寫得很好。如果篇幅更長些，就會是一本催人淚下的好小說了。我認為這篇作品具備著各種使讀者感動的要素。

大澤講師評析

故事○人物○文筆○對話○創意．技巧△

■總評

如何安排伏筆

大家埋伏筆的方法，使用伏筆的方法都還是不夠純熟。要在哪個段落埋下伏筆呢？最簡單的方法，就是在很多地方埋同一個伏筆。綜觀整篇作品，首先先在開頭埋下一個，然後是大概過了三分之一的地方，過了一半的地方，倒數三分之一的地方，全部都埋下伏筆。之後到了推敲文字的階段，再留下最好的一處並刪去剩餘的就好了。我認為這可能是埋下伏筆的最佳方法。不過，我本來就是不事先構想情節，想什麼就寫什麼的人，所以也都是不自覺地灑下伏筆。伏筆分成會使用的伏筆與不使用的伏筆。所謂不使用的伏筆，指的是讀者會自動忽略的伏筆，換句話說，就是看似伏筆卻沒有伏筆的功用。這種伏筆事後刪掉就好了。我也一直都是這樣做的。

如果考慮到新銳小說獎委員會的評選方式，同樣是結局大逆轉的作品，伏筆明確的作品與完全沒有伏筆的作品相比，評審會較青睞前者。就算伏筆埋得不好，至少可以看出作者有心想要這麼做，要刪也是隨時可以刪。相反地，事後想再加上伏筆可就是難上加難了。如果有適合當伏筆的文句，那就先放進文中吧。這次的作品中，也有伏筆太多而提前洩漏結局的作品，但那與其說是伏筆的問題，倒不如說是故事的結構太簡單好猜，而導致結局提前被猜中吧。

也有些作品儘管情節布局不那麼單調，但因為沒有伏筆而導致最後的結局設定不成功。請大家記得：沒有伏筆的大逆轉不會受到好評的。

創作新奇的故事

這次的作品幾乎都有：故事未看先知、世界觀平凡、中途就可猜出故事發展等缺點。也不是說家庭故事或是職場故事就不可行，也沒有叫大家要像鱷魚先生一樣寫出那麼大場面的故事。只希望大家在想到寫作創意時，先合理懷疑：「這樣的故事，是不是已經有人寫過了？」要先自我懷疑是否有類似的電視劇拍過，或是在哪邊看過類似的故事。就像〈黃昏女王〉那篇一樣，請大家寫小說時尋找會讓讀者驚嘆「原來愛狗人士的世界是這樣子的呀」的題材。「寫沒看過的故事」是一件很困難的事，可能也有人覺得沒看過的故事怎麼可能創作得出來。但我希望來此聽課的各位，將「創作沒看過的故事」當做前提，來思考嶄新的故事。這就是所謂的「創新」。

創新是教不出來的

在這次講座當中，我跟各位介紹了許多主題，包括如何以第一人稱撰寫故事，人物塑形，對話文章的寫法等等，但唯一沒辦法教給各位的就是「創新」。我沒辦法將創意直接交付給各位，也沒辦法叫某個學員寫科幻小說，而另一個學員寫時代小說。大家只能憑藉自己腦中既有的題材加以創作。而容納題材的智庫越小，能寫的故事規模就越小。

那麼，該如何擴充自己的智庫呢？我已經重複過很多次，你必須大量的閱讀才行。

Practice B

寫出「你最想寫的故事」

五十張稿紙（二萬字）以內

適合故事描述的人稱

大澤 接下來我開始講評。今天就以作品提交的順序，首先是哈巴狗小姐的〈請告訴我的英雄〉

《〈請告訴我的英雄〉內容概要》

高藤八廣是一棟舊公寓的房東兼管理員。他每個月都為了向問題頻出的房客收取房租而四處奔波。其中，三〇一室的村田家好像不僅債台高築，還丟下自己的小孩不管。八廣本身也是受虐兒，從小在孤兒院中長大，後來他與其他居民聯手成功地救出小孩，並將公寓改建成兒童養育中心。

哈巴狗 我以前做過租借管理的工作，所以這次把當時發生的經歷寫進小說裡。上次問過老師是否可以使用《假面超人》中主角人物的名字，聽了老師建議之後，我決定自創人物的名稱。關於父母疏於照顧小孩的部分，寫作之前我稍微做了查證。

大澤 妳的寫作能力非常穩定，這次的作品也寫得不錯。特別是開頭之處，妳用硬漢派小說的寫實筆觸，描繪了公寓管理員這種看似輕鬆，實際上很吃力的工作情景，行文幽默逗趣，寫得很生動。妳在結局安排主角將公寓改建成兒童養育中心，儘管有點像是漫畫的劇情但也還好。不過，為了讓妳之後可以更上層樓，我這次講評要說點重話。

這篇作品妳是以第一人稱寫的，但妳曾想過用第三人稱寫它嗎？妳把主角設定成從小遭遇到父母冷落對待的角色，但可惜的是，妳對於主角的經歷和細節並沒有太多著墨，這就是這小說的缺點。妳若能在故事中適時地回顧主角的不幸經歷或痛苦的往事，並與眼前發生的少年被棄養的事件巧妙聯結的話，整個故事張力將會更強大，亦能帶給讀者更多的感動。但以第一人稱切入，故事氛圍就會凝重不前，讓妳寫來較感吃力。在我看來，如果以第三人稱來寫妳就以更客觀地描寫主角的心路歷程了。

大澤講師評析

故事△人物◯文筆◯對話◯創意．技巧◯

何謂恰如其分的內容

大澤 接下來是貓咪小姐的作品〈曼珠沙華般的女人〉，麻煩妳。

《〈曼珠沙華般的女人〉內容概要》

齋藤一是個刀法高超足可與沖田總司抗衡的男子。他在上京的途中，巧遇了名叫蔦的妖豔女子，蔦說他們正要去討伐侵襲的逆賊，詢問齋藤一是否願意當賭徒老大——幸藏的保鑣。但後來齋藤一被下藥，並被施加酷刑。他咒罵著冷笑不已的蔦。當天晚上，蔦幫助他逃脫，而且並肩討伐幸藏。他猶豫著是否要斬殺蔦，最後獨自往京城的方向走去。

貓咪 我先前寫過類似新撰組[18]的長篇小說，所以這次就想試寫齋藤一的故事。雖然在時代紀年上有點出入，但幸藏這號人物，確實真有其人。或許齋藤一的經歷沒這麼慘烈，但我寫得很開心。

大澤 很可惜地，妳過度說明的壞習慣又犯了。不過，並非所有部分都是如此，有些該突顯的卻著墨太少，整篇的行文敘述很不協調。

比方說，齋藤一被陷害而遭逼供的場面。「儘管齋藤滿身大汗，但他仍心想（我豈能認輸呢！）而忍住不發出哀嚎。」，之後又寫道「江戶町奉行所施行的刑訊手段，從輕到重包含鞭打、石壓拷問、蝦狀刑罰以及吊身毒打四種……」，但實際上看不出齋藤是受到哪種酷刑的折磨。

貓咪 一剛開始，我有提及「他被吊了起來」，所以我原本就設定為「吊身毒打」啦。

大澤 那麼，妳應該寫更仔細些，像是「咻咻響起的竹條嵌入了齋藤的軀體」，或是「挨打處浮出了一棱棱腫起的血痕，慢慢地滲出血來了。」、「痛徹心扉的感覺劃過全身。」之類的描述是不可或缺的，但妳從頭到尾只用敘述的口吻描寫齋藤的心理狀態。至於齋藤嚐到什麼樣的痛苦，妳若沒有細緻地傳達給讀者，讀者就無法理解「每當快要昏厥，又會被那強烈的痛覺硬生生地拉回現實世界中。」的切身之痛了。正因為這正是故事中的精采場面，不應該只是這樣輕描淡寫。

---

18 日本幕府末期，幕府為加強京都市警備區而組織的浪士隊（編外軍隊）文久三年（一八六四年）成立，從屬於京都守護職松平容保，實權由近藤勇、土方歲三等人掌握，鎮壓尊皇攘夷派。

小說後半有問題的段落就更多啦。例如，「齋藤對著來歷不明的蔦的邪思歹念怒喊，『你這傢伙到底是什麼樣的女人啊！』」，這時候的齋藤應該沒有餘力去思考「蔦的邪思歹念」吧。另外「『居然以折磨男人為樂，……。妳根本是連鬼神都倒退三步的超級怪物吧！妳給我記住。我一定會斬了妳，連同幸藏一起！』」都是過於囉嗦的寫法。頂多撇下一句「我絕不饒妳！」，之後的「蔦是一名連惡名昭彰的幸藏都對付不了，有著恐怖怪癖的女人。」以及「太恐怖了。真是可怕的女人。但我之所以迷戀上妳，是因為妳那種『不知何時在對手背後插刀』的莫名恐懼感使然。」這都跟漫畫沒什麼兩樣了。妳行文的毛病在於，描述過度和不必要的對白太多了。

再往下看，設局陷害齋藤的蔦反而來營救齋藤，並對他說「你真是遇上了無妄之災呀。現在他（沖田）的手下多半都出去幫他送那件物品了，我們趁留守人數不多快溜吧。」聽了這段話後，齋藤對於這突如其來的變化先是感到困惑，然後恍然大悟。「抱歉！剛才我對妳說了不該說的話。我是愚蠢之徒，居然將妳為了救我而編造的謊言當真了。」到此齋藤做出這樣的結論未免稍嫌太早？一般人可能認為「這該不會又是陷阱」吧。而當齋藤懷疑蔦的意圖而說出「妳想做什麼？」「我不會再受妳的騙了」等說法時，蔦又該如何應對呢？因為蔦原本就想利用齋藤將幸藏一幫人趕盡殺絕。可是，若沒有展現出對話攻防的場面，讀者很難體會蔦那難以名狀的恐怖。而蔦只要隨便說：「對不起，俠士。剛剛你雖然說了那些不得體的話，但如果你也去對付幸藏的話，恐怕連你也會被砍死的呀。現在還是跟我一起逃走吧！」照理說，齋藤應該這樣回答：「不，那樣我無法接受。」簡言之，我希望妳可以把蔦這種因熟知齋藤的性格而步步設陷的惡毒形象描繪出來。但妳卻這樣描述：齋藤就這樣答應：「好！我就斬了他們。我要殺光幸藏一家！」

從標題也看得出來，妳是想在這個故事中描寫「蔦這個壞女人」吧。然而，在文中齋藤擅自理解蔦的話語而加速情節的發展，其結果反而沒有突顯出蔦這個人物的性格，實在令人可惜啊。妳在描寫上應該層次分明些，例如，在齋藤受苦的場面中應該多所著墨，細緻地呈現出蔦的詭詐與工於心計。其結果就是，齋藤完全聽從蔦的擺布。另外，蔦的目的動機也寫得不明確。例如，她想搶錢之後逃之夭夭等等，若沒有足夠的理由，單單殺了幸藏一群惡徒，還不足以襯托出其壞女人的形象。就如同（「學會以第一人稱敘事」的習作中妳所提交的作品）〈岸和田神轎繞境狂歡會！〉中的性感女老大，或是在〈雲海情歌　谷汲巡禮之觀音驚夢記〉中的恐怖比丘尼等等，我想妳應該是喜歡描寫壞女人吧。今後，妳若想繼續寫這類的人物角色，務必要寫出自己獨有的特色來。

雖然妳在拷問的情景與蔦幫助齋藤脫逃的場景中寫得不夠深入，但從妳之前的作品中看來，妳在武打和情色方面的描寫相當出色。不過，在性愛場面的描寫上，可能是受到太多男性作家的影響。其實，妳可以運用女性的觀點，將女人的淫蕩和狡詐描寫得更生動，這樣就能讓讀者更貼近妳的作品。我相信妳做得到這一點。

在這次的作品中，妳過之或不及的地方都有。這比純粹寫太多還麻煩，因為過度描述之後再刪除即可。要做到篇幅控制得宜，妳必須站在讀者的角度去讀、去寫。否則妳就算寫再多，也很難受到好評。這次妳的老毛病又犯了，所以我打的分數低了些。

大澤講師評析

故事△人物×文筆△對話×創意．技巧△

人物生動的效果

大澤　接下來是犰狳先生的作品〈三封信〉，麻煩你。

《〈三封信〉內容概要》

幸太的愛妻——恭子因病去世，留下了三封信。收件者是他們在卡通人偶服裝店打工時的同伴。他們倆也是在那裡認識的。當時，幸太向穿著人偶裝的恭子表白愛意。其中兩封信順利送交，但第三封的收件人尚美拒絕收取。那封信中寫著「謝謝」幾個字。

其實當年幸太坦情之告的人偶裡頭，不是恭子而是尚美。

犰狳　這半年來，我一直在苦惱「自己到底想寫什麼樣的故事？」恰巧看了NHK的紀錄片，片中描述一位不久於人世的母親，生前將做菜的食譜留給女兒們才死去的故事，看完後我深深感動……。所以這次就以「臨死的人可以留下什麼」和「活著的人可以做些什麼」為題材。另外，我也藉由「人偶裝」安排了些溫馨的情節，並結合了這兩個要素寫成了小說。但剛才聽了老師的講評，我現在終於知道自己的作品真的沒有特色。

大澤　我覺得你這次進步很多呢。在這故事中，引入「人偶裝（巧局）」的確是很高明的安排，而最能夠突顯這個「巧局」的效果的就屬在大阪經營酒吧的媽媽桑了。當以前的朋友來訪，並告知她的舊友，同時也是主角的妻子恭子過世時，尚美不但沒有請前同事入坐，對於恭子臨死前在病床上寫給她的一封信，也只說了「抱歉，我不想看」予以婉拒。不過，當尚美得知隔著信封隱約看得見信中的「謝謝」幾字時，突然放聲大哭了。最後，尚美才透露其實主角（幸太）二十年前所表明愛意的對象是另有其人，這個結局寫得真好。我覺得這是你目前為止最出色的作品。可惜的是，文末的最後三句話有點多餘。不過，以新銳小說獎的應徵作品而言，應該是瑕不掩瑜啦。

犰狳　其實，我當時也很猶豫是否添上這三句。

大澤　「因為活著，所以可以跟朋友喝酒。因為活著，所以可以與別人一同歡笑／

因為活著，所以可以想著恭子妳呀。」這三句話有點造作濫情，甚至像是廣告台詞。你若能以精簡的語彙取代這三句話，相信更能增添結局的韻味。

我覺得你把這個素材處理得相當好。例如，主角在深愛的妻子過世後，毆打自己的上司，辭去工作，甚至有「不如去死」的衝動。在他自暴自棄的時候，好友出現了。這位好友很不錯，提議重回他們共同生活過的大阪。從某種意義上來看，這個約定早已展開，卻因「人偶裝」的緣故暫時沒能實現，但也很早就巧妙運用了他們合拍的照片設下伏筆。當時，在人偶裝中默默點頭的尚美，想必就如同大鼻子情聖的心情吧。尚美之後也守護著與恭子間的秘密，在酒店中當媽媽桑。但她聽到恭子過世的消息，仍不願敞開心扉，最後因為一張寫著「謝謝」的信紙而潰堤痛哭……這場面真是感人呀。酒店中的情景彷彿就浮現在眼前，而且也將尚美這位－現在操著濃重的大阪口音，但過去也經歷了不少波折的媽媽桑，她那種成熟女性的可愛情態描繪得栩栩如生。在這次的習作中，不少學員都有明顯的進步，犰狳先生就是其中一位。雖然你說自己的作品缺乏特色，我倒覺得這篇小說相當成功。

大澤講師評析

故事○人物○文筆△對話○創意．技巧○

營造精采的場面

大澤　接下來是貘獸先生的〈夏蟲〉，麻煩你。

《〈夏蟲〉內容概要》

剛愎自用的社長經營的「片岡物產」遭到了美國的企業的提告。早已預料的片岡遵循律師陣內的建議，聘請日本四大法律事務所為其法律顧問，讓對方告不成自己的公司。但這全是律師陣內為了把片岡趕下台的陰謀。這樣一來，片岡將在新的訴訟中找不到律師辯護。

貘獸　在此之前，我完全沒有擬定故事大綱就開始寫，所以這次我從頭到尾構思完整後才動筆的。另外，我在這篇作品中，也試著讓不同立場的人，在一些牽扯到法律的商業場合中出場，看能不能將他們之間的人際關係描寫出來。

大澤　我始終認為：「你擬定大綱是可以寫好小說的嘛！」你在之前以法律事務所為題材的作品中，這篇小說最為出色。這是一個以卑鄙手段的商業惡鬥。故事描寫對手以所謂的「卍字固定術」[19]，先與國內主要的法律事務所簽顧問約，來斷絕片岡社長的後路逼其下台。你以前的作品以法律事務所有關的故事居多，但卻沒能充分發揮這方面的題材，實在有些可惜。但這一次，包含專業術語的相關背景，都已經淺顯易懂地融入故事情節了。

19　源自職業摔角的招式；將對手鎖頭壓身固定的動作。

不過，美中不足的是，故事的情節不夠生動。因為你對於片岡社長被構陷的部分，並沒有太多著墨。就只是「先是這樣，所以這樣，然後就變成那樣」如此說明而已。最後一章中，片岡物產的法務室主任福島與該公司的顧問律師陣內，兩人共謀要將社長趕出公司。而這場趕人戲碼全都以對話方式說明完畢：〈「片岡應該會找個律師來吧，但這家公司少了『四大事務所』的加持之後，應該很難經下去吧。」／「是呀，而且之後在法庭上被判定的商業糾紛也可能被媒體得知，甚至因此引發股東代表按鈴控告呢。」／「這正暴露出持股比例不多的家族經營的弊端。到時候社長或許就不得不引咎下台了。可為了保護公司，這也是不得已的嘛……。」〉你試想一下，片岡社長發現「糟了！我被設計了」的時候，會有什麼反應呢？因為你的作品標題應該暗指「飛蛾撲火」，所以這裡若不將片岡社長焦急如焚和最後被逼走的場面呈現出來，讀者是無法信服的。另外，故事中提到一群年輕女律師參加集體相親活動，交談甚歡時她們發現彼此都與同家公司簽了顧問律師的合約：「什麼！你們也是嗎？」「這也太巧合了吧。」這部分的描寫都不夠自然。讀者讀到這裡也會發現「事有蹊蹺」，因為這場設局逼走片岡社長的陷阱就會慢慢浮現出來。若果這樣的話，逼走社長的戲碼才是這故事的最高潮。

每個故事必有其精采的情景，你就得把這些精采的場面呈現給讀者。只是滔滔不絕地說明故事，絕不可能是好看的小說。你在寫作小說的時候，必須清楚意識到何謂作品中的精采場面、何謂情節的高潮。此外，你還必須時時提醒自己，在每個情景都要喚起讀者的情感。這篇作品雖然寫得不夠精采，但比起先前的作品有長足的進步了。寫作這方面的題材原本來是你的優勢，這次你已經充分發揮了這個利器。

大澤講師評析

故事△人物△文筆△對話×創意．技巧◯

為讀者提供嶄新的視野

大澤　接下來是鱷魚先生的作品〈夢中國度〉。

《〈夢中國度〉內容概要》

我因為過勞倒下而住進了醫院。恢復意識時發現自己身在老鼠的國度裡，身體也變小了。就在慢慢與會說話的老鼠們打成一片的某一天，有一隻老鼠掉進洞裡。我用身上帶著的纜線成功救出了牠。就在我產生一種連帶的感情時，我沉沉睡去。醒來後我回到了原本的世界，並辭去了我在全日本驅鼠協會的工作。

鱷魚　針對這次的課題「寫出你想寫的故事」，我有兩個想法。一個是放入很多奇怪、好笑的元素，然後以一種認真的口吻完成故事。另一個想法是讓主角在新的世界中能夠獲得變化，甚至是成長。這想法本身或許很平常，但我還是靠著這股衝勁把它寫了出來。

大澤　你也是這次進步很大的學員之一。雖然故事本身有點荒謬無稽，但我還是邊竊笑邊看完。主角是個決定辭去某協會工作的男子，向來以人好著稱。別人丟來麻煩的工作，他也不敢拒絕，有一天，他的身體突然縮成了老鼠的大小，並開始生活在老鼠的世界中。他身上仍穿著西裝，手上也提著公事包，而且電腦也只是尺寸變小，還可以正常使用呢。有趣的是，在老鼠的世界裡，老鼠們彼此以「鈴木」、「木下」稱呼彼此，還可以與主角用日語交談。故事中可以發現其實主角所屬的協會是「全日本驅鼠協會」，這個構想還滿能發揮效果的。至少，我看了之後覺得「啊，我已經失去純真之心，難怪寫不出這種故事了」（笑）。不過，還是有作者寫出這樣的小說，故事不但生動有趣，還能喚起讀者的某些感動。

然而，問題在於它的「商品價值」。讀者願意掏錢出來購買這種小說嗎？如果它是寫給小孩的繪本或童話故事書，可能還有機會，但以一般小說而言，是否有點過於漫無邊際呢？話說回來，它仍然是結構完整的作品。儘管最後以一場夢境收尾，但放在這個故事裡也並無不妥。換句話說，這個細微的安排都發揮了應有的作用。

在我看來，你已經把我在課堂上傳授的寫作技巧充分吸引，很出色地反映在自己的作品中了。之後你若成為職業作家，首要面對的問題是，如何寫出你喜愛的創作類型以及深具特色的作品，讓它成為成功的商品。就這篇作品而言，你的寫法很精采，所以我給你打了高分。

大澤講師評析

故事○人物○文筆△對話○創意．技巧○

以有特色的故事感動讀者

大澤 接下來是波斯菊小姐的〈和解〉，麻煩妳。

《〈和解〉內容概要》

就在小惠即將與浩介結婚的前夕，父親打了一通電話過來。母親利惠過世了。但小惠不打算理會這件事。十二歲時，她像被趕出家門似地，從此被寄養在叔嬸家中，一直都覺得被家人拋棄。但因浩介的勸說，她才勉強回了老家。不過，回去之後她發現，母親利惠是為了將她從父親的性虐待中解救出來，才忍痛將她送出家門的。

波斯菊 我對於敘述「視角」總是掌握得不好，所以這次我又嘗試從頭到尾以第一人稱寫。另外，上次老師指出我沒有掌握到每個出場人物的心理狀態。這次我下筆的時候，我格外注意這部分，可總覺得沒有拿捏得宜。

大澤　這篇〈和解〉跟妳之前的作品相比，我覺得進步很大。故事的主軸在於主角兒時遭受父親性虐待的部分。這個主題其實很常見於諸多作品中，例如，作家道尾秀介寫了很多這類的故事，描述主角的心理創傷導致日後兇案事件的發生，他也因而得到了直木獎。從這種角度來看，我必須說〈和解〉這篇故事「缺乏新意」。以性虐待的題材來說，妳這作品與哈巴狗小姐的作品描述小孩被遺棄的〈請告訴我的英雄〉一樣，都是嚴肅沉重的主題，但這類涉及死亡事件的小說已經多不勝數了。妳真要寫這種題材的話，今後你就得努力寫出與眾不同，深具自己特色的作品來。

以這次的作品而言，這是妳目前為止的作品中，體例形式最完整的一篇。只是，就小說的特色而言，仍需要再加強。故事提到女主角在幼年時期，受到父親的性虐待，也曾與母親發生過齟齬。但後來因自己的婚事和母親的逝世，之前與母親漸行漸遠的經緯也慢慢真相大白。這篇小說顯然是在探討「與母親重修舊好」，只可惜它沒有「特色」可言。其中原因在於，故事描寫的事件幾乎都是過去的事情。妳不能讓小說只化解過去的誤解就告結束，還應該讓主角正視現在和展望未來，更積極地面對新的生活，這樣方能打動讀者的心弦，必須做到讓讀者覺得：「讀了這本小說真值得！」，話說回來，對於虐待這類主題沒興趣的讀者，可能就不予關注了。

今後妳應當思考的是，不只要寫出精采的故事，還得讓作品深具特色，而不是平淡無奇地敘述故事。換句話說，作家要思考的是，讀者如何看待和比較自己與小說主角的關係。例如，女主角近日要與男友浩介結婚，那麼浩介與女主角間有什麼樣的關係？我之所以這樣設問，是因為女主角幼時曾遭受父親的性虐待，而這些不幸的往事當然會在她往後的人生和戀情上蒙上陰影，不過這篇故事中卻沒有交代她是如何克服這段傷痛的。她對性愛有沒有感到膽怯？或是佯裝什麼事都沒發生過？她與浩介的戀情又是如何呢？浩介有幫助她克服這些其他男性無法幫她跨越的障礙嗎？只要增加這些描寫，就能讓讀者更印象深刻。如果妳要處理這種題材，希望妳務必掌握這些要點。

在貘獸先生的作品〈請告訴我的英雄〉當中，也是設定主角從小被父母冷落，但正因為自己過去有相似的痛苦經歷，長大後他以實際行動幫助這些遭受漠視的孩童，也因而與這些他之前認為的生活低能的住戶們交好，甚至發現了他們良善的面向。然而，最後的結局有點強度關山，亦即他打算將公寓改建為兒童中心，以共同為新的生活奮鬥收尾。

〈和解〉也是屬於「與母親重修舊好」的主題，但可惜的是，故事卻留在過去即告結束了。其實，妳可以藉由浩介這個人物開啟新的故事情節。不過，這篇作品可以看出妳的進步呢。

大澤講師評析

故事△人物×文筆△對話△創意．技巧△

情節越高潮迭起越能讓讀者感動

大澤 接下來是驢子先生的作品〈教職員辦公室裡的老師〉。

《〈教職員辦公室裡的老師〉內容概要》

三島是小學的辦公室職員。有一天，他不在事務室的時候，抽屜裡的錢居然不翼而飛了。據當時在入口處的學生表示，沒有看到任何人接近事務室，嫌犯另有其人。當時一名學生到事務室遊玩，就直接躲在裡面了。他來自母子家庭，母親為了賺錢相當忙碌。他為了能夠多與母親相處，因而偷了錢打算拿給母親。

驢子 以前我就想寫與自己工作有關的題材。於是，這次嘗試寫一篇關於學校內遭到小偷入侵，而且嫌犯是小孩的懸疑性故事，故事中也加入了些實際發生過的事情。這次，我試著運用「意在言外」的對話來構築「密室劇情」，以懸疑小說來看，我本想在嫌犯的人物上多所著墨，或許這題材應該更適合長篇小說吧。

大澤 比起之前的作品，你這次也是成長不少呢。或許因為故事跟你本身在小學裡的工作有關，出場人物全都很有特色。

故事中有個橋段說到主角認錯拓郎與祐二兩位小學生，但這個伏筆其實沒有發揮太大的效用。畢竟兩個人特徵也不同，有問題的學生是另有其人罷了。實際上稱得上真正的伏筆，只有唯一的目擊者「只說了沒看到有人進來，並沒有說沒看到有人出去。」這部分的「話術」而已。這伏筆本身還算可行，但這寫法並沒讓讀者「拍案叫絕」！最後，聖火跑者從遠方跑來的這幕情景，充分表現出小學老師對學童們的關愛，或許可帶給讀者小小的感動。那麼，要如何描寫方能更加深刻呢？

你可以擴大問題的嚴重性。由於教職員辦公室裡的錢財失竊，所以展開調查，於是，還故意誤導情節，懷疑嫌犯可能是聖火業者，但最後不得不只能內部自行處理。在現實世界中發生的事情，未必都是同樣的結果，因為校園內發生的醜聞，一旦被外界得知，可能引起軒然大波。不過，為了讓情節高潮處更加精采，並迎來皆大歡喜的結局，是否應該讓故事人物和讀者吃些苦頭和波折呢？例如，事情曝光之後，學生的家長氣沖沖地跑到學校興師問罪，或是主角無端被懷疑而鬱鬱寡歡等等，藉由這些負面情緒的呈現，更能激發出強烈的真實情感。如此一來，從負到正的振幅越行增大，皆大歡喜的最後結局就更能打動讀者的心坎了。

依我看來，你若將故事中的事件和問題擴大，然後再讓它圓滿解決，這樣做故事的後半部會更精采些。你不要只依著現實狀況描寫，然後平淡無奇地讓事件落幕，你可以在故事中加入惹人討厭的角色，或是讓主角厄運上身。例如，主角那天剛好因別的用途身上帶著錢，不巧就這麼掉了出來惹來眾人懷疑。「○○老師，那些錢……」「不，這些錢跟這事情沒關係。」主角言詞閃爍，或者安排這樣的情景：「在那之後，同事們對我越來冷淡了。」我覺得你應當藉由情節的起伏跌宕，讓故事更具躍動地發展。這篇小說證明你在寫作技巧上精進不少呢。

大澤講師評析

故事△人物○文筆△對話△創意．技巧△

只允自我惕厲不可得意忘形

大澤　接下來是海豚先生的作品〈請載我去監獄〉，麻煩你。

《〈請載我去監獄〉內容概要》

信子是位計程車司機，她的兒子正之，被人開車撞死後逃逸。她重返工作後，一位名為淳的青年請她載他去警局。他就是那名肇逃犯人。信子不想讓犯人因自首而減輕刑責，她套出這位青年的話之後，也前往拜訪淳住院中的母親。這時淳逃亡了。當他發現信子是正之的母親後，深感不應自首來減輕自己的罪孽。

海豚 我寄出小說稿之後，才發現自己將「依稀記得」寫成「依需記得」，我覺得真是丟臉至極啊……。

大澤 你不必太在意啦（笑）。或許各位學員都已注意到，你這次的作品依然寫得很出色。一名因車禍肇逃而失去兒子的母親，同時也是計程車司機，車上乘客說要去警局自首。而且，你在故事中安排了巧妙的伏筆，這個嫌犯前往警局自首是為了獲取減刑，最後故意逃亡讓主角（信子）追捕他。你把嫌犯母親因癌症在醫院裡對抗病魔的情景，描寫得鮮活生動讓我印象深刻。簡言之，從你之前的〈長靴女子與男性職員〉與〈和平！〉到這篇作品，可以明顯看出你的文字越來越精練，寫作技巧更純熟了。

那麼這表示你已經完美無瑕嗎，倒也不是。如果作品太過於工整完美，反而會顯露出其中的設計感。從某個意義上來說，這篇小說是依照圖面（巧局）施工完成的。肇逃的被害者母親恰好載到要去警局自首的嫌犯！天底下居然有這麼湊巧的事情？在小說中，當然有這樣的巧合！此外，你描寫人物也相當細膩，都能讓讀者留下印象，亦具有「小說的特色」。然而，我仍必須說你要慎防「聰明反被聰明誤」的迷思。海豚先生，這個問題真是難倒我呀。

例如，以後你若想參加「新銳小說獎」甄選，難免遭到這樣的評價：「這個作者太厲害了吧？」、「小說情節這麼精巧，該不會是胡編亂扯出來的吧！」我不認為這全是你空想出來的，文學獎的評審往往從缺點來看甄選作品，因此評審都以最挑剔的標準來審閱，技巧太過純熟的話，作者類似的「努力」反而很容易被忽略。

在你的作品當中，我最喜歡〈平安！〉這篇小說。不良少女與流氓氣息的中年刑警的互動，以及充滿生活氣息的情節，都展現出你刻繪人物的功力。與之相比，這次的作品寫得太完美無瑕了，每一塊拼圖都拼得恰到好處，反而讓人不敢置信呢。這是在誇獎你喔（笑）。雖然這是讚美之詞，但這種高超的功力，也可能讓你被扣分數呢。那麼，該怎麼做才好呢？也不能叫你故意寫得很糟呀（笑）。

當然，你現在還沒達到職業作家的水準，但也不能說你就無法奪下新銳小說獎的桂冠。不過，最後我仍要提醒你：「只允自我惕厲，不可得意忘形！」

大澤講師評析

故事△人物○文筆○對話○創意．技巧○

融入故事主角的靈魂

大澤　接下來是水母小姐的作品〈老主顧〉，麻煩妳。

《〈老主顧〉內容概要》

香坂壽壽是客服中心的員工。有一天，一個名叫喜代的顧客來電話說，自己可能會「被殺害」。壽壽擔心不已，於是前往了喜代的住處，但喜代可能已被不明人士攻擊下落不明。壽壽回到了公司，但隨後被人綁架。嫌犯是和子和金城，他們倆是壽壽的同事。他們原本打算殺了壽壽滅口，但起了內訌後，和子刺殺了金城。

水母　這次我以自己熟悉的工作——客服中心為題材。也特別留意之前老師提及的敘述視角的問題，盡可能忠實地客觀論述。由於我沒有呈現出主角的心聲，以致於人物角色沒有特色。這點我必須反省。另外，因為篇幅不夠，我只好縮減故事內容。

大澤　客服中心的確是個很好的題材。不過，我覺得有些地方有待商榷。我現在就舉例出來。「壽壽的表情很僵硬，走路的速度也變快了。」這裡以壽壽的視角來看很奇怪，「壽壽在月丸的催促下，在沙發上落坐，但仍因忐忑不安，雙手在大腿上不停重複交扣。」的描寫也落於俗套，很難讓讀者感動。應該還有其他的寫法來表現壽壽的視角吧？同一頁的最後部分「『女生會戴這種錶還真稀奇呀！』／那是著名運動廠商推出的最新款手錶，具有專為跑步人士設計的功能。壽壽感到害羞於是用手遮住了手錶。」這都太流於敘述口吻，可以再斟酌一下。另外，故事中有測血跡反應的橋段，但基本上血跡就算努力擦拭或是灑漂白粉試圖湮滅，都不容易騙過血跡反應的測試，我認為「短時間成功清除所有血跡」這個設定太過牽強。

再來是壽壽懷疑電話接線生而展開調查的場景。「壽壽仔細地確認每一位接線生的出勤紀錄，就在確認到加藤和子時，他的手突然停下了。」這是舞台劇本的寫法吧。「隨後她的表情突然凝重起來，他坐正身子，……」和「壽壽看了一下眼前的螢幕。和子目前待命中。壽壽拿著馬克杯的手顫抖了起來。」這裡已不是壽壽的視角，而且之後的「壽壽嚇了一大跳，而讓手中拿的馬克杯摔落至地面。」更像是幼稚的老套戲碼。頂多補上「不由得打翻了咖啡」的敘述就夠啦。

之後就是壽壽被攻擊的場面。

壽壽離開公司的時間約莫下午五點，外頭開始變暗且下著雨。壽壽在公司門口附近的站牌前等著往涉谷的公車。等車的空檔她發了封簡訊給月丸：「我在公車站牌前等公車。正要去武藤家。」沒多久，月丸馬上就打來了電話。

（中略）

壽壽納悶地掛了電話後，就朝著警察局走去。中途她為了買瓶茶而走進了有自動販賣機的小巷子裡。當她要投入零錢，苦惱著要買哪一種茶時，一輛車子突然停在她身後。就在壽壽回頭的同時，她被人架住並用一塊布摀住其口鼻，隨後便失去了意識。

壽壽因身體搖晃而醒了過來。四周一片暗黑，加上嘴巴又被膠帶貼住，手腳也被綁著完全無法動彈，她隨即陷入了恐慌。他用被綁住的雙腳死命踢著附近的物品，無奈沒有任何作用。一陣子之後，她恢復了冷靜，並由周遭氣味和震動發現自己在車子的後車廂裡。

不久後，車子停了下來。開後車廂的是金城。壽壽瞪了金城一眼。金城不為所動轉過身去尋求支援。隨後出現的是加藤和子。

和子靜靜地凝視著壽壽，隨後指示金城抓著壽壽的上半身，自己則是抓著腳，兩人合力將她從後車廂中抬了出來。

雨停了。壽壽在一片黑暗中瞪大了眼睛。發現自己身在堆滿廢材的廢棄物處理廠。金城拿美工刀將纏在壽壽腳上的膠帶切斷。

壽壽隨後被拿著手電筒的金城押進一個荒廢多時的建築物裡。和子則是走在他們後方。穿過建築物後經過了中庭，金城在一間以水泥磚塊砌成的小屋前停下腳步。金城直視著壽壽，將貼在她嘴巴上的膠帶撕開。

「……你要對我做什麼？」

和子露出微笑。

壽壽在自動販賣機前買飲料的時候，背後有人拿氯仿之類的化學物品迷昏她並將之綁架。這部分的描寫太過於簡單。例如：「之後便失去了意識」這句話之前應該要有「她開始掙扎沒多久，強烈的氣味就從鼻孔中穿了進來。」以及「這是以往從來沒聞過的氣味」之類的描述。之後的「她陷入了恐慌」也只是說明性質的文句，小說必須描寫到底發生了什麼事情，像是「儘管她的嘴巴被膠帶貼住，仍試圖用力地發出喊叫聲」、「她死命地踢著腳。」、「害怕到了極點，淚水就這樣從眼角滑落了下來。」等等，不將每個場面中壽壽的各種反應描寫出來，讀者很難感同身受。這種場面上妳突然採取冷靜客觀的口吻，寫出「壽壽這樣子，然後這樣，然後這樣。」這種像劇本一樣的文章。不僅如此，隨後金城與和子出現的場面中，壽壽應該更驚訝吧？應該出現「咦！為什麼是金城？」「為什麼連加藤也在呢？」之類的反應才對。

換句話說，壽壽從與月丸刑警通完電話之後，妳只用了大約十行的篇幅，就輕鬆寫意地交代完她被強行拉上車，包括金城與加藤這兩個意外現身的嫌犯。簡言之，妳特地設置了客服中心這個舞台，安排許多可疑的角色，甚至拿曾當過警察的八代當幌子烘托出懸疑的氣氛了，在高潮處卻採取這種寫法，讀者根本不會為之心驚膽跳，實在可惜啊！

為何會寫成這樣？因為妳沒有化身成主角去思考！應該把自己視為壽壽，跟著她忐忑不安，一起狂呼吶喊，害怕「自己的安危」。可妳卻完全置身事外，如同在臨摹舞台劇本，或是將電影和電視劇中的場面直接轉錄成文字而已。這是寫小說的大忌。若沒有把「精采」的部分寫得更深入，就不能打進讀者的心坎，在最後一幕中，月丸刑警趕來營救主角的圓滿結局也沒發揮應有的效果。在這方面妳的寫作技巧還是不夠成熟。

不過，妳的作品中有著粉領族世界的氛圍。我因為從來沒當過公司職員，所以不太了解粉領族的生態，但透過閱讀你的作品，我可以體會到「啊，原來粉領族的世界裡有這樣的事呀！」。壽壽這位主角儘管看似充滿幹勁的職業婦女，其實也隱約透露出她內心世界的波折。在妳的筆觸當中，具有那種使人「不言自喻」的感動的力量，而這正是妳的文字特質。所以，妳要朝這方面的題材寫下去。社會中職業婦女占了很大的比例，若能引起她們的共鳴，她們將是妳很大的讀者群。此外，我必須指出，妳可以自認「自己有征服她們的利器」，但在營造故事高潮以及緊張刺激和感動的場面時，表現得太過理性了。妳是不是對這種細節的描寫感到不自在呢？若沒有像說書先生拿把摺扇拍著桌子大喊「緊張緊張緊張，刺激刺激刺激」的氣勢，讀者就感受不到小說的精采樂趣。這次的作品有上好的題材，可惜沒能充分運用。妳應該融入故事主角的靈魂，然後把故事中的每個場景細膩如繪地呈現出來。

大澤講師評析

故事△人物△文筆×對話△創意．技巧△

Practice C

寫出有「薔薇」與「老舊建築」的故事

四十張稿紙（一萬六千字）以內

大澤　這次，我要逐篇就各位加入「薔薇」和「老舊建築」兩個元素後的習作加以評析。

首先，我談談整體的感覺。坦白說，我有點失望呢。上次，我請各位以「寫出你想寫的故事」為題的時候，你們都有明顯的進步，所以這次我同樣滿心期盼。。不過，可能是指定題材的關係，你們寫起來似乎有點綁手綁腳的。當然，並不是說你們都沒有進步，但這次作品水準幾乎都不甚理想。我原本打算要讓各位著手畢業作品的，但與編輯部討論的結果，還不能讓各位就這樣畢業。因此，之後還會讓各位再挑戰一次。習作的題目我最後再予公布。

作者想傳達什麼？

大澤　首先是白米小姐的〈戰場上的薔薇〉，麻煩妳。

《「戰場上的薔薇」內容概要》

久喜是一位在與基因改造植物相關之監察機關上班的職員，他的朋友，同時也是客戶的日野原在柬埔寨死亡了。他當時在實驗一種可使地雷失效的新種植物「伊南娜」，卻不幸發生意外。久喜為了調查此事飛往當地，但日野原卻出現在他的面前。一切都是因為日野原的養父母對他有過高的期待，而他為了得到自由，決定進行這場騙局，以求可以在這片新土地上展開新的生活。

白米 在上次的評析中，我既沒有得到〇也沒有得到×，而是在所有項目中都得到△。這次為了可以更上層樓，我冒著得到×的風險，加入了自己喜歡的科幻的素材，寫了這篇個人風格的娛樂小說。

■薔薇 透過基因改造研發成功的薔薇「伊南娜」，具有使地雷失效的功用。

■老舊建築 日野原賢志於柬埔寨從事「伊南娜」品種改良的老舊房舍。

大澤 這篇作品的亮點在於，關於基因改造薔薇——「伊南娜」這個創意。「此種薔薇不但可使地雷失效，還可在地雷區中繁殖」——這個想法實在新奇有趣。不過，除了這個奇思妙想之外，故事情節、對話和內文銜接方面都不夠順暢妥貼，讀者沒弄懂是怎麼回事，故事就往下發展了。例如，主角久喜格與「伊南娜」的研發者日野原賢志重逢的情況下，居然沒發現對方是自己過去的好友。而且，他還這樣提及：「我覺得自己被賢志背叛了。我們曾約定追求共同的夢想，他卻拋下了我，逕自去追求其他的夢想。原來我的朋友都不信任我，我是這麼糟糕透頂的人哪。我一直都有這樣的自卑感。」如果主角如此在乎對方的話，對方就算改名換姓，他根本不需要比對名片，當下就認得出來吧。另外，此場景的最後這樣寫道：「那是我跟賢志重逢以來，最後一次談話了。」他們僅只見面一次，這種寫法未免太誇張了。若是在公司裡每天見面的同事，有一天突然消失了，那或許可以寫：「那是我跟他最後一次談話了。」但上述的情況實在不宜這樣描寫。

其他，也有一些奇怪的文句，像是：「因為發現得晚，成群的野狗已將現場搞得凌亂不堪了。」同理可證，既然賢志的遺體是在地雷區被發現的，那進入地雷區的野狗不也會被炸得四分五裂，哪有辦法破壞屍體呢？之後，寫到久喜格拜訪賢志義母的場景，「其實我在想，賢志的死亡不是出於意外……」／我不由得倒抽了一口氣／「咦，什麼？」／「我懷疑賢志的死因並不單純。你一定覺得我突然講這種事，是不是受到太大刺激而發瘋了吧。」這樣的對話太落於俗套了。妳試想就知道，受到刺激而發瘋的人，才不會說出：「你一定覺得我突然講這種事，是不是受到太大刺激而發瘋了吧。」如此條理分明的話。對於母親而言，她平時疼愛有加，希望能繼承家業的養子，突然踩到地雷死亡卻找不到屍體，當然要懷疑那不是意外吧。妳應該多琢磨一下，若自己是這位母親的話，會如何回應呢？簡單地說，妳沒有反映出「真實的對話」來。我說得嚴厲些，這根本就像是粗糙的電視劇的劇本，完全就只是配好的對話而已。接下來，我們慢慢地分析這些對話。

主角飛往柬埔寨調查賢志死亡真相的場景中，妳是這樣寫的：「她名叫沙爾燕。被派到『日野原物產』之前，曾以當地職員的身分，幫助日野原在柬埔寨設立實驗機構。

聽說過去她也曾在國家除雷小組 CMAC 任職，她是一名除雷專家。」這裡的「聽說」讓人感覺寫法很幼稚，而且以第三人稱的寫法來說是錯誤的，應該寫成「據說是位專家」才對。另外，沙爾燕這位女性對久喜格說：「久喜先生，可不可以請你不要責怪賢志呢？」但久喜格是為了調查賢志的死因才來的，根本沒必要去責怪賢志。她這樣一說，馬上就透露了賢志的死因並不單純。沒錯，故事的設定中本來賢志就還活著，但賢志這樣做實在是讓人摸不著頭緒。為何他為了隱姓埋名，不惜捏造自己踩地雷死亡的事實？通常會製造假死亡來掩蓋身分的人，不是犯了滔天大罪，就是被妻兒壓得喘不過氣想一走了之，或者想盡辦法要逃離自己的工作，反正應該有這種強烈的理由。但是賢志不僅單身，甚至在製造假死亡後仍然打算繼續從事「伊南娜」的品種改良，一旦自己失去身分，他的研究將更窒礙難行，豈不是無法繼續完成夙願嗎？故事的核心圍繞在賢志為何詐死的理由，但我實在無法理解。妳構想出「伊南娜」這種基因改造植物，真的很有創意，但或許相關人物的情節發展沒發揮其效應。確切地說，因為「伊南娜」在故事裡的角色，與其開發者賢志所採取的行動完全搭不上邊，所以讀者無法理解作者在這小說中想傳達的題旨。從這個意義上來說，這篇作品我很難打分數。針對這點妳有什麼要補充的嗎？

白米　其實我本來是打算將這個素材發展成長篇小說的，但因為這次是短篇小說，所以我不得不刪去很多情節……。

大澤　那這樣就稱不上小說了呀（笑）。妳應該多研究小說人物的對話，還要訓練自己用精簡的筆法描述故事。

大澤講師評析

故事×人物△文筆×對話×創意．技巧◯

深入而細緻的魅力

大澤　接下來是貓咪小姐的作品〈在薔薇園中翩翩起舞的白色蝴蝶〉。

《〈在薔薇園中翩翩起舞的白色蝴蝶〉內容概要》

一也的家人從不工作，獨撐家庭生活重擔全落在他的身上，他的唯一樂趣就是在薔薇園作畫。他在那邊遇見了一位聾啞人士──摩耶，並深深受她吸引。之後，他決定前往東京學畫，啟程前也用手語向她訴說自己一定會回來。但摩耶努力發出的聲音卻讓一也嚇得逃跑。二十年後，一也成功當上畫家並與摩耶重逢。那時他才得知自己當時比出的手語有誤。

貓咪　通常我總是浮翩聯想似的構思故事，所以苦惱自己的作品是否欠缺真實感。

於是這次我選用周遭的題材，並參考些範例嘗試著寫，可我覺得沒能把自己的特色表現出來。

■薔薇　主角經常去住處附近的若園薔薇園作畫。

■老舊建築　主角與家人居住的神崎家。

大澤　我覺得妳這次的作品相當有趣。首先，大阪口音運用得宜。也可能因為妳是大阪人，所以寫出來的大阪話很道地。話說回來，方言原本就可以突顯故事人物的特性呢！另外，這次妳沒有「過度說明」的問題了。

主角一也的家庭——神崎家，是個問題叢生的家庭。大哥不工作只會覬覦一也的打工費，大姊沒事就只會想帶男人回來搞三捻四，媽媽也毫無作為。一也只想快點逃離這個家庭，有一天在薔薇園中遇見了聾啞少女——摩耶。一也儘管對摩耶產生了強烈的愛意，也想用手語向摩耶表白，但冷靜思考後仍然鼓不起勇氣，最後丟下了摩耶，一個人逃離了大阪。之後，他在東京成為卓越的畫家，又返回關西，當他與二十年後的摩耶重逢時，他才發現當時表白愛意的手語並不正確。那時他以為自己比出的手語是：「我要將自己的一生奉獻給妳。」但摩耶卻把它理解成：「我要送妳重要的東西。」讓她半是欣慰半是失望。妳在故事中想描繪的，應該是這種人生常見的誤會與伴隨而來的悲劇或是喜劇吧。

這篇作品有兩個重點。其一，一也偶然看見摩耶獨自發出聲音，而被其聲音和情狀嚇到，猶豫著他們能否一起生活的情景。其二，一也實際學習手語的場景。你若能更細膩地描繪這兩個情場，作品應該會更出色。例如，一也為了獲得她的芳心努力學習手語，妳可以在此多所著墨，像是「這樣的手勢代表這種意思呀。比出那樣的手勢意思就變那樣了。」之類的。妳甚至可以加重刻繪他猶豫不決的心情，如此一來，儘管故事沒有激烈的場面，同樣能夠在讀者心中餘音縈迴。妳選了「陰錯陽差、誤會」這個好題材，但卻沒能發揮其特色，實在有點可惜呢。不過，這篇小說仍然是妳目前為止極為出色的作品。

大澤講師評析

故事△人物△文筆○對話○創意．技巧○

要意識到異性讀者的感受

大澤　接下來是犰狳先生的〈變成薔薇的妳〉，麻煩你。

《〈變成薔薇的妳〉內容概要》

晉也在泡泰國浴時指名蘿絲這位女性服侍。因為他聽說她就是自己過去愛慕的對象——沙也加。她之前居住在被稱為薔薇宮殿的家中，但其父親破產了，之後她也消失無蹤。不過，蘿絲說自己是泰國浴業者的第二代，並說沙也加已經自殺了。但沙也加的身影卻站在店裡深處目送著晉也離去。

犰狳　這次主題和「薔薇」與「廢墟」有關，我稍加思考認為，「薔薇」代表榮華與美麗，而「廢墟」象徵著沒落。於是，我嘗試用這種對比寫了這次的作品。

■薔薇　陪浴女郎的花名「蘿絲（薔薇）」、沙也加幼年時的家「薔薇園」。

■老舊建築　以往被稱為「薔薇園」，亦是沙也加的老家，如今已成了廢墟。

大澤　我先跟各位說明一下，這篇作品與稍後要評析的作品——海豚先生所寫的〈找尋吻痕！〉這兩篇都是很不討好的作品類型。

〈變成薔薇的妳〉講的是，主角晉也對青梅竹馬的沙也加抱著淡淡愛意，他聽到沙也加淪為陪浴女郎的傳聞，於是親往確認的故事。各位試想而知，對於那名要遭受如此對待的女性而言，聽到這裡想必是很不悅的吧。當然，諸如在同學會的續攤上，男生們七嘴八舌說著：「我猜得沒錯，我們同學真的有人在當陪浴女郎呢！」這種對話也很猥瑣低俗；你可以這樣描寫：有同學「淪落到必須從事特種行業」云云。但不管怎麼說，對於在特種營業場所工作的女性來說，聽說對自己抱有好感的兒時玩伴要來與她發生關係，絕對是極其反感的。依我看來，寫作這方面的題材，若沒有精湛的寫作技巧，只會徒增女性讀者的厭惡而已。我可以感覺得出作品中的主角很浪漫，作者也以羅曼蒂克的心情在描寫故事，不過，身為作者應當冷靜細想，根本不會有女性因這種事情而開心。

其他亦有突兀而奇怪的描述。比如說，在中半段回憶的場景中，孩提時期的沙耶加這樣說：「對呀。它總是美麗地綻放花朵，讓很多人為之著迷，但它的刺卻不讓別人輕易靠近。我就是想成為這樣的薔薇。」小學生不可能講出「為之著迷」這樣的詞彙吧？然後，最後的部分「晉也不自覺地想到『痣』這個字／『啊？』／由於泡在澡盆中的晉也迸出這含糊不明的話，使得蘿絲也突然發瘋似的驚叫，『你說的痣是指什麼呀？』／你的後頸部沒有痣。我認錯人了……」、到「含糊不明的話」等等，其敘述角度突然跳到了蘿絲，之後又折回晉也身上。

關於這個作品，我覺得在題材的選擇上很有問題。敘述角度和對話也沒拿捏得宜。最大的缺點就是，你完全沒有把沙耶加變身蘿絲後的心境呈現出來。沙耶加因為不想見晉也，而將自己的花名讓給別的女同事代替她見客。你若沒有把沙耶加苦悶的心境如實描繪出來，這篇小說只是膚淺的猥褻的故事而已。因為你這種寫法絕對無法感動讀者，所以這次我給你打了較低的分數。

大澤講師評析

故事△人物△文筆△對話×創意．技巧×

呈現出豐沛的情感

大澤 接下來是驢子先生的〈Stand Up〉，麻煩你。

《「Stand up」內容概要》

小守在賽馬場上遇見了一匹名叫「史坦達布萊」的馬。牠火爆的個性和充滿熱情的眼眸讓他想起了高中棒球社團的夥伴——小怜。小怜儘管實力不錯，但因為身為女性在棒球社團中顯得孤立。在一次比賽中，小怜因心臟病惡化而離開了人世。「史坦達布萊」即將在中央賽馬場出場比賽。小守下定決心，若果牠成功贏得比賽，他將不再逃避大學聯考。

驢子 麻煩老師評析了。因為「薔薇」在英文中是「Rose」，所以我想到了一個叫做「Rose Stakes」的賽馬比賽，至於「老舊建築」的部分，使我聯想到鄉下的賽馬場，於是決定寫跟賽馬有關的故事。這篇小說敘述一匹平常只能在鄉下賽馬場比賽的賽馬，挑戰「Rose Stakes」這個高獎金的賽事。其中一位賽馬迷對這匹馬產生了深厚感情，故事也是以他的視點寫成的。

■薔薇 中央賽馬場的比賽「Rose Stakes」。

■老舊建築 六十年前建成，如今已老舊的鄉下賽馬場——三倉賽馬場。

大澤　我看這篇作品的時候，一開始還想「怎麼沒有薔薇？」原來是「Rose Stakes」呀，你居然來這招（笑）。我原本希望你運用薔薇花的素材切入寫作呢。

以小說的體例而言，你這次的作品寫得很好。問題是，描寫女主角——北原伶個性的部分。主角與小伶是高中同學，同樣加入了學校的棒球隊。小伶雖然身為女性，卻希望自己可以成為職業棒球選手。這樣描寫還能理解，不過例如：「小伶妳好強啊！真讓人尊敬。」／「不是的。其實我本性很膽小。」／「小伶怎麼可能膽小呢！」／「是真的。我非常膽小。就是因為很膽小，才必須更堅強一點。」的對話不大好懂。我不解的是，小伶是因為自己心臟不好身體虛弱才作風強勢呢，還是因為性格軟弱才想變得更堅強的呢？這段對話之後，你這樣敘述：「由於我生病的關係，就是因為自己身為女性還打棒球，周遭的人常會說些風涼話。為了不害怕心理創傷，為了不讓周圍的人投來異樣的眼光，我必須展現強勢的一面。」我實在沒能看明白。當然，我可以照字面理解這段敘述，但故事中你沒有把她寫成是個逞強爭勝的女生。在小說中，她不僅說話方式粗魯，態度也很粗暴，從某種角度來看，她就是卡通中經常出現的套路似的角色。若又說她其實心臟不好等等的，那又會變成另一種類型的老套手法了。

主角對小伶懷抱著友情，或甚至有些許愛慕的情愫，但小伶卻死了。於是主角看到

「史坦達布萊」這匹母馬的時候，不自覺地就將牠與小伶重疊在一起。隨後又這樣說明：「『因為牠很害怕其他的馬兒。個性膽小的牠，只要身邊有其他的馬兒就會很不自在。並不是牠想逃走，而是牠別無選擇的餘地了。』（略）／我的腦中浮出了害怕其他馬兒而膽怯的史坦達布萊，而牠的樣子慢慢變成了小伶。」這些素材都很齊全，但就是令人摸不著頭緒，所以讀完後頂多「原來如此。是這麼一回事呀。好的。」而完全感受不到那種被觸發的強烈情感。

這篇作品中，一位名叫小伶的少女離開人世了，但她的死只不過是故事中的一個橋段而已。換句話說，你扼殺了這個題材。也正因為你是個賽馬迷，賽馬的場景你描繪得極為生動，但坦白說，這樣的故事無法觸動人心。綜觀各位這次的作品，有許多故事頗具小說形式，但其內容的力度多半都稍嫌不足。這篇〈Stand Up〉也是如此，主角的投射心理——其實也就是作者的投射心理；作者並沒有貼切地把這份情感傳達給讀者，沒能觸動讀者的心靈。如同「站起來，小伶！正如其名那樣，小伶穿越了時空又再次站了起來。」所寫的，內容描述主角與史坦達布萊這匹馬相遇後，自己獲得心靈成長的故事。但就是寫得不夠深刻感人。它的確是個好故事。可故事好歸好，或許寫得太平鋪直述了。如果多花幾行描寫主角赤裸裸的情感，像是懊悔或悲傷，以及對小伶的思念，就更能打動讀者，更能突顯作品的特色。

與你過去的作品相比，這篇小說寫得很好，你還有發展的巨大潛力，我期待你將來有更傑出的表現。

大澤講師評析

故事△人物◯文筆△對話◯創意．技巧△

不應隨便洩漏情節

大澤 接下來是老虎小姐的〈薔薇公主與鏡中迷宮〉。

《〈薔薇公主與鏡中迷宮〉內容概要》

優樹是位小學生，為了證明自己不是膽小鬼，來到了廢棄遊樂園中的鏡子屋。她與同學——小翔會合後，美華的鬼魂出現在他們的面前。另外級任老師唐澤也出現了。事實上美華是優樹的姊姊，七年前過世了。她就是在這裡被唐澤殺害的。好不容易從唐澤手中成功脱逃的優樹，發誓要好好超渡姊姊。

老虎 我打算以薔薇公主為主題，就在苦惱「老舊建築」如何設定時，我恰巧第一次去了豐島園的鏡子屋遊玩，心想這題材應當滿有趣的，就以鏡子屋為場景寫了這篇作品。我覺得整體故事的描寫不太充分沒寫得很好。

■薔薇　主角的姊姊——美華原本預定演出的芭雷舞蹈——「林中睡美人」＝薔薇公主。

■老舊建築　御海遊樂園，廢園後現在被稱為「靈異遊樂園」。

大澤　整篇故事幾乎都靠「主角優樹其實是位女性」這個小伏筆在支撐。一開頭主角優樹在遊樂園中邊走邊說：「第一次來鏡子屋耶！」、「不會吧，這應該是錯覺……吧。」我以為其身邊還有誰呢，往下讀後才發現是她在自言自語。優樹以前有個姊姊，但不幸被殺害了。兇手就是那名唐澤老師。他將優樹姊姊的屍體藏在這個鏡子屋中，因為擔心被優樹發現而襲擊她。此時優樹姊姊的鬼魂出現，向她說明一切後幫助她脫逃。

這篇作品的重點，是如何將唐澤老師的恐懼和陰邪描繪出來，可惜的是，這部分寫得不夠生動。故事中最精采的部分，應該是在鏡子屋中與唐澤拉扯的衝突場景。而在高潮處就只有輕描淡寫主角與男友——也可能只是死黨的阿翔兩人合力擊退唐澤後逃出而已。我覺得妳在這部分應當多所著墨。

這並非說不能出現鬼魂的橋段，但我仍必須說，妳讓鬼魂現身說明事情的原委，這種情節發展未免太便宜行事了。另外，姊姊的鬼魂出現，然後說出「我是被老師殺死的」這種說法後，豈不表示整個故事「什麼都可能發生」了。就算主角被逼到絕路，讀者也會認為「反正鬼魂會來救她」，「反正作者一定會隨興地讓故事圓滿結束」。因為這樣就無法吸引讀者往下閱讀。因此，這裡先不要搬出鬼魂，妳可以採取這樣的寫法，「在鏡子屋中看到了類似鬼魂的東西。然後，好像聽到了鬼魂向自己說明事情原委。但這一切都是錯覺，儘管是自己的錯覺，一切的發展又是如此地巧合，最後居然就讓犯罪的真相就此曝光。」其故事應該會更有趣。從整體看來，妳設定主角明明是女生卻用男性口吻說話，以及鬼魂親自現身說明事件真相的橋段，這篇作品不能算是寫得很出色。

大澤講師評析

故事△人物◯文筆△對話◯創意．技巧×

故事結局要超乎讀者的預期

大澤 接下來是企鵝小姐的〈母親的傘〉，麻煩妳。

《〈母親的傘〉內容概要》

晶子為了與當畫家的秋生結婚準備離開娘家，但是母親強烈反對，她甚至擅自找上秋生的父母讓婚事破局。晶子的母親因為與丈夫感情失和間接害死了長女，因而對次女晶子異常地在乎。之後，秋生經過思考又與晶子重逢，不過晶子的母親又從中作梗，這次她決定要與母親對抗到底。

企鵝　這是我大約十年前寫的故事大綱，這次我加入了「薔薇」和「老舊建築」這兩個主題，重新潤飾後寫成的。上次老師指出我的作品缺乏「特色」，所以這次我盡力朝這個方向努力，卻又擔心是否成功。不過，我總覺得心裡越希望「被老師稱讚」或「好好跟緊各位學員的腳步」越不知道該怎麼寫作。我也不知道要如何打破這種困境。麻煩老師為我指點迷津。

■薔薇 主角母親深愛的紅薔薇，經常撐用的大紅傘。

■老舊建築 主角的情人居住的位於吉祥寺的老民家。

大澤　我講過很多遍，被我稱讚未必就能成為真正的作家。我本身沒有舉辦個人名義的小說獎，而且就算有我不能理解、無法給予好評價的作品，如果有成千上萬的讀者認為有趣，那這個作家就成功了。所以妳不要太在意我對妳的評價，更不可作繭自縛呢。

好，就如同妳剛剛說的，妳為了寫出有「特色」的作品，花費了很多心思。特別是妳在形塑（晶子的）母親的形象上很成功。在這次的作品中，最耐人尋味的人物角色就是這位母親了。問題是，妳將這位因母愛太深而無法脫離小孩，甚至出現異常行為的母親形象描繪得很生動，但故事的結局卻沒寫完。女主角將要與男友共同對抗晶子的母親吧。他們倆到底能不能說服晶子的母親成為夫婦呢？女主角之後與母親的關係會變得如何？這篇作品不就是應該要呈現這種對立關係嗎？而且故事發展必須超乎讀者的預期。

這篇作品沒做到這點。

另一個問題，就是女主角與作者都沒發現，女主角身上也流著母親的血液（基因）。女主角或許會擔心自己身體裡也有母親那種詭異的特質。依我看來，若能描寫女主角這些不安和困惑，可以讓作品更有深度，但妳卻忽略掉這部分了。就我對這篇作品的印象來說，這好比找到了上等食材，剝了皮，切碎後放入鍋中，卻不做任何調味，然後苦惱到底該做咖哩呢，還是燉肉湯呢。妳擔心自己寫得不好，舉棋不定的個性，其實也反映在作品中。不過，就儘量苦惱吧。不斷苦惱不斷嘗試寫下去，就能證明妳有沒有寫作才華。如果沒有的話，只不過證明妳當不成作家罷了。我覺得妳可以輕鬆看待。最後還必須指出，主角的男友名叫「大澤秋生」，還是不要這樣亂取名啦（笑）。任何參加新銳小說獎的甄選稿件，以評審委員的名字命名小說人物絕對是百害無利的。縱使妳把小說人物寫成絕世美男子，評審必定會解讀成「這傢伙有病啊」！

大澤講師評析

故事△人物◯文筆◯對話△創意．技巧◯

空泛無益的嘗試

大澤 接下來是最後一篇作品，海豚先生的〈找尋吻痕〉，麻煩你。

《〈找尋吻痕〉的內容概要》

花花公子水上向美女桐子求愛，隨後桐子邀他去家裡作客。桐子有一位面貌相似的妹妹皐月，另外老么也住在家裡。夜晚，在黑漆漆的房間裡，水上不知與誰發生關係，並留下了吻痕。隔天早上，他得知了老么其實是男兒身，不但動過變性手術也染上了愛滋病。水上到底在誰的身上留下了吻痕？他害怕得不敢求證。

海豚 到了第四篇作品，我覺得其他學員似乎都想做點「實驗」了。我自己也是如此，這次用自己的方式小小地實驗了一下。我想知道的是，以舊的素材可以沿用到什麼程度，以及找出前作中的模糊空間。可能有不少學員看得出來，這次的素材改編自羅爾德・達爾的《來訪者》。另外，在外國小說中有時會看到這類型的主角，我心想若以日本為故事背景又如何發展。最後故事中出現了愛滋病，我自覺這種布局不妥當，但我仍想知道如何描寫方能克服這個問題，所以就這樣貿然而寫了。

■薔薇　擺在房門前作為暗號用的紅薔薇花瓣，吻痕也稱為Rose。

■老舊建築　漂亮姐妹花居住的位於橫濱高級住宅區的舊洋館。

大澤 以往你從沒寫過花花公子這種角色，也沒寫過主角與住在大宅院中的奇怪女性發生親密行為，這是在現實生活中不可能發生的故事。儘管你做了新的嘗試與挑戰，但就如同我上次在〈請載我去監獄〉這篇作品中評析的，我當時請你注意「不要將情節設計得太精巧」，而這次你的作品完全就是重蹈覆轍，我邊讀也只好邊苦笑了。直白地說，我認為你這次的作品是大大地失敗。

首先，你創作的故事太虛假了。在演唱會大廳看到美女然後就搭訕，一起在餐廳吃完飯後，去了她家，碰到了長相酷似的美女妹妹，於是當天就挑了一個發生了關係。這不管再怎麼將世界玩弄於股掌之間的花花公子，也絕對不可能有這種事，如果有，那就是犯罪了。一般人都會認為這不是詐欺就是桃色陷阱吧。不僅如此，最後居然還出現另一個美女，而且其實是男的。這結局未免也太無趣了。再加上愛滋病的橋段，你等於在最不該犯的錯誤上，再錯上加錯啊！

仔細來看，該名女性拿到主角的名片時，說了：「嗯，原來是個大人物。你居然還是作家呀？真是太優秀了。」也就是在名片上印有「作家」的頭銜？這不行吧（笑）。這種男人，一般不會受女性歡迎吧。話說我自己也有名片，但我什麼職稱都沒放。各位以後出道就算印製自己的名片，切記不要放入「作家」這個頭銜，這很丟臉的事情啊！

就我的印象來說，你很想挑戰花花公子這個題材，可惜卻完全落得陰溝裡翻船。我肯定你的挑戰精神，但與此同時，仍可以明顯看出，你在性愛的情景以及相關場景描述從頭到尾都是虛假失真的。

如果這是個解謎故事的話，比起三分之一的機率，你應該限制只有姊姊或妹妹兩人，然後在故事裡寫些更恐怖的片段。所以，這次我要嚴厲地扣你分數呢。

大澤講師評析

故事△人物△文筆△對話△創意．技巧×

■總評

努力創作出「深具特色」的作品

我一開始已說過，看完這次提交的作品，我感到有點難過。當然，各位學員都有進步，也正因為我很期待看到出色的作品，所以看完難免有點失落。今天有幾位學員說要「做點實驗」，我心想你們還真「悠遊自在啊」！當然，我有點語帶諷刺啦。的確，你們的寫作技巧真得有所提升的話，想嘗試其他的寫法是不足為奇的。不過，我仍希望各位能夠寫出讓讀者驚豔的作品。因為我這個專業小說家和其他編輯閱讀各位的作品之後，都沒有什麼驚奇之感，儘管如此，你們寫出「平庸」的作品還是不行的。你們不能想到什麼就貿然下筆，而是在既有的創意上加入新穎的元素，創作出深具特色的作品。我這樣說有點奇怪，希望各位都能寫出「化腐朽為新奇的作品」。例如，即使在你的作品中，沒人死亡沒發生兇案，全屬「風平浪靜」的情節，你也可以在描繪故事人物時，創造些讓讀者感動的元素，或是巧妙構思「使人共鳴」的語詞。以驢子先生的〈Stand up〉為例，不要只停留在「好故事」的層面上，應該多加設身自處如「如果自己是主角，很想對小怜這樣說」，或者「我不會說出這種話呢」之類的話語，總而言之，就是要打動讀者的心坎。

完成作品亦不可懈怠

當你總算寫完故事，心裡歡呼「大功告成！」的時候，記得提醒自己「不，還沒完成呢」，因為你尚需要再三斟酌潤色。這並不要你增加新的場景或篇幅，哪怕只是簡短的補語，都可能發揮畫龍點睛的效果。請各位務必經常自我惕厲「絕不可自我滿足」，要不斷精進自己的作品。

上次我給予很高評價的犰狳與海豚兩位學員，這次表現遜色很多，今後你們要多注意故事題材和處理手法，或是以女性觀點冷靜地閱讀自己的作品。最近女性作家崛起，經常擔任文學獎或新銳小說獎的評審委員。據我所知，有些女性評審對小說中女性角色的處理很敏感，在評選的過程中，還常聽過她們憤慨地說：「我絕不能接受作者這樣看待女性啊！」若剛好碰到這樣的評審，兩位的作品必定中箭下馬的，其他的男性評審也很難替你拉票。若我被問到「大澤先生，你覺得這種作品行嗎？哼——」可能也會回答：「不，這種作品不行，還是刷掉吧。」所以在這方面你們要慎重以對。犰狳與海豚兩位學員，你們就當作這是更上層樓必經的階段繼續努力吧。

要自覺到「向讀者傳達什麼」

下次的習作主題是「恐怖」。請以恐怖為主題，寫一篇四百字稿紙三十張以內的作品。這次不可以再寫「名為恐怖的〇〇」這種作品囉（笑）。每個登場人物都必須萌生恐怖的情緒。不論是主角自己感到害怕，或是讓別人感到恐懼也行。你可以從感受到恐怖之前，抑或感受到恐怖的當下，或是恐怖結束之後切入也行。重要的是，這必須是出自你的創意，決定「寫這個故事」之後，接著就要思考「這部小說的精采之處？」你們要更自覺地思考「自己在這篇小說中要向讀者傳達什麼訊息」？我期待各位寫出精采的作品。

Memo

Practice D

描寫「恐怖」的心理

三十張稿紙（一萬二千字）以內

營造強而有力的場面

大澤　這次是以「恐怖」為主題，我從各位的作品發現到幾個問題，有的弄錯人物的敘述角度，有的僅以胡思亂想就大肆發揮，或者根本不知「可怕」為何物就開始寫起，我不得不懷疑你們是認真思考過再寫的嗎？什麼是「恐怖」呢？試問各位，你們在動筆之前，真的已經充分把生活周遭的事物提煉為素材，加上自己的獨特創意寫作這篇小說的嗎？我真想說：「各位，多動點腦筋吧。」你們是自認為這個構想「可行」而寫的呢？抑或是想不出主意勉強而寫的呢？在評析之前，請讓我聽聽你們的說法。

那麼，首先是哈巴狗小姐的〈魑魅〉。

《〈魑魅〉內容概要》

加賀見慶子綁架了同為某個案件的陪審員——椎菜的三歲女兒舞香後以安眠藥迷昏。五年前慶子與舞香同齡的女兒遭到殺害，她看到椎菜家庭美滿，因而要讓椎菜痛苦不已。不過，當她看到椎菜為此幾近瘋狂的神情，才醒悟過來。但是，舞香卻遲遲沒有醒來。最後，慶子彷彿向已死去的女兒般地喚醒舞香，並抱著舞香激動地飛奔而出。

哈巴狗　這次我挑戰的是情感糾葛的題材。我試著寫出宛如從著魔般的狀態中恢復神志後，陷入了無限恐慌的故事。

大澤　這篇小說描述主角因意外而失去孩子，後來被選為陪審員後，看到同為陪審員的女性如此幸福，便興起破壞其家庭幸福的念頭。請問妳想到這個創意時，覺得「這可行」嗎？

哈巴狗　我主要想表達善良的人偶爾也有試想「犯罪」的念頭。從這個角度來看，這不是「可行」的題材嗎？

大澤　「恐怖」有很多種的形態，這篇〈魑魅〉描寫的是主角內心的恐懼，這個想法很不錯，但我不得不指出，像這種善良市民突然犯邪似的行兇，而且是失去孩子的女性，對於身邊有孩子的女性抱持某種憎惡感鋌而走險的題材，實在是太落俗套了。所以讀者只有稍讀幾頁便知道「這個女陪審員的女兒就是主角綁架的吧？」。這絕不是輕鬆類型的小說，但是作為小說就必須具有可讀性，可惜這篇小說的情節幾乎平淡無奇。最後，主角因把綁架的孩子強灌安眠藥過量險些呼吸停止驚慌失措的情景，的確讓我有點感到恐怖與緊張……。

至於，引人興味的橋段是，被綁女童的母親對於佯裝前來關心此事的主角，這樣向刑警說「加賀見小姐身上有舞香的味道」。在小說中沒有明確提及，這是身為母親的直覺使然，抑或是因為刑警察覺到主角情況有異，才以此理由探訪主角的住處。無論是哪種情況，這部分氣氛營造得不錯。只是，刑警沒說幾句話便返身離去，情節就此打住甚是可惜。此處妳若把刑警形塑成難纏的角色，在這個時候，讀者會同情主角的處境，擔心她是否「已經行跡敗露快要當場被捕了？」而讓讀者忐忑不安。因為這個直覺敏銳的刑警終於登場，況且他還是偵辦過主角的孩子被兇殺的案件，主角當然亦深恐經此訊問後可能事跡就因此敗露，確切地說，妳應當在這方面多所著墨。例如，主角好不容易逃過刑警的盤問，正覺得如釋重負之際，這次換被綁的女童沒了呼吸。她見狀瘋狂似地搖醒這名女童，幾經波折女童終於恢復了呼吸，她抱著女童激動地飛奔而出等等。

簡言之，即便故事本身老生常談，只要能加入強而有力的情境，甚至新奇的橋段，便能將「早已見過的故事」轉化為「前所未聞的故事」。坦白說，這篇〈魑魅〉的題材沒什麼特色。那麼，要如何書寫才能扭轉劣勢「化腐朽為神奇」呢？妳是以「太好了！這孩子終於恢復呼吸了。我險些就鑄下了大錯！」做結尾，但其實妳可以在這方面多加潤色，巧妙運用這名刑警的角色，就能使故事內容更具張力與恐怖，可惜沒有多予發揮。

大澤講師評析

故事△人物△文筆○對話△創意・技巧△

在荒謬裡加入現實

大澤　接下來是驢子先生的〈我的名字〉。

《〈我的名字〉內容概要》

就讀小學五年級的山中幸太郎，每當到了星期一，自己的姓名筆畫就會減少。在第三週時，他的姓氏只剩了個「中」字，於是他成了別人家的孩子了；到了第四週，這「中」字也會消失，到時他就無可歸了。當幸太郎尋思著是否在自己名字消失之前自殺之際，與他有著相同情況但減字較緩的島田老師抱著他迎向了最後的星期一。

驢子　其實，在老師提出此課題之前我即有這個構想，我心想某些人可能遇到「比死亡更可怕」的事情，於是試著把它作為這次的主題。

大澤　這篇小說描寫的是「荒謬絕倫的恐怖」。主角的名字一筆一畫消失之餘，周遭的環境也跟著改變。你要表達「現實中不可能發生，可一旦發生卻可怕至極」的恐怖情境。我原本對於你在創意與技巧方面打了〇，但後來考慮諸多先行作品似乎已有這樣的構想，最後雖然稍作猶豫還是打了△。這次的題材很有趣，你按照情節逐步推展，而且並沒特別突兀的場景。主角的名字逐步消失時的變化，幾乎寫得四平八穩。

只是，在這之中仍可看見許多橋段過度省略。尤其是主角離家出走的段落。「總之，我得到便利商店那裡拿到過期的便當。我儘量避開別人的目光，藏身在天橋下度過這一天了。接下來，我只好獨自忍受寂寞了。一個月前，我過著普通的生活，但為什麼現在我卻淪落至這般地步呢？如果這世上真有神的話，我真想向祂問個明白。」在這段落裡，你應當更具體地描寫主角取得食物的種種艱辛等等。也就是說，正因為這故事是荒謬而令人難以置信的，為了吸引讀者往下閱讀，你必須在故事裡添加現實性的要素。不要以「接下來，我只好獨自忍受寂寞了」的方式草草帶過，應當描寫得更細緻些。

在那之後，名為「佑澍」的朋友登場了，「喂，你還記得我嗎？」這段意外的重逢，使這個故事有點轉折了。也因為這個轉折，主角終於發現「原來名字逐漸消失的不只他而已！」，進而萌生出「我們彷彿被某種無形的力量箝制住似的！」的恐怖感。你在這部分寫得很有趣，手法也相當高明。

我說過恐怖有許多種形態，但只有你描出「荒誕無稽的恐怖」的作品，我覺得不錯，但是在創意上，我只能給予△的評價。

大澤講師評析

故事○人物×文筆△對話○創意．技巧△

溫暖的故事也得有「特色」

大澤　接下來是犰狳先生的〈點名簿〉，麻煩你。

《〈點名簿〉內容概要》

藤井在睽違三十年的同學會上，與當年別號「肅正」的級任老師重逢了。在當時，凡是背不出《百人一首和歌選》的學生，都要遭到「肅正老師」以點名簿毆打。每次個性叛逆的建治便揚言，日後必定報仇。在同學會即將散場之際，大夥看見建治拿出了點名簿，不由得緊張了起來。但建治卻向「肅正老師」說：「請讓我振作起來！」

犰狳　這次的主題是目前為止最令我苦惱的。我對於何謂「恐怖」做了很多思考，例如，我看過大地震引起海嘯的畫面後，覺得沒有比這更「恐怖」的了。儘管如此，最後我仍然選擇親身經歷過的事情，也就是以學生時代對於嚴厲的老師的恐懼為題。

大澤　這次作品如實地表現出你的風格呢。你喜歡溫暖撫慰人心的故事，這正是你擅長的類型。以現代的眼光來看，老師對於背誦不出《百人一首和歌選》的學生，拿起點名簿一頓追打，還真是令人無法置信呢。以前，的確有許多如此嚴厲的老師。我亦曾被老師以點名簿打過，所以我帶著懷念的心情讀完這篇小說。但是……該怎麼說呢？在睽違三十年的同學會上，已然成為教師的主角、和曾為不良少年的死黨建治，以及那位暴力教師都齊聚一堂了。這些故事情節都已經俱足，當主角看到建治從袋裡拿出點名簿時，原以為「這傢伙難道真要向老師復仇嗎？」，其實是主角會錯意，建治只是想請老師讓至今尚未成材的自己振作起來，這樣的結局安排還不錯。儘管是令人欣然閱讀的「好故事」，亦必須具有「特色」才行。

的確，當建治拿出點名簿的時候，我也為此緊張了起來。但我覺得在這作為結局的重要時刻，主角卻先行阻止了建治，這反倒令人覺得結局不夠震撼。相反地，你若安排建治在最後時刻突然拿出點名簿，讓當場的同學們神情為之凝結起來，這時再逆轉情勢來得更好。而故事要這樣鋪陳，就必須對於建治的生涯更加著墨。例如，建治以往過著什麼樣的生活？他曾經是「當地警察大傷腦筋的不良少年」，現在是怎樣的情況呢？如果你能預先安排伏筆，讓讀者覺得建治雖然看似已成為經營居酒屋的篤實的老闆，其實骨子裡還是那個兇暴的傢伙。而當建治拿出點名簿時的情景，必定更能讓讀者不寒而慄和分外恐怖，這種結局的反轉也會更新奇有力。

姑且不提結局的好壞，你都傾向於溫暖人心的故事題材。既然如此，你就要在溫馨的結局之前，讓讀者讀得心情悸動。我期待你務必習得把讀者玩弄於股掌之間的狡黠和壞心眼。

大澤講師評析

故事△人物△文筆○對話○創意．技巧△

還能想到更好的結局

大澤 接下來是鱷魚先生的〈窩居裡的上等肉〉。

《〈窩居裡的上等肉〉內容概要》

宙太就讀於中學二年級，其父親是肉品公司的老闆、在宙太生日當天，他被送到了一間出租公寓裡的套房。宙太向來沉浸於電玩與垃圾食物，體重已高升到 120 公斤。不過，他被反鎖在公寓裡，不得外出。一星期後存糧即將耗盡，宙太決定割下自己的肌肉充飢。這時，宙太的母親出現了，並說明這都是為了讓宙太重新振作的策略……。

鱷魚 小時候，我曾看著自己的手腳，想像著「要是烤來吃味道可能不錯」，於是就以此入題寫了這篇小說。與剛開始上課相比，我較有自信可以發揮創意，覺得可以寫出更有趣的故事，可被問及這次主題是否很有創意時，我卻不知如何回答……。

大澤 主角宙太就讀於中學二年級，他出生在富裕又被父母親過度寵溺的家庭。他在分租公寓裡獨自生活著，整天閉居在屋裡，沉迷網路電玩裡，垃圾食物幾乎不忌。你把一個「中學生只要被寵溺就可能頹廢到這種地步」的情景寫得相當有趣，其日常生活亦描繪得具體生動，想不到你對於閉居者如此了解。只可惜，這篇小說的缺點在於結尾後繼無力。因為以吃食人肉為結局的故事太常見，而且不夠逼真寫實。換言之，通篇約莫百分之八十我讀得饒有興味，可最後百分之二十卻覺得虎頭蛇尾。你竟然以吃食人肉為結局啊！說到吃食人肉的故事，包括「生意鼎盛的餐廳」在內，類似的橋段和內容已經老生常談，實在很難引起新奇的震撼，若能再添加些「主角是這麼想的，但其實……」，想到其他的結局，它將使故事更加恐怖更有趣呢。可惜你沒能多所發揮。雖說你在結尾安排主角的母親現身抿嘴一笑，但這樣的橋段幫助有限，讀者完全感受不到出乎意料的驚喜。

像鱷魚先生這樣百分之八十寫得很好的人，其實非常之多。在我看來，問題在於你是否能想出「吃食人肉」以外的結局，而它亦是決定你能不能成為作家的關鍵。從這個意義上來說，這部作品還沒有達到職業作家的水準。今後你要更殫精竭慮地構思再寫吧。

大澤講師評析

故事△人物△文筆◯對話◯創意．技巧△

撼動讀者的情感

大澤　接下來是白米小姐的〈八歲的老婆婆〉。

《〈八歲的老婆婆〉內容概要》

就讀小學二年級的明美總是被欺負。唯一能帶給她快樂的，只有其飼養的貓「咪子」

了。但是好景不常，咪子生下的小貓被爺爺丟棄，牠也在某日被汽車輾斃了。與明美同樣遭到校園霸凌的信也提議，把咪子埋在庭院裡，並在其墓土上種上一株樹苗。在許多年後，他們已成為滿頭白髮的老人，他們最大的樂趣是坐在簷廊前喝茶，緬懷那棵茁然成長的綠樹。

白米　當我在思考自己最感到恐怖的事情時，想來想去最後仍覺得「人」最令我恐懼呢。在我的觀察中，在這日常的生活裡，有些事情可能給當事人帶來衝擊或者害怕恐慌，所以我試著把它寫了出來。

大澤　除此之外，妳想不出其他的想法了嗎？

白米　光是這樣就快讓我想破頭了。

大澤　事實上，「光是這樣就快讓我想破頭了」這句話，已經道出妳的底線了。這篇小說在描寫日常生活中的恐怖——「被欺負」的可怕。問題是「受到欺凌的當然感到害怕」這是眾所皆知，因此，就算妳把欺凌的場景描寫得如何具體，讀者亦不會有太大的共鳴。例如，小說中出現「若能拿到好吃的零嘴，再怎麼辛酸的事，我就能忘得一乾二淨嗎？／人類就是這樣嗎？若果真如此，人類還真是恐怖呢。」這樣的描寫，即表示「這篇小說完全被妳搞砸啦」！妳不能直接道出「人類還真是恐怖」，而是要讓讀者感受到「人類還真是恐怖」的氛圍。你雖然寫了爺爺將剛出生的小貓丟棄的插曲，但這樣勾勒並不深刻。妳必須特別留意，縱使把主角被欺負的痛苦以及害怕小貓可能被丟棄的恐懼作為連結，這仍如「天下烏鴉一般黑」的說法，無法帶給讀者任何驚奇與恐怖。

坦白說，我心想這小說的結局如何發展之際，看到「一同被欺負的信也與主角，兩人已經白髮蒼蒼的現在，一同在簷廊上喝著茶」這樣的結局，著實有些錯愕。因為小說中的時間突然就跳到了數十年後，這樣的結局太過勉強和突兀。進言之，這篇小說的起承轉合以及故事的鋪陳都非常鬆散。

妳的前作〈戰場上的薔薇〉也是，妳總是在沒有充分構思的狀態下，就開始動筆了。換句話說，若沒有事先設定故事如何開頭、如何發展、最後在哪裡結束，並好好安排情節的起承轉合，絕對寫不出好故事來的。因為「被欺負者的恐懼」，是不言自明的事情，這時妳再怎麼描寫欺凌的事件，都不等於「恐怖」，只會換來讀者「那又如何呢」而已。直白地說，每個讀者都是花錢買妳的小說，妳就必須讓讀者感到新奇或者意猶未盡才行。

要多加設想讀者看完這部作品的感受，因為對於曾經被欺負的人來說，他們或許認為「這是痛苦的經歷」，而未遭逢過此經驗的人，卻覺得「這種事情經常發生呢」，我可以理解妳的心情，要呈現日常生活中的「恐怖」氛圍，可惜妳在這方面處理得並不出色，沒能給讀者帶來任何震撼，所以這次我給妳較低的評分。

大澤講師評析

故事×人物△文筆△對話△創意．技巧×

小說裡未提的部分仍需仔細設定

大澤　接下來是水母小姐的〈被追殺的女人〉。

《〈被追殺的女人〉內容概要》

與喜和子有著外遇關係的IT企業職員死了。他因為作假賬等罪嫌被逮捕之前，計畫與喜和子逃往海外。於是喜和子與身為紀實作家的利惠接觸，打算以一億日圓將公司的密賬資料賣給利惠。但沒想到喜和子反而被利惠和同夥的流氓殺害奪走密賬，最後利惠亦被流氓殺害了。

水母　我讀完《未解決》（一橋文哉　著）這本小說後，才知道原來在這世界上，還有像「活力門事件」這樣的事件。我覺得很可怕，便以這個作為題材了。

大澤　小說是這樣開頭的：主角水原因有價證券申請書登載不實與逃稅等罪嫌遭到調查時，身為外遇對象及公司財務經理的女主角喜和子，為了與水原一起逃跑而藏身於別墅裡。不過，當喜和子得知水原與其他女人的屍體被發現後，她趕緊離開了別墅……。但就此看來，我覺得妳連故事結局都沒設定好就動筆寫了。小說中出現前來採訪喜和子的紀實作家利惠，其實她亦是綁架殺害水原的共犯之一。利惠在殺害了喜和子後，自己也遭到同夥槍殺。那名兇手還說：「我殺了那女人之後再自殺，我一開始就這麼計畫的。」〉。但這怎麼看都很奇怪，若是那男子殺了女的再自殺，可能被警方視為畏罪殉情的，而女人殺了女子再自殺，這也太不自然。況且利惠是個朝氣蓬勃的紀實作家，她沒有理由在殺了採訪對象喜和子後再自殺，因為這樣反而容易引起警方的懷疑。再說現場出現槍枝的話，歹徒們極力想隱藏的犯罪行為及其背後的組織全貌很可能因此浮上檯面。

我知道妳要描寫喜和子在等待水原又極度惶恐的心理，但這次作品完全沒把這種恐怖情境呈現出來。也就是說，妳要「設身處地般的想像」喜和子無邊的不安與恐懼感，然後生動地把它寫出來。當然，在這之前妳必須完整構思故事的背景和事件全貌，在小說未提及的部分仍需巧妙設定，這樣方能把小說寫得真實動感。也就是說，從這個角度來看，這故事是硬生生編造出來的，而且破綻百出。

另外，像是「喜和子神情怪異地皺起眉頭」，以及『就三十分鐘吧。』喜和子這樣說道，利惠再次面臉難色。／『你答應一個小時的呀！』接著，喜和子抬起下巴指了指那個信封……」等等人物的敘述角度都有問題，而「我在別墅度過了一個星期的禁慾生活」，不妨改為「禁慾般的生活」來得好些。

我知道妳喜歡推理小說，妳若想寫作與犯罪有關的小說，就要在動筆之前，妥善地設定事件的全貌，明確地建構「這個作品的每個環節」，否則它只會淪為因隨便殺人而編造出來的故事。特別是妳把實際事件作為素材的時候，更必須重新鋪排事件後再下筆。

大澤講師評析

故事×人物△文筆×對話△創意．技巧×

在決定結局之前先別動筆

大澤　接下來是海豚先生的〈神經質〉。

《〈神經質〉內容概要》

最近，直哉正為自己一坐上電車，身旁座位就沒人敢坐而苦惱著。他懷疑是不是自己的體味或者外表所致？他與最近剛開始交往的彩夏商量，也談不出個所以然來。直到某一天，有位小女孩在見到直哉後，向直哉問道：「你是海豹嗎？」原來從五年前開始，與直哉維持著同居關係的畫家杏子，察覺到直哉的不忠後，她為了報復每天在直哉的眼皮上畫上奇怪的圖案。

海豚　這次我嘗試寫出「自己坐在電車裡，周圍沒有人坐」的恐慌感。有經驗的人都知道，這是多麼恐怖的事情。我把「為什麼不坐我旁邊呢？」設定為這篇小說的重點，但我實在很想給予有趣的緣由，經過苦思冥想之後，我終於想到不如用「主角的眼皮上被畫了些什麼」，覺得這個創意似乎可行，就寫了這篇小說。

大澤　在這次課題的習作中，這部作品是唯一讓我猜不出結局的。從這個角度來說，我是抱著「好厲害、好吸引人」的想法讀完作品的。不過，這篇作品有許多引人詬病的地方。例如，如果主角坐上電車之前，車廂內的乘客正在閉目養神，絕不可能注意到主角的眼皮上被畫著什麼吧。因為沒有乘客會特地由下而上打量著鄰座乘客的臉龐，而且照理說那乘客仍會繼續坐在原座；主角的眼皮每天被塗彩畫居然沒有察覺也太不合情理吧。依我看來，你不妨在結局的收尾，讓主角突然發現自己眼皮上的塗彩，因而大喊「哎呀，我竟然被塗成這樣子而不知！」之類的措詞，將會更精采有趣呢。

你在小說中加入「自從脫軌事故發生以來，電車再也沒掛上死傷人數眾多的九號車廂了。」都市中的小插曲，以幽默的筆法把它寫成如同靈異故事，最後再將結局推向「與主角同住的女人還滿恐怖的呢」，這樣的手法寫得不落俗套。不過，看得出這裡有個敗筆，也就是你將這段插曲越寫越長，最後才硬生生地把它拉回到主線。你上次的習作亦是這個缺點，這次在快要「自作聰明」之前，總算煞住步伐了。正如你自己所說的，這次你之所以可寫出令人意料的有趣的結局，全歸功於「在沒有想出有趣的結局之前不能動筆」這般嚴格鞭策自己的結果。因此，在今天的評析中，被我打了較低分數的學員，希望你們更加體認到自我惕厲的重要性。

大澤講師評析

故事△人物△文筆○對話○創意．技巧○

反向思考主題的意義

大澤　最後請老虎小姐簡介妳的〈無頭女子〉。

《〈無頭女子〉內容概要》

就讀高中的慶一與和彥上學的途中，一具沒有頭的女高中生屍體從大樓掉落而下。慶一看著那具屍體，產生了一股淡淡的愛戀。翌日，他們再度前往那棟大樓，但由於被警方拉起了封鎖線，於是只好改為前往隔壁大樓的頂樓一探究竟。就在慶一他們抵達頂樓時，見到了一名抱著斷頭的男子，從案發的大樓一躍而下。慶一淚流不止，這時才發現原來他對「她（死者）」並不是愛戀，而是深沉的恐懼。

老虎　可能是我對於何謂「恐怖」想過頭的緣故吧，連自己都被弄得滿頭霧水了，最後覺得所謂的「恐怖」可能就是生理和心理上的反應吧。只是，這樣直接寫出恐怖未免太過粗淺，於是我就「以主角的心理因素造成的錯覺，豈不是更有趣嗎？」寫了這篇小說。

大澤　這篇小說也是這次我在「創意、技巧」項目上給予〇的作品之一。將「恐怖」錯認為「愛戀」的想法實在是很有趣。但我必須指出，關於主角看見無頭屍體時心跳加速與起雞皮疙瘩錯認為「愛戀」這點，雖然小說中已經以「由於主角還年輕，還沒有真正談過戀愛」勉強作為交代，但還是應當在主角如何把「恐怖」錯認成「戀愛」的心理狀態方面多所著墨。此外，兇嫌在隔天之前，帶著斷頭在隔鄰的大樓附近閒晃，必定會遭到警察逮捕的吧？所以，你要為兇犯準備藏匿的地點，讓埋伏已久的警察沒能發現，因此你必須安排警方跟蹤。

話說回來，在其他學員往往落於俗套寫出的恐怖小說裡，只有這篇小說是認真思考如何掌握「恐怖」的本質，並反向思考「恐怖」表現形式的作品，這個創意很值得讚賞。另外，主角在發現屍體從天而降的事件過後與他的朋友卻日漸疏遠的種種描寫，亦寫得很生動精采。因此，這篇小說在本次的習作當中，我給予最高的評價。

大澤講師評析

故事△人物〇文筆〇對話〇創意．技巧〇

■總評

尚未到達職業作家的水準

回顧各位的作品評價，那些沒有被打上×，得到△或○的同學，乍看下似乎拿到很高的評價。然而，希望各位自覺從△到○之間還存在著很大的距離，是你們能否躋身職業作家的關鍵。現在，在此上課的十二名學員將來若成為職業作家，全員得到○的評價自是理所當然，其中有學員也可能得到，請你們充分理解這點，並引以為戒。其實，我很想大聲斥喝你們：「可別太好逸惡勞啊！」被我評分打×的學員，表示「他們從來不下功夫」，若稍微動腦寫出來的作品，至少也有△，而被打×的學員，我只能說他們完全沒在動腦袋，希望各位都接受我這樣的批評。

與上半年的評分相比，大部分學員都拿到○或△的評分，這可說是很大的進步。不過，若因為這樣的評價就認為已接近職業作家的水準，還差之甚遠呢。若果這是以趣味為主的小說寫作講座，倒是可說大家進步顯著，我身為老師亦與有榮焉，不得不直誇讚你們「表現得極好啊」。然而，本講座終究是專為今後成為職業作家開設的小說課程。正因為我希望各位能因這個課程而成為職業作家，所以我不得不回到開課的初衷，對每篇作品嚴格評審，這點還請各位諒解。

這次作品打分數為例，最好的作品也只有七十分。若想要出版單行本，至少也得九十分以上，甚至得達到一百二十分左右，才有可能作為職業作家出道。講得嚴厲些，到了這個階段我甚至想呼籲學員「你們還是別想要當作家啦。」只是，人都會因為時空而改變，所以我仍無法做下「百分之百不可能」的斷言。在這課程裡被我嚴詞批評，因而妄自菲薄的學員，或許在過了五年、十年後，亦可能寫出令人意想不到的作品，所以任何人都無法斷言「某某當不成作家」呢。但儘管如此，各位若還保持著這樣的狀態，將來想成為職業作家可說是微乎其微。

想成為職業作家的人，他們身上必定具有好多獨特而新奇的創意，以及各種豐富多采的切入點。特別是在這次的評析中，被我批評為「落於俗套」或「結局力道不足」的學員，更需要謹慎思考這個問題。你要嚴格逼迫自己想方設法尋求創意，例如，「不是這個。應當還有其他的。」由於講座的時間所剩不多，我能傳授的東西全已空盡，這也使我感到焦慮。若要問為什麼，那是因為趣味橫生的創意是無法教出來的。這只能靠你們自行克服，所以請多多讀書吧。你只有廣泛閱讀各類領域的書籍、累積自身的內在經驗，你的學問和創意就能源源噴湧而出。

關於這次學員的習作，我們也聆聽編輯們的感想吧。總編輯，您覺得如何呢？

總編輯　這次講座已到了最後階段，我滿懷期待拜讀了各位學員的作品。但說句實話，這次並沒有出現什麼佳作。我總結了其中的原因，就如大澤老師所說的，你們在這一年之內寫作技巧已經有長足進步。但正因為如此，情節內容反而越來越沒有深度。從這個意義上來說，這也是大澤老師以「恐怖」為題目的原因。如何掌握「恐怖」的本質，並不斷地思考以「最佳方式」來呈現你的創意，也就是說，比起自己的感覺與直覺，你的小說題旨更受到挑戰。我曾經見過許多的作家，如當紅的職業作家，寫出精采之作的作家，他們都是忍住不為人知的痛苦埋頭寫作的，當我閱讀各位的作品，我再次感受到這個事實。在此，恕我大言不慚地說，各位的努力的確是遠遠不夠的。本課程在出版業界裡亦備受注目。我當然由衷希望有學員能夠成為作家順利出道。但直白地說，依目前的狀況來看，要成為職業作家出道似乎困難重重。

放長眼光努力為將來鋪就新路

大澤　在這次的習作中，我發現學員們有幾個共同的弊病，希望你們就此改進。首先，讓故事結構更緊湊，注意行文的起承轉合。其次，登場人物不可落於俗套。第三，應當創造極其特色的人物角色。第四，讓小說主角更具魅力。各位學員筆下的主角形象，幾乎毫無魅力可言。就算是短篇小說，你也要寫出「若是這個主角出場，我真想往下讀啊」，或者「我好想再見到這個主角呢」。即使那個人物不是主角，你亦要寫得「這個角色還真有趣呢。只要有這個人物，故事應當會更加精采。」換句話說，你要創造出形象鮮明的人物。最後，你們必須遵循寫作的基本原理，嚴謹地思考內文的起承轉合。小說如何開篇敘述、如何轉折開展、如何收場結尾，都要縝密地事先安排。這些基本功絕不可輕忽。

正如總編輯所說的，職業作家的寫作環境是非常艱困的。他們辛苦寫出來的作品，未必就能受到好評，甚至嚴重滯銷、無法吸引讀者，這就是出版界的嚴峻現狀。以你們現在的寫作能力，還不能與職業作家的作品匹敵。因此，你們應當更加自我惕厲，不斷地要求自己「不行，我還得想出更妙的創意來」，把自己推向艱困的高峰。

現在，各位如同被困在漆黑的房間裡，而那漆黑的房間又是什麼形狀呢？方形嗎？圓形嗎？還是三角形呢？你若不拚命地探觸它的牆壁，豈能知道它是方形的呢？

這時候，你若認為「那麼我就按照這屋內的結構寫小說吧。」可不行呢。你應當再探觸那方形的房間，找到另一扇門，思考那道門後面通往什麼地方。希望各位不可因此自鳴得意，而是要放長眼光努力為將來鋪就新路。

關於畢業作品

我之前在課堂上提及的寫作技巧，相信各位已經有某種程度的吸收。有些學員已經掌握此重點而大有斬獲，有的卻進步緩慢。儘管有這樣的情況，最後還是要請各位交出畢業作品，寫出你們的長篇小說。字數為十萬字至十六萬字，題目自訂，到截稿日期尚有五個月。若寫出優秀的作品，或許還能得到從角川書店出版單行本出道的機會，請各位拿出真本事吧。

這就是我給各位最後的課題，同時也是個不可多得的機會。各位都知道，正如我之前經常強調的，即使你們在這成功出道，未必就保證今後能以作家維持生計。換個角度思考，與其在這（講座）出道，或許拿到高知度的新銳小說獎對於各位的將來更有幫助。所以，請你們不可有「姑且交稿」的心態，如果你們覺得「我已經寫出，但仍不盡理想」的話，亦不必勉強自己迎合截稿時間，不如多花點時間磨練自己的文筆，挑戰其他的新銳小說獎也行。在某種情況下，放棄畢業作品也並未嘗不可。這並非棄你們於不顧，而是希望你們能夠更加努力和思考。

對於各位來說，五個月的時間是長是短不得而知。在我看來，如果你們在這五個月之中，預計花費兩個月寫作小說，不如以三個月的時間準備素材和構思布局為好。或者在前三個月先完成作品，再以兩個月時間推敲與潤色。但最大的問題是，不論你們選擇何種方法，你們若選出糟糕的素材，即使再三推敲修潤，還是很難提升作品內容。換句話說，六十分的素材再怎麼修整，也只能提升至七十分。若找到七十分的素材，方能修潤到八十分。有了八十分，才可升至九十分。因此，請各位仔細思考後妥善分配時間吧。

後記

這些連載原先在報紙、週刊雜誌、文藝專刊等等媒體上刊登，但從來沒有得到這麼大的回響。許多同業和編輯都被問及：「你讀過那些連載嗎？」

〈小說 野性時代〉的編輯因為寫書和出版事宜與許多作家碰過面，轉述與會的作家們說，他們全讀過那連載文章了。

我不禁納悶，他們覺得這些連載「有趣好讀」，此外，難道他們不略感驚訝地說：「大澤在昌，還真有兩下子呢！」

這句話包括著：「你這樣公開傳授寫作小說的技巧，不要緊嗎？」以及另外的意見：「就算你教得深入淺出，資質不佳的人終究學不來吧？」還有，「你在雜誌上哇哇地高談闊論，招來反撲我可不管喔。」也許情況真是如此。若是其他作家連載這類文章的話，我同樣也做此感想。

坦白說，直到現在，我仍有些意外為什麼編寫出這本書來。我不是為此後悔，而是有種盡己所能地傾囊相授的踏實感。

這個講座進行一年多來，每個月我前往角川書店報到，在授課的前後，與該出版社的編輯們開會研討，這不同於我寫作小說的經驗，但讓我感到很充實。

以我寫作小說為例，通常只與個別的責任編輯互動，從來不曾像這次的講座那樣，有機會與五、六名編輯維繫著團隊默契。總而言之，我做得很暢心愉快。

這次十二名學員當中，幾乎全數都要交出自己「畢業作」，挑戰長篇小說的寫作。若是優異的作品，學員就能以出版單行本進軍文壇了。

我這次連載的文章，與我在講座上提及「不要直接找出版社出書，以拿下新銳作家獎出道」不同，因為我認為如果現今出版界對這次連載給予高度關注的話，當然比只是直接找出版社出書來得有利。

在我撰寫此後記之際，能否催生出這樣的學員不得而知。然而，正如我在本書中亦提及的那樣，（新手作家）「不要急於出道」。有時候太早出道反而不利，可要吃足苦頭，甚至讓自己沒有多餘的退路。

我再重複一次，現在出版界的生存處境分外嚴峻，包括電子書的風行，今後如何發展完全無法預測。在我看來，說不定這是五十年來最糟糕的狀況，不得不面臨巨大的轉變。

在這種狀況下，想以寫作維生的人有些魯莽和輕率，因此更需要逆風而行的勇氣。

儘管如此，我認為多數的讀者仍是希望讀到趣味橫生的作品，而要維持這樣的局面，根本之策在於要多加催生出佳作迭出的新銳作家來。

我二十三歲出道登上文壇，沒從事過其他行業，在這個領域裡成長茁壯起來。以結果來說，事情發展就是如此，我並沒有因此顧盼自雄。毋寧說，身為作家必定有不足之處。

在此，我要向給我餬得溫飽偶爾讓我感到「成為作家真好」的喜悅的出版界致上謝意，希望我能給予回報。

而這個「回報」就是，希望讀過此書的人，今後都能成為職業作家，並多為讀者們寫出精采的作品。

當然，這終究只是理想。因為對於多數人而言，想「成為作家」這件事，就是遙不可及的夢想。

我的父親在我出道約莫一個月前因患癌症去世，直到生前，他仍不斷地告誡我：「別再想當什麼作家啦」。

本書得以出版，作家澤島優子女士付出了很大的心力，如果各位在閱讀我的授課內容覺得「思路井然」的話，這全托澤島女士的精采編整。

此外，若沒有角川書店編輯部的三宅信哉先生、深澤亞季子女士的美言與鼓勵，就沒有此書的形式與體裁了。

我還必須指出，參與這次講座的十二名學員，他們今後能得到多少聲名載譽不得而知，但我絕不能給他們帶來負面影響，因此我決定全部以動物和植物名稱標示。因此，恕我無法詳細列出他們的姓名，但我非常感謝他們與我共度這樣的時光。

謝謝各位！

大澤在昌

國家圖書館出版品預行編目(CIP)資料

暢銷作家寫作全技巧:成爲頂尖小說家的十堂必修課
大澤在昌著；邱振瑞譯. -- 初版. -- 新北市：野人文化出版：遠足文化發行, 2014.12
面； 公分. -- (人間模樣；32)
ISBN 978-986-384-007-7(平裝)
1.小說 2.寫作法

812.7 103020861

人間模樣 32

暢銷作家寫作全技巧 成為頂尖小說家的十堂必修課

小説講座 売れる作家の全技術 デビューだけで満足してはいけない

作　者　大澤在昌
譯　者　邱振瑞

總 編 輯　張瑩瑩
責任編輯　黃煜智
校　對　魏秋綢
行銷企劃　黃怡婷
裝幀設計　莊謹銘工作室

社　長　郭重興
發行人暨出版總監　曾大福
出　版　野人文化股份有限公司
地址：231新北市新店區民權路108-3號8樓
電子信箱：yeren@yeren.com.tw

發　行　遠足文化事業股份有限公司
231 新北市新店區民權路108-2號9樓　電話(02)2218-1417　傳眞(02)2218-8057
電子信箱:service@bookrep.com.tw　網址:www.bookrep.com.tw
劃撥帳號:19504465遠足文化事業股份有限公司　客服專線 0800-221-029

法律顧問　華洋法律事務所 蘇文生律師
印　刷　凱林彩印股份有限公司
初版首刷　2014年12月

定價420元　ISBN 978-986-384-007-7　有著作權　侵害必究　(如有缺頁、破損請寄回更換)
歡迎團體訂購 另有優惠 請洽業務部 (02)2218-1417 分機1120、1123

線上讀者回函

廣　告　回　函
板橋郵政管理局登記證
板橋廣字第143號

郵資已付　免貼郵票

231
新北市新店區民權路108-2號9樓
野人文化股份有限公司 收

請沿線撕下對折寄回

野人

野人文化　讀者回函卡

感謝購買《暢銷作家寫作全技巧 成為頂尖小說家的十堂必修課》，煩請費心填寫

姓　名 ＿＿＿＿＿＿＿＿＿＿ □女□男　年齡 ＿＿＿＿

地　址 ＿＿＿＿＿＿＿＿＿＿＿＿＿＿＿＿＿＿＿＿

＿＿＿＿＿＿＿＿＿＿＿＿＿＿＿＿＿＿＿＿

電　話 ＿＿＿＿＿＿＿＿＿＿ 手機 ＿＿＿＿＿＿＿＿＿＿

Email ＿＿＿＿＿＿＿＿＿＿＿＿＿＿＿＿＿＿＿＿

□同意　□不同意　收到野人文化新書電子報

學　歷 □國中(含以下)□高中職　□大專　□研究所以上

職　業 □生產／製造 □金融／商業 □傳播／廣告 □軍警／公務員
□教育／文化 □旅遊／運輸 □醫療／保健 □仲介／服務
□學生 □自由／家管 □其他

請沿線撕下對折寄回

◆你從何處知道此書？
□書店　□書訊　□書評　□報紙　□廣播　□電視　□網路　□廣告DM　□親友介紹　□其他

◆你通常以何種方式購書？
□逛書店　□網路　□郵購　□劃撥　□信用卡傳真　□其他

◆你的閱讀習慣：
□百科　□生態　□文學　□藝術　□社會科學　□地理地圖　□民俗采風　□休閒生活
□圖鑑　□歷史　□建築　□傳記　□自然科學　□戲劇舞蹈　□宗教哲學　□其他

◆你對本書的評價：（請填代號，1. 非常滿意　2. 滿意　3. 尚可　4. 待改進）
書名＿＿封面設計＿＿版面編排＿＿印刷＿＿內容＿＿整體評價＿＿

◆你對本書的建議：

＿＿＿＿＿＿＿＿＿＿＿＿＿＿＿＿＿＿＿＿

＿＿＿＿＿＿＿＿＿＿＿＿＿＿＿＿＿＿＿＿

＿＿＿＿＿＿＿＿＿＿＿＿＿＿＿＿＿＿＿＿

＿＿＿＿＿＿＿＿＿＿＿＿＿＿＿＿＿＿＿＿

野人文化部落格

野人文化粉絲專頁